娘子有醫手

3

風文創 1161

六月梧桐 著

目錄

第五十八章　婦科

陳燾去了客棧，張氏很是傷心。她是真心疼陳燾，聽莊蕾和陳熹回來後轉達的話，知陳燾對她誤會甚深，一夜輾轉，沒有入睡。

第二日一早，張氏沒心思開店，帶著陳月娘和莊蕾早早去了城裡唯一的客棧門口等著。莊蕾向掌櫃打聽，掌櫃說客人不想見張氏。

莊蕾知道陳燾是在作戲，但對於張氏來說，未免太過於狠心。

這時，侯府的馬車駛來，陳燾走出客棧。

張氏叫了一聲。「阿燾。」

陳燾看看他們，轉頭對安南侯說了一句話。安南侯笑笑點頭，陳燾便走過來。

「義母。」陳燾的稱呼改變了。

張氏後退一步，不敢置信。從阿娘到義母，是身分和感情的改變。一夜之間，他們竟生分成這樣。

陳燾道：「義母說得是，既然我已經回了侯府，自然要以侯府為重。從此世間沒有陳燾，只有謝弘益。弘益在這裡謝過義母這些年的養育之恩。義母，保重。」

安南侯已經上車，撩開車簾盯著他們。

陳燾站在車旁，他說的話，全傳到安南侯的耳朵裡，讓安南侯很滿意。

陳燾被那小寡婦找到，但他依然怨怪陳家，可見小寡婦沒有跟他私下說什麼，也證明小寡婦並不知道陳家父子的真正死因。

張氏淚流滿面，哽咽地說：「娘真不是不願意跟你去京城，實在是如今……」

「您想的都對。」陳燾道：「昨日我才想明白，我是謝家的血脈，之前是我糊塗了。」說完便向張氏告辭，上了車。

安南侯露出笑容，一切如他所願。

張氏望著馬車漸漸遠去，莊蕾和陳月娘扶著她回家。

張氏進了屋，莊蕾對她說：「娘，要不，您去房裡歇一會兒？」

張氏進去，躺在床上，哭著說：「我真的沒有不要阿燾，實在是胳膊擰不過大腿。那個侯爺看上去是希望我們去京城，但真去了，他會恨我們的啊。」

莊蕾抱住她。「娘，咱們都知道，等阿燾長大了，他也會明白的。您看看二郎，您這樣在乎阿燾，二郎會傷心，會覺得您到底是喜歡養了十多年的阿燾，您得替二郎想想。」

「我也疼二郎，二郎太懂事、太聰明了，我自然喜歡他。可我……」張氏的心情哪能一下子調適過來。

莊蕾沒了辦法，只能任由張氏先歇息了。

上午莊蕾看診，下午按照跟榮嬤嬤的約定，去了縣衙後宅。

如今蘇老夫人的丈夫入閣為相，是幾個出嫁的姑太太裡地位最高的人。聽聞她背疽發作，以為沒救了，沒想到竟撿回一條命，她的娘家嫂子于老夫人便過來探望。

于老夫人到了遂縣一瞧，才知道自家姑太太是因禍得福，把兩種頑疾治好了。這麼個小地方，居然有如此好本事的郎中。

因為是自家姑太太，不是外人，于老夫人才說出自家女兒的隱疾。這個隱疾苦惱了她女兒好些年，為此，女兒和女婿之間沒了敦倫，女婿全宿在那些姨娘的房裡，也怨不得女婿，只能為自家女兒悲苦。

聽聞自家表姊有這種病，蘇清悅立時說：「請莊娘子來看看，興許就能看好了。莊娘子是女子，看這個不要緊的。」

自內姪女遠嫁後，蘇老夫人好些年沒見過她，剛好趁著她來這裡看病時見見。

一見面，卻是大吃一驚，不到三十歲的內姪女，如今兩鬢竟有了白髮，看上去老了十來歲，抹不去的愁容，臉色泛黃，眼下青黑，哪裡像是養尊處優的少奶奶？跟她身邊的蘇清悅比起來，真是天上地下。

蘇清悅生產之後，調養得好，身材恢復不說，臉上也是細膩紅潤。加上朱縣令疼她，又恢復了做姑娘時的嬌憨。

兩對母女一起說話，蘇清悅的表姊其實並不抱希望，這幾年來她吃了多少湯藥？實在拗不過母親的要求，才來一趟。幸好從金陵過來也不算遠，幾日行船便到了。

綠蘿姑姑的聲音響起。「莊娘子來了，快請進。」

莊蕾從屏風外轉進來，先向蘇老夫人行禮。上次打了蘇老夫人的臉，蘇清悅從中調停後，莊蕾依舊替蘇老夫人治癒頑疾，但對她已沒了往日的熱情。

蘇老夫人連忙說：「莊娘子無須多禮。」

京城那麼多太醫，她的兩個頑疾全是靠著莊蕾治好的，她也懊悔自己為什麼當日要得罪了莊蕾，如今弄得見面都尷尬。

蘇老夫人手一伸，對莊蕾說：「這是我娘家嫂子，于老夫人。」

莊蕾屈身行禮。「見過于老夫人。」

于老夫人道：「小五一直說莊娘子年輕貌美，果然如此。」

之前莊蕾被蘇老夫人的揣測弄壞了心情，聽見這種來自深宅大院的夫人說她年輕貌美，不由多想。畢竟她是寡婦之身，尤其是經歷了聞老太太的事情之後，興許她在這些夫人眼裡，就是一隻披著郎中皮的狐狸精。

她淡淡一笑，對待這些夫人還是要嚴肅些，不要讓人覺得她溫柔可親。「先看病吧。」

見她不太熱情，蘇清悅走過去拉住她。「妹妹，這是我表姊，夫家姓王。」

莊蕾行禮。「王夫人。」

王夫人站起來，回了一禮。「莊娘子。」氣息短促，身體看起來很不好。

莊蕾拿出脈枕放在小几上，坐下來替王夫人診脈，果然脈象沈且細，是虛弱的表現。她之前生了三個孩子，第三胎時難產，幸好產婆本事還算大，幫她把孩子摸出來。

蘇清悅只知道自家表姊難產，這會兒因為莊蕾問得細，王夫人將經過全說出來，讓她不由倒吸一口氣。

「豈不是跟我生寶兒的時候一般無二？」想起自己生孩子的情況，蘇清悅心有餘悸。

莊蕾看她一眼。「妳比她凶險不知多少倍，王夫人只是難產，妳是難產加上子癇。聽聽，她的穩婆還敢替她摸胎，妳呢？坐蓮花生，當時的穩婆嚇得臉色發白，我只能不管三七二十一，把孩子拉出來。

「妳可知道，我從沒有接生的經驗，那時妳還有心衰的跡象，若是心衰，會立刻喪命。還一般無二呢，妳是雙腳進了閻王殿裡，我硬生生將妳拖出來的。」

「而且沒落下病根。」蘇清悅說道。

莊蕾走過去，勾住她問：「我給妳醫囑之後，妳怎麼跟我說的？」

蘇清悅想起，當時莊蕾要她每天做提肛收縮，還有胸膝訓練，她覺得實在太麻煩，想要偷懶，被莊蕾說了幾句，只好堅持下來。如今看來，莊蕾真的事事為她考慮周到。

蘇清悅仰頭看著莊蕾。「還好有妳。」

蘇老夫人也看向莊蕾，莊蕾對著她笑了笑。蘇老夫人擔心她破壞自己女兒的婚姻，殊不知，若是沒有她，一次難產，不用誰來當狐狸精，都有可能使蘇清悅的婚姻破裂。

莊蕾繼續聽王夫人說，聽完道：「多次生育跟難產，確實會引起這種病症。妳坐月子時也沒有休息好，是嗎？」

于老夫人的臉色變了變，王夫人更是難掩傷心神色。「是。」

莊蕾不需要王夫人再說下去，那種後宅的故事不聽也罷。「進房間吧，我幫妳看看。」

莊蕾要幫王夫人做檢查，王夫人很是扭捏，莊蕾安慰道：「我是郎中，也是女子，妳就不用避諱了。」

進去後，王夫人脫了裙子，下面墊著布巾。

莊蕾看著，也覺得可憐。檢查之後，發現是子宮脫垂二度。也不用王夫人咳嗽了，肯定有壓力性尿失禁。

王夫人眼圈紅紅的，臉色也是通紅，莊蕾安慰道：「可以治的，妳別太擔心。」

王夫人仰頭問：「當真？」

「自然是真的。」

莊蕾一出去，于老夫人便問：「莊娘子，如何？」

「陰挺下脫之症。治法有兩種，最好的辦法是我幫她動個手術。但這個手術，也有缺點。」莊蕾看向王夫人。「妳還想要生孩子嗎？」

「難道做了這個，就不能生孩子了？」于老夫人問。

「不是，是不易懷孕，而且懷孕了容易滑胎。」莊蕾說道：「懷孕之後，病症容易復發，以後就更難治了。」哪有沒有缺點的手術，不過是兩害相權取其輕罷了。

「如果不做呢？」

「用針灸和湯藥治療，雖有很好的效果，會時好時壞。相對的，手術之後會好很多。」

「這件事，要不要跟王家姑爺商量一下？」蘇老夫人問于老夫人。

于老夫人有些為難，王夫人又問：「手術的話，要怎麼做？」

莊蕾讓人拿紙筆來，畫了一下大概情況，儘量說得簡單些。

王夫人沈默一會兒，抬頭道：「那就幫我動手術吧。」

「可以。」莊蕾點頭。「三天後就做如何？」

「好。」

「這件事，我需要跟您的夫君交代一下。雖然這個手術很小，也不用開腹，但手術總有風險，若出了什麼事，是不能怪罪我們的。」莊蕾說道。

「如果他不在，妳就不能治了嗎？」

「我寫手術知情書，他得答應才行。之前幫淮南王世子做開腹手術，淮南王也簽了。」

王夫人咬了咬牙。「妳把知情書給我，我讓人拿回去給他簽。」

「行，那咱們坐下來，一起談談手術可能會出現的風險，即便機率不高，您和于老夫人也得知道。另外，做手術之前要給我手術知情書，我才敢在您身上動刀子，因為我沒有和您的夫君面談，所以于老夫人再簽一張補充知情書，代表她是在場且知情的，可行？」

「可以。」王夫人點頭。

聽自家表姊這般說，蘇清悅替她感到淒涼，禁不住紅了眼眶，過來摟住莊蕾。

「清悅姊，妳這是做什麼？我不過是把話說清楚罷了。發生的可能性不大，妳不要太過於擔心。」莊蕾安慰蘇清悅，又轉頭對王夫人道：「我幫妳開藥方，等下艾灸一下，讓妳這些天睡個好覺。」

失眠多夢和心悸也是王夫人的困擾，聽說莊蕾竟有辦法讓她睡個好覺，有些不可思議。

「真的？」

莊蕾側過頭，笑了笑。「要是妳今晚睡不著，儘管來找我。」

替王夫人艾灸之後，莊蕾另外開了外用沖洗的藥，讓王夫人進行術前的清潔。

道別時，于老夫人再次問莊蕾，王夫人還能不能生孩子？因為王夫人的前三胎都是女兒，得生兒子才行。

莊蕾真的不建議再生了，王夫人的身體狀況不好，心情也不好。可身為一個當家主母，治好病之後，她肯定又會勇於奉獻，繼續去生孩子吧？

她知道回答幾次也無用，只能長嘆一聲，還是想想手術需要的特殊器材更要緊。

莊蕾回了壽安堂，打算先找聞先生聊一下王夫人的病和手術，走到門口，聽見裡面傳來哈哈的笑聲。

莊蕾敲門，聞先生招手道：「花兒，快進來。」

裡面還有兩個三、四十歲的男子，由聞海宇作陪。聞海宇站起來介紹。「這是林師叔和鍾師叔。」

莊蕾知道聞先生收過幾個徒弟，如今在隔壁縣裡當游方郎中，有病人上門便看看，沒有病人就種田養家，大部分的郎中都是這樣。

年前兩人來向聞先生拜年，聞先生約他們年後過來聊聊，今日便結伴而來。

莊蕾行禮，叫了一聲。「師兄。」她叫師兄，而不是跟著聞海宇叫師叔，有她的道理。

兩人一愣，回了禮。「小師妹。」

聞海宇有些訕訕。

大家坐下之後，聊了起來。兩位師兄說，每日都耗在來來回回的路上，一天看不上幾個病人。

莊蕾問林師兄。「師兄，每天往返忙碌，何不來壽安堂幫忙？」

聞先生笑著說：「妳師兄就是想回來幫忙。我想跟妳商量一下，以後怎麼算？」

「爺爺，郎中跑來跑去其實很費精力，不如擴充壽安堂。咱們的藥廠不是馬上要開了嗎？後面的作坊都歸入藥廠中，那些屋子改成各個科室，招些郎中過來，再分科開課培訓。至於酬庸，每個月給保底的錢，診金按照三七分成。您看呢？」莊蕾問聞先生。

其實，聞先生是有些擔心的，畢竟兩個郎中都是他的徒弟，聞海宇還是他的孫子。原本壽安堂擴充再大，也跟莊蕾無甚關係，但她現在是壽安堂內舉足輕重的人，如果堂裡都是他的人，對莊蕾來說並不公平。所以兩個徒弟來問問他有沒有一口飯吃，他沒立刻點頭，沒想到莊蕾自己開了口。

「這個我自然答應，不知道妳打算要招幾個？」聞先生問她。

「兩位師兄來不來？」莊蕾看向兩位郎中。

「自然是來。」

聞先生發了話。「壽安堂看診的事，如今是你們的小師妹管著。如果你們來，就得聽她的。有什麼事，也只管跟她說。」

兩位師兄連忙應下。

送走兩位師兄後，莊蕾和聞家祖孫商量招聘郎中的事。

「爺爺，我剛才說把作坊挪到新的藥廠，是因為這裡實在沒有地方了。我想把壽安堂改成看病和配藥為主，製藥全部交給藥廠，畢竟那裡地方大。」

藥廠的前身是倉庫，前前後後一共十來排屋子，後面還有一條河，旁邊是百來畝田地，真的很大。

黃老太太出手忒大方，黃成業還說：「那麼偏的地方，地皮又不值幾個錢。」

「這也是我想的。妳拿了青橘飲出來，我只有這麼點成藥，也是不好意思。咱們這裡，我想著，也給妳一成的股。」聞先生說道。

「這裡我就不沾手了，您也給我保底的錢就好。」莊蕾回道。她有別的盤算，以後她肯定要走出遂縣。再說了，一間藥廠的股份已經夠多，她也該回報的。

兩人商量之下，決定再招聘三個郎中，並改造一下壽安堂。前面用幾座屏風隔開，做出四間診室，後面改成住院觀察室和手術室，實驗室和製藥遷入新的藥廠。

這些事就讓聞海宇去做了，如此一來，壽安堂從一個順帶治病的藥堂，變成了以看診為主的醫院。

第五十九章 浪漫

莊蕾回到家中，聽見客廳裡爽朗的笑聲，是三嬸的聲音。

「三嬸，您怎麼來了？」

三嬸見她進來，說道：「是二郎接我來的，說妳娘因為阿熹回來的事傷了心，讓我過來陪她解解悶，我就來了。」

莊蕾見陳熹站在那裡淺淺笑著，張氏的臉色也不似她早上出去時那般難看，此刻已有了淡淡的笑容。

「三嬸留下來吃晚飯，我跟月娘去做。」莊蕾笑嘻嘻地說。

三嬸也笑。「我已經跟妳三叔說了，今晚不回去，妳當然要管我的晚飯。」

「三嬸，您有口福了，前幾日有位病患送了我一條大目魚乾，今天咱們燒來吃。」

莊蕾留張氏跟三嬸聊天，帶著陳月娘進了廚房。

陳熹跟進來，莊蕾笑著誇獎他。「二郎這主意出得真好。有三嬸陪著娘，娘的心情就好多了。」

「除了這個，他還有別的花招呢。」陳月娘笑著指了指陳熹。

「還有什麼？」

陳月娘努嘴。「自個兒問他去。」

陳熹撓了撓頭。「也沒什麼，方才跟著成業兄一起去藥廠，看見裡面有株桃花要開了，就剪了幾枝回來。我想，看著桃花，興許阿娘能高興些。」

莊蕾叫了起來。「二郎，你真行啊！花招一套一套的，以後你媳婦不被你哄得服服貼貼才怪。」

陳熹急了。「嫂子，妳胡說什麼？我不過是為了讓娘開心些。」

陳熹臉紅心急，莊蕾卻在這張尚未長開的臉上看出清俊的味道。長得好，還心思細膩，這般的男孩子真是極品了。

陳熹鑽到灶膛旁添火，莊蕾也不逗他了，問道：「你什麼時候去上學？」

「已經去了，只是比妳早回來。每天下午去一個時辰。」

「一個時辰讀什麼書啊？」

「就是跟先生探討經義。先生也沒工夫教我別的，我跟其他學生的程度不一樣。」陳熹說道。

莊蕾明白了，陳熹的水準和學堂裡的孩子不同，所以先生單獨騰出一個時辰來幫他講解。想起之前向蘇老夫人要的文章，下次得提一提了。

大目魚乾和紅燒肉真是絕配。魚乾有嚼勁，紅燒肉滋潤肥腴，兩樣放在一起，相得益彰。燉了大半個時辰出鍋時，那種鹹鮮兼具甜糯的香味，莊蕾自己都要流口水了。

晚上大家一起吃飯，張氏的傷心被這樣的熱鬧沖散了。當然，更能給予她撫慰的是陳熹的一片孝心，知道她難過，特地請來三嬸安慰她，還剪了桃花送給她。雖然她一個鄉下婆子覺得好端端的桃花不讓它結桃子，剪下來太可惜，心裡還是高興的。

三嬸陪著張氏睡，陳月娘就跟莊蕾一起睡了。

莊蕾打水進房間梳洗，發現書桌上擺了只小酒甕，裡面也插著一枝桃花，甚是好看。

陳月娘見莊蕾淺淺笑著，道：「到底是以前住在京城的孩子。」

莊蕾坐下。「也不是，是貴在這一份心意。二郎是個再好不過的男兒，以後不知會喜歡什麼樣的姑娘，那姑娘可有福了。」

「花兒，妳覺得二郎好？」

「可不是？脾氣好，又聰明，長得也好。」

無論前世還是今生，莊蕾真沒見過像陳熹這樣的孩子，若說有，那就是陳然了，還真是親兄弟。雖然陳然的個子矮些，沒有陳熹的學問和樣貌，卻也是這般心細，貼心照顧家裡每一個人。

陳月娘看莊蕾低頭沈思，神情落寞，問她。「花兒，怎麼了？」

「沒什麼，就是想起大郎哥哥了。要是他在的話，可能會想著買桃花酥給我了。」莊蕾說道。

陳月娘聽她提起陳然，心裡也是難受。畢竟，陳然是為了她而死。

「花兒，若是妳以後改嫁，想找個什麼樣的人？」

莊蕾抬頭看陳月娘，斬釘截鐵地說：「我沒想過改嫁。」

這話就聊不下去了。

王夫人的手術，需要改造現有的手術床，得再做兩個木架子才行。

莊蕾設計好木架，交給藥堂夥計找木匠趕工，卻又遇到新的麻煩——婦科手術，聞先生和聞海宇都不能當她的助手。

誰能來幫她呢？莊蕾瞧見正在外面晾曬袍服的江玉蘭，走出去叫了一聲。「玉蘭，妳跟我過來。」

江玉蘭隨莊蕾進去，不知莊蕾要幹什麼，有些侷促。「莊娘子，是不是我哪裡做得不夠好？前兩天我家丫頭發燒了，我懈怠了些……」

莊蕾指了指前面的椅子，示意江玉蘭坐下。「妳想什麼呢？妳家小姑娘的退燒藥，還是我開的。我想問一件事，不知道妳願不願意做？」

「莊娘子只管說。我的命是莊娘子救的，哪有什麼願意不願意的。」

「話不能這麼說。是這樣的，我要幫一位夫人做手術，是她下邊的毛病，就不能讓師兄當我的助手了。我想妳也年輕，若是好學一些，以後就跟著我，幫我做些瑣碎的事情？」

「我自然是願意的，不知道要做什麼事？」

「我切皮肉時，妳遞刀子；我縫傷口，妳遞針線。反正，手術時從頭到尾的瑣碎事情，都由妳來做。」莊蕾說道：「這次的手術，我先示範給妳看，如何？」

「好。莊娘子什麼時候教我？」

「馬上。我去抓隻兔子來，在兔子身上示範。」

莊蕾說完，便帶江玉蘭去了實驗室，揪出一隻又白又胖的肥兔子，從術前的清潔工作開始說起。

約定的日子到了，朱家的馬車來了壽安堂。

王夫人下車，她身邊的丫鬟遞來一張紙，紙上簽了名。

莊蕾看著後面的人。蘇老夫人、于老夫人和蘇清悅全進來了，卻沒有一個男人。

「妳愣著幹麼？」蘇清悅問莊蕾。

「妳表姊夫呢？」

「沒來啊。」蘇清悅回她一句。

莊蕾把她拉到旁邊。「他媳婦動手術，雖然手術不大，但紙上寫的全是可能會發生的意外，會死人的。他不來？」

蘇清悅貼著她耳朵說：「這幾天我才弄清楚，表姊夫與我表姊早就離心了。」

「那妳舅母還要妳表姊繼續生？」沒有感情的基礎，兩人要怎麼生孩子？

「能怎麼辦？家裡兩個庶子，一個嫡出的都沒有，她能生還得生啊。」蘇清悅回答。

莊蕾不說話了，跟著進去。

莊蕾安排她們在休息室裡等，笑著問王夫人。「這些天睡得可好？」

「已經好些年沒有睡得這麼好了。」王夫人的神情看上去比之前輕鬆，顯然那個狗男人沒過來，也沒有影響她的心情。

「我帶王夫人進去了，妳們可以在家等消息。」

「我們都在這裡陪著。表姊，別害怕，花兒的本事很大，妳會好起來的。」蘇清悅安慰著王夫人。

「我知道。」王夫人點頭。

莊蕾帶王夫人進了準備室，讓她躺在床上，再做術前清潔，邊做還邊幫江玉蘭講解。

王夫人雙手蒙臉，臊得臉都紅了。

莊蕾安慰她。「沒事。等下我做手術時，妳會睡著，不會覺得痛。」

聞先生新製的麻醉藥，已經比之前有效多了。

王夫人愕然，莊蕾竟然以為她怕疼，心頭的羞臊之意盡消。「沒關係，只要能治好，下半輩子活得舒心些，我挨得了疼。」

王夫人喝完麻醉藥，進了手術室，躺在手術臺上。等到藥效發作，莊蕾坐在王夫人的前面，開始手術。

江玉蘭沒見過這種場面，乾嘔起來，不明白莊蕾這個小小年紀的姑娘看見這等紅紅白白之物，為何能如此鎮定？

莊蕾笑話她。「我對妳好吧？昨晚就不許妳吃東西。」

「我不敢看。」江玉蘭顫著聲音說。

「來，按住鉗子。」莊蕾抬頭，讓江玉蘭幫忙。

江玉蘭發抖了。血肉模糊的樣子，對她實在是個挑戰。

「玉蘭，我們是在幫一位大姊，她被這個病困擾幾年，治好了，她就能擺脫每天漏尿的痛苦。妳一定也想幫她，對嗎？」

莊蕾的聲音溫柔，有安撫人的感覺。江玉蘭一直告訴自己，認真幫莊蕾做事，才是真正報答莊蕾的救命之恩，不能拖她的後腿，心便定了下來。

莊蕾動作很快，做完手術，對江玉蘭說：「玉蘭，好了。」

江玉蘭慘白著一張臉，點點頭，走出手術室時，腿一軟，靠著牆角倒了下去。

莊蕾抱住她。「玉蘭！玉蘭！」

蘇清悅聽見莊蕾的聲音，焦急地走過來。「是不是出了什麼事？」

莊蕾笑著抬頭。「妳表姊的手術很順利，等下醒來就好，是玉蘭嚇暈了。」

王夫人在壽安堂觀察一天，便回朱家休養。

莊蕾派江玉蘭去幫王夫人做術後護理。術後第四天，莊蕾親自過去看，恢復得不錯，也沒有感染，運氣真好。

不知是不是因為自己的病有望治癒，王夫人心情寧靜，加上肝鬱氣結的治療，睡覺也睡得好了，臉上的憔悴褪去不少，整個人看上去有精神多了。莊蕾才發現，王夫人的五官長得不錯，很柔美，只是因為生病，顯得老些。

莊蕾對王夫人說：「妳要少操心，多寬解，而且不能勞累。年紀輕輕，身體給人的感覺卻如同四十來歲的人，怎麼成？妳打算在遂縣休養多久？」

「表姊，妳家裡一堆事，不如休養個把月，等身體好了再回去？否則現在這樣回去，要是再忙活，肯定不好吧。」

王夫人為難地看向蘇清悅。「家裡事情太多，若在遂縣住上個把月，恐怕……」

蘇清悅不高興了。「表姊，妳那個家裡有什麼？妳動手術，那張單子上明明白白寫著，萬一不順利要死人的。可是，有人來管妳嗎？連探望的人都沒有。」

「從金陵過來太遠了。」

「不遠。舅媽她們從京城過來看阿娘，大半個月的路程，她們說遠了嗎？」蘇清悅道：「妳難產險些丟了半條性命，姊夫不聞不問就算了，妳婆婆也不管妳身子如何，繼續逼妳操持家務。要不是沒坐好月子，妳會落下這個病？」

王夫人又低下了頭。「清悅，有些事情，妳不明白。」
「我怎麼不明白？」
蘇清悅還要繼續說，蘇老夫人輕聲喝住了她，轉頭對于老夫人道：「清悅被我慣壞了，嫂子不要見怪。」
于老夫人嘆了口氣。「清悅沒說錯。這不是命嗎，一個女人能怎麼辦？」
莊蕾看向王夫人，不知蘇清悅是故意為了表示跟她要好，所以不避諱說這些私事，還是真心對她沒有防備？
「這話本不該由我說，但我覺得，妳早一點或晚一點回去，對那個家來說沒什麼差別。少了誰，日頭照樣每天升起，可身體是妳自己的，如果不好好調養，早早去了，妳的母親會傷心，妳的女兒會沒有依靠，而那些整日讓妳勞碌的人是不會有感覺的，甚至會暗自高興。「所以，我建議妳留在遂縣休養一陣子，半個月換一次方子，用上三張方子，便能調整出適合妳的藥方。以後兩個月妳來遂縣一趟讓我瞧瞧，七、八個月便可調養得差不多。」
蘇老夫人沒想到莊蕾會說這樣的話，也跟著勸王夫人。「永梅，莊娘子說的可都是肺腑之言，妳就留在這裡養病。為了能送三個姑娘出嫁，妳得先顧及自己的身體。」
王夫人含著淚點頭。
莊蕾見狀，替她開了第一張方子。「先按這個方子抓藥，若有什麼不對勁，比如胃裡難受、心跳加快，就來找我換方子。要是沒什麼事，半個月之後，我再來幫妳調整方子。」

于老夫人對著莊蕾千恩萬謝，送她出了房門，又低聲問：「莊娘子，妳說永梅以後子嗣艱難，那到底還能不能生？」

莊蕾轉頭，看著于老夫人。「生是能生，只是有沒有必要。要是生了，她的病可能就復發了。」

「她還沒有兒子，若是懷上了，到時候請妳親自調理，可行？」

莊蕾嘆氣。「到時候再說吧。」

蘇清悅過來，手搭在莊蕾的肩膀上。「花兒，妳多多費心。」

「能幫忙的，我哪能不幫忙？」

莊蕾無奈，她能說什麼呢？這個世間的女人各有各的可憐，真是可憐不完，唯有自己強大起來才行。

哪怕在別人眼裡，她就是個小寡婦，也不會覺得自己可憐。

第六十章 清明

出了王夫人住的地方，蘇老夫人忽然出了聲。

「莊娘子留步。」

莊蕾停住腳，蘇清悅過來，拉著她進隔壁的屋子。

蘇老夫人對莊蕾說：「莊娘子，老身向妳賠禮了。」說著便要彎下身子。

「老夫人這是？」莊蕾忙扶住她。

「經過這幾日，老身方知娘子對我兒的大恩。這些年，我姪女當真是生不如死。」蘇老夫人彎腰行禮。「妳豈止是救了她一命，於女子而言，若是變成那樣，令夫婿生厭，在家中也沒了威信，當真是步步艱難。」

「老夫人，在我看來，那樣的男子，生厭就生厭，沒什麼可惜的。女子懷孕生育本就辛苦，為了生育落下病症，男人不懂疼惜，這樣的男人哪裡還值得跟隨？」

莊蕾說著，看了蘇清悅一眼。「朱大人與王夫人的丈夫不同。那一日，他為救清悅姊，求著聞先生進產房，您就該知道，在他的心裡，清悅姊的命比什麼都重要。您之前的想法侮辱了我，也侮辱了對清悅姊一片真心的朱大人。」

「是老身想岔了，老身向妳賠罪。」蘇老夫人再次彎腰。

莊蕾還禮。「也是我執拗，被這樣誤會之後，才彆扭這麼久。是我小器了。」

不管蘇老夫人是因為她的醫術高明，為了以後有求於她時更好開口，還是真心實意地道歉，這都不重要。她沒必要跟一個老太太計較，也不願把一個誥命夫人的示好往外推。

於是，莊蕾道：「老夫人，上次問過您的，那些各州府院試的卷子，是不是有了？」

「正要給妳呢。」蘇清悅拿出一個大匣子。「不僅讓人幫妳抄錄院試和鄉試的卷子，還把國子監幾位博士的點評也寫上了。另外，我家官人從裡面挑選幾篇重要的出來，讓妳家小叔先看。如何，做得用心不？」

「清悅姊，妳太好了！」莊蕾一把抱住蘇清悅。「我真的太太太喜歡妳了！」

莊蕾的小女兒模樣，讓蘇清悅很是高興，捏了捏她的臉。「就等妳這句話呢。」

莊蕾帶著江玉蘭回壽安堂，剛進休息室坐定，江玉蘭便關上門，從懷裡掏出小荷包，拿了一兩銀子給她。

「莊娘子，這是王夫人給的賞銀。」

莊蕾看著她。「給我幹什麼？」

江玉蘭將銀子放在桌上。「這個不該我得的。我吃這裡的、用這裡的，每個月還有一吊的工錢，不能再拿了。」

莊蕾把銀子塞進她的手裡。「妳拿著。妳還有兩個孩子要養，總得替他們攢點錢。」

「可我還欠您錢。」江玉蘭說道。

莊蕾靠著椅背，神情很是閒適。「妳覺得這幾天做下來如何？」

「除了那天看您動手術，把我嚇壞了，其他時候都還好，無非就是伺候人。我婆婆亡故之前，我也替她端屎端尿，這些事倒是幹得慣。」江玉蘭回答。

「如果以後一直幹這些活計呢？我再幫妳加一吊錢。爺爺把一旁的房子盤了下來，打算以後給學徒住，我獨獨替妳留了兩間，可以把王婆婆和兩個孩子接過來，這樣你們四個住在一起，兩吊錢也能有個嚼用。」

「若是您給了兩吊錢，我欠了那麼多銀子，就更還不完了。」

「這就看妳的本事了。若是妳能早早出師，替我帶人，以後妳就是師傅，還能加工錢。另外，如果晚上要值班，也有補貼，妳還錢就更有望了。」

江玉蘭聽到這裡，不由跪下。「娘子的恩情，我該拿什麼回報？」

「自然要妳回報，妳得認真學，認真幹；我跟妳說的每一句話，都要不折不扣地做好。只要妳帶頭了，後面的小丫頭們有樣學樣，我想做的事情就順利了。」莊蕾說道。

她向聞先生提過，未來壽安堂要做住院病房，需要培養合適的護理師，黃成業便讓人買回二十個孩子，都是十一、二歲的年紀。她一個個仔細看過，都挺機靈的，可以慢慢教。

「娘子說的，我全記在心裡，絕對不會做錯，請娘子放心。」江玉蘭堅定地說道。

莊蕾拍了拍她的肩膀。「好好幹，我相信妳。」

這日傍晚回到家裡，莊蕾忙問道：「月娘，二郎呢？」

「在屋裡，說是看書做文章呢。」陳月娘答道。

莊蕾興匆匆地進去，陳熹見她笑容滿面，停下筆問：「嫂子，什麼事這麼開心？」

莊蕾把手裡的東西遞給他。「高興不？」

和前世的資訊爆炸不同，這個時代連書都要用抄的，想湊齊考古題，根本不可能，更何況還有國家最高學府老師的點評，以及朱縣令這個學霸的猜題。

陳熹起身，一把拉住了莊蕾的手。「嫂子，嫂子，妳為什麼總能知道我想要什麼？」

見陳熹笑得那般開心，莊蕾心裡也很暢快。他不該整日逼著自己長大，合該有這個年紀的少年應有的樣子。

桃花開時，正是清明時節，壽安堂在清明的前兩天放了假。

如今陳照已經學會趕車，莊蕾向壽安堂借了馬車，和張氏帶著家人回小溝村。

一家子從車上搬了一堆東西下來，張氏在客堂間的八仙桌上擺了九碗菜、十八只酒杯，點上香燭，叫了一聲。「二郎，三郎，來給祖宗敬酒。」

陳熹依著遂縣的風俗，在十八只酒杯裡倒酒。張氏帶著孩子們跪下，向祖宗磕頭。

祭拜完，一家子又拿了艾團、水果、糖果，讓陳照扛了鋤頭，一起去墳地。

各家墳頭上，成串的白紙飄飄搖搖，這就是掛青了。常言道：「有兒墳上掛白紙，無兒墳上屙狗屎。」或說：「有兒墳上飄白紙，無兒墳上草樹青。」春日野草瘋長，誰家墳頭乾淨，掛的白紙多，就表示子孫孝順，人丁興旺。

莊蕾插了竹竿，在自家公爹和大郎墳前掛上白色紙錢。

張氏在墳頭擺了祭品，繼續燒紙。她和陳月娘用了幾個晚上，摺出滿滿四個麻袋的元寶，邊摺邊念叨。「如今咱們手頭寬裕，不能讓祖宗和妳爹、妳哥他們在地下拮据吧？」

他們拿來的銅盆裡燒著熊熊烈火，羨煞一旁也來上墳的陳家族人。

陳熹和陳照除了墳頭的草，莊蕾擦了墓碑。張氏撒了最後一盞酒，祭奠家人。

莊蕾看著陳然的墓碑，不免垂淚。

陳熹過來，跪在墓前。「哥，嫂子很能幹。如今我們過得很好，你在那裡放心吧。」

一家人離開墳地，在田埂上遇見同村的嬸子。「阿然的娘，妳就是會養人，當初花兒從莊家過來時，是個乾乾瘦瘦的小姑娘，現在咱們遂縣卻是找不出第二個這樣標致的小姑娘。二郎也是，嘖嘖嘖，真像戲文裡說的那樣，仙童下凡似的。」

「阿奎的娘，天下就妳的嘴巴最甜了。」

嬸子手裡拿著一把新摘的蒲菜，遞給張氏。「阿奎他爹在摘蒲菜，妳拿去嚐個鮮。」

一旁的大叔則遞上柳條，上面串了兩條魚。「嫂子，剛剛打上來的鱖魚，妳拿回去。」

張氏笑著接過。「那我就不客氣了。」

中午在三嬸家吃了飯，張氏便回去，要把在城裡買的禮物挨家挨戶送給鄰居們。

莊蕾讓陳照拿了竹子、簸箕和網兜，和陳月娘提著籃子往外走。

三叔看著他們這股熱乎勁兒，猜出他們想幹什麼，叫上他兒子。「我帶你們去。就他們弟兄倆，哪裡抓得到？」

三叔身後跟了一群小子，一起去河邊。莊蕾和陳月娘去田頭摘野菜。

「咱們家二郎越發活潑了。」

「嗯，這樣才好。」莊蕾看著跟在三叔身邊的陳熹。今早出門時，他還穿了長衫，被她叫回去，換了一身短褐。身體好了，又值大好春光，不來地裡跑一圈怎麼行？

「妳說，阿燾現在過得怎麼樣？」陳月娘問她。「我看娘雖然嘴上不說，心裡卻是時時記掛。」

「能怎麼辦呢？好歹他是安南侯府的世子，總歸不會太差。」

「這句話，我以前信。可妳看上次阿燾回來的樣子，叫我們如何放心？」

「有些事，咱們能管；有些事，卻是沒辦法。我也想幫阿燾，可侯府讓咱們管嗎？」莊蕾嘆息一聲。「以後若能去京城，咱們就去看看他。」陳燾的日子，還是要靠他自己才行。

一叢蘆蒿綠油油，兩人拿小竹竿敲幾下，打草驚蛇後，摘了一大籃。

遠處，陳熹正蹲在地上撿螺螄跟河蚌，莊蕾便將籃子勾在手臂上，走過去瞧。

陳熹抬頭，給莊蕾看手裡的河蚌。「嫂子，三叔說這時節的河蚌最鮮美，我能吃嗎？」

「能。你現在什麼不能吃？」

陳熹笑得歡，倒是有那麼點傻樣。

回到家，張氏已經收了一堆土產，加上他們撿到的螺螄和河蚌，一輛馬車塞得滿滿當當，幾個人都快坐不下了。

陳熹和陳照的鞋子濕了。陳照大剌剌地脫了鞋，赤著腳坐在車內；陳熹的腳卻還捂在濕鞋裡。

莊蕾說他。「這樣不難受嗎？脫了鞋吧。跟你說過多少次了，你是鄉下小子。」

「對啊，而且都是自家人，這樣講究做什麼？」

陳熹被嫂子和大姊圍攻，只好脫下鞋。

張氏看了他的腳。「今天阿奎的娘說得沒錯，咱們二郎身上有肉，好看多了。」

「就是。當初那雙腳跟鳥爪似的，只有骨頭沒有肉，現在多好啊。」

「還要多吃點，以後肉鼓鼓的，像三郎那樣才好。」張氏說道。

陳熹瞥陳照一眼。「阿娘，您問問三郎，回來之後他又胖了多少？」

莊蕾打量越發魁梧雄壯的陳照，一把搭上他的脈。「三郎，我要幫你健脾祛濕。」

陳照一愣，聽不懂莊蕾的話，一副憨憨傻傻的樣子看著莊蕾。

莊蕾笑著說：「我要幫你減肥。」

「減什麼？這樣胖胖的才好。」張氏叫道。

「阿娘，您不懂，人太胖，老了容易卒中。我現在就得管他。」

陳照一臉懵，話怎麼就講到了他身上？以後他還能不能好好吃飯了？

到了城裡的家，土產一筐一筐從車上搬下來，張氏問莊蕾。「要不要送些給聞先生？」

莊蕾點頭。「好啊。」

她挑了一條鱖魚，小半簍竹筍、蘆蒿，再拿了些野菜放進籃子裡，叫了一聲。

「三郎，你去聞先生家裡跑一趟。」

「送東西，還是妳自己去吧。」張氏說道。

「我還是別上門，萬一聞老太太多想，又跟聞先生鬧騰，有什麼意思？」

莊蕾說著，看向陳熹。她聽陳熹說過，教他的羅先生怎樣都不肯收束脩。「二郎，你也拿些東西給羅先生。」

「好啊。」

莊蕾想到羅先生，張氏也有街坊要送，問道：「黃老太太那裡，要不要拿點給她？」

「她那裡的莊子出產多，不稀罕這些。我明天做筍丁燒麥給她嚐嚐。」

東西看著多，但幾家一分，剩下的也就那些了。

張氏把魚掛在廊簷下晾著，莊蕾處理起河蚌。河蚌寒涼卻鮮美，但要吃也不容易，清洗起來頗為費力。

莊蕾再去切了一塊鹹肉，剁了三支春筍。指揮陳月娘和麵，擀了餛飩皮，剁薺菜肉餡。

接著，莊蕾把蔥薑爆香，飛快翻炒河蚌肉，倒入料酒，加入鹹肉跟水，文火慢燉，再過去跟陳月娘一起包薺菜餛飩。

這時，陳照回來了，臉色不太好看。

「三郎，怎麼了？」陳月娘招手讓他進來。

陳照悶悶地說：「聞大哥的娘說，他們不缺這些東西，叫我們以後別拿過去了。」

「其他人在嗎？」莊蕾問他。

「沒見到。」

陳照憨實，如今連他都看得出不對勁了。聞家婆媳究竟是怎麼回事，她跟聞海宇非必要都不見面了，還要怎麼樣？

張氏笑了笑。「花兒，別生氣，隨她們去。」

陳熹提著籃子進門，張氏看見裡面有隻風乾的老鵝，叫道：「你怎麼還拿東西回來？」

「師母非要給我，我能怎麼辦？」陳熹好生無奈，看見陳照耷拉著臉，拍了拍他的肩膀。「怎麼了？」

「我送東西去聞家，聞大哥的娘……」陳照把事情一五一十地說給陳熹聽。

陳熹冷笑一聲。「何必跟愚婦一般見識？」走到莊蕾身邊說：「嫂子，我肚子餓了。」

莊蕾側過身，在湯裡下春筍。「馬上就好，去客堂間等著。」

「好。」陳熹應聲。

廚房裡，莊蕾另外起了一個鍋子燒水下餛飩。餛飩下好，撈進燉得奶白、咕咚咕咚冒泡的春筍河蚌鹹肉湯裡，抓一把青蒜葉放上，便端出去。

「今日簡單些，混在一起煮了。」

濃郁的湯頭、鮮美的筍片和河蚌，加上春日特有的薺菜大餛飩，一家子都忘了方才那點不愉快，端著碗，連菜帶湯吃得一點都不剩。

「嫂子，明天再做吧？」陳熹帶著希冀的目光看莊蕾，陳照也用同款目光盯著她。

「明天吃螺螄。」莊蕾敲了敲他們的腦門。「好吃，也不能天天吃吧？」

第六十一章 母子

第二天，壽安堂依舊放假，開飯館的卻是不能任性，一早就開了門。

幸虧張氏聽了莊蕾的話，年後便找隔壁鄰居幫忙，一個就是阿保嬸，另一個是聞先生徒弟林師兄的娘子林嫂子。

如此一來，加上陳月娘和張氏，就是吃飯的時辰忙些，其他時間可以歇歇。畢竟現在家裡也算有幾個錢，沒必要把自己弄得累死累活的。

莊蕾不用去鋪子裡幫忙，睡了個懶覺起來，隨便吃了兩口，權當早飯和午飯，就去廚房和麵，做筍丁燒麥，打算送去給黃老太太。

莊蕾不喜歡加糯米的燒麥，反而喜歡那種麵皮包裹新鮮竹筍肉餡和蒲菜肉餡，吃起來有些類似於小籠包的，是她前世服務醫院的郊區分院旁那家早餐鋪子裡的味道。

燒麥皮做得勁道，才能包裹住裡面的湯汁。

鍋蓋揭開，那股獨特的鮮香撲鼻而來。

陳熹趿拉著鞋走進廚房，看見出籠的燒麥，伸手就要抓，被莊蕾拍掉了手。

「洗過手沒有？」

「洗過了。」陳熹又要伸出手，卻見莊蕾已經拿了小碟子，幫他挾了五個燒麥。

陳熹站在一旁，一邊吹涼滾燙的燒麥、一邊看莊蕾忙著起鍋，把燒麥裝進食盒裡。

「師兄。」一個嬌滴滴的聲音傳來，莊蕾從廚房裡探出頭，見門外有個小姑娘，年紀比她小一點，一張臉蛋算不上好看，卻是清清秀秀的。

「妳是？」

「我來找陳熹。請問他住這裡嗎？」小姑娘問。

「是羅家姑娘吧？快進來，二郎在裡面吃東西呢。」莊蕾招呼。

小姑娘走進來，上面的白色衣衫外罩一件粉色半臂，下身是粉色紗裙，紮著雙髻，對莊蕾叫了一聲。「陳家嫂子。」

陳熹從廚房出來，嘴上還有油水，掏出手帕擦了擦。「師妹怎麼過來了？」

「爹爹的舊日同窗來訪，想要見見你，所以讓我來找你。」小姑娘看陳熹的時候，羞紅了臉。

莊蕾一樂。當真是哪個少女不懷春？自家小鬼頭，也有人思慕了。

陳熹點點頭。「知道了。我換了衣衫，馬上過去。」

莊蕾幫小姑娘挾了幾個燒麥。「羅姑娘，剛出籠的燒麥，妳嚐嚐。」

「謝謝嫂子。」小姑娘接過。

「妳在這裡等二郎，我有點事，先出去了。」

「嫂子您忙。」

莊蕾裝好食盒，便去找黃老太太了。

如今莊蕾進黃老太太的院子，是不用通報的，剛剛踏進院子，就聽見黃老太太中氣十足的聲音。

「當真是妄想！如今成業改邪歸正，你們又看他不順眼了？合著他就該每日浪蕩，你們才舒坦？」

「娘，我不是說，讓他跟著去米鋪做事嗎？藥廠那麼大，這孩子沒管過大生意，您為他好，也要讓他慢慢來啊。」

「什麼叫去米鋪做事？他忙活藥廠的事情就夠了。這個孩子，我帶了，不用你多操心。只要她還是黃家的當家主母，成業就跟著我。」

莊蕾撞見人家的家事，實在是進退兩難。

黃老太太怒容滿面，站在臺階上，看見莊蕾便招手。「丫頭，過來。」

莊蕾提著籃子往院子裡走，看見黃員外夫妻跪在臺階下。

黃老太太叫了聲。「你們都起來。」

黃成業的繼母吳氏站起來，拿著帕子擦了擦臉頰。

黃老太太指著她罵道：「滿肚子壞水，裝出一副我欺負妳的死樣子給誰看？再挑唆妳男人動歪主意，我就打斷妳的腿！」

哪怕黃老太太做下這一番家業，對付小白花卻是一敗塗地。今天罵了這麼久，難道黃員外就能幡然悔悟，就能按照她的心意，從此睜開眼睛？只怕是越發瞎眼了。

黃員外夫妻退出去。吳氏轉頭，看了莊蕾一眼。

「老太太，我帶了筍丁燒麥和蒲菜燒麥過來，您趁熱嚐嚐？」莊蕾提起食盒。

黃老太太進了屋，氣還沒消。「這些錢都是從我的私庫裡出的，礙著他們什麼了？看見我手裡的這點銀子，就睡不好是吧？」

莊蕾從黃老太太拉拉雜雜的話裡，琢磨出事情的來龍去脈。

黃員外覺得讓黃成業管那麼大的藥廠投資不妥，非要讓黃成業先從米鋪學起，跟黃老太太起了爭執，甚至覺得黃老太太年紀大了，受聞先生和她的蠱惑才糊塗了，苦苦勸諫。

他們是把她當成騙子了？這感覺一如前世她看到那些兒孫勸阻投入非法集資的老人的無奈。

「他們的意思，我還不明白嗎？就是我糊塗了，拿著錢瞎用，他們不能任由我胡來。」

黃老太太氣鼓鼓地挾起莊蕾做的燒麥，放進嘴裡。「誰對我好，誰對我不好，我還分不清？我沒糊塗到這種地步。」

「老太太，您就別生氣了。我會做好這件事，一定幫您把臉面爭回來。」

黃老太太一聽，拍著桌子問莊蕾。「丫頭，看著成業如今的樣子，我就覺得那幾萬兩銀子值得了。他們需要這樣嗎？為了那點錢，母子、父子情義都不顧了。」

這個，莊蕾就沒辦法回答了。若是陳家，定然不會出現這種狀況；若是莊家，本來就沒情義，為了錢更會不顧一切。

一會兒後，莊蕾從黃老太太屋裡出來，看見黃成業，伸手拍了拍他。

「你要好好幹，千萬不能辜負你奶奶的期望。」

黃成業被她這般感慨弄得莫名其妙，不知道她今天是哪根筋搭錯了，只能點頭。

「最近我不是很賣力嗎，妳還要我如何？」

「那就更賣力些。」莊蕾橫他一眼。

黃成業想要反駁，沒敢出聲。這丫頭就是另外一個奶奶，回嘴不是找罵嗎？算了！

莊蕾回到家，看見陳照帶著江玉蘭一家子過來。

今兒一早，陳照駕車去李家村幫江玉蘭搬家。江玉蘭跟王婆子說好了，既然王婆子也是孤苦無依，索性一起過來幫著看顧孩子，以後她替王婆子送終。

莊蕾走到馬車邊。「玉蘭，今兒妳家別開伙了，來我家吃晚飯。」

「這怎麼好意思？」江玉蘭抱著妮妮下車，王婆子帶著她的兒子阿牛跟在後面。

「沒什麼不好意思的。妳今天也累了，兩個孩子也是。」

莊蕾正說著，妮妮暴躁地叫了起來，要打阿牛。王婆子喝斥她，她又急得哭了。

莊蕾過去，摸了摸妮妮的手。許是被陌生人摸了，妮妮害羞地往江玉蘭懷裡鑽去。

莊蕾時常聽江玉蘭說起妮妮和阿牛，看孩子的舉動，覺得有些不對勁。江玉蘭家貧，上門吃飯沒什麼可以送的，便拿了幾雙鞋底過來。

「之前閒著沒事，怪想孩子的，沒事就納鞋底。嬸子和月娘平時也忙，定然沒工夫，我就準備了幾雙。」

張氏拿起鞋底打量。「好手藝，這針腳真是細密。我家有兩個男孩，確實費鞋。」

「要是嬸子覺得好，下次我再納些。」

「不用，納鞋底耗時費力，以後孩子在身邊，妳還是多陪陪孩子。」莊蕾幫江玉蘭添了一碗飯。

妮妮只吃兩口就不吃了，在座位上扭來扭去，想要下桌，卻被王婆子一把抓住，便放開聲音，大哭起來。

張氏過來勸，莊蕾從方才就覺得不對勁了，問道：「玉蘭，孩子是不是厭食，不想吃東西啊？還容易煩躁？」

王婆子先回答。「是啊，莊娘子怎麼知道的？」

「會不會時常喊肚子疼？」

「會！」

「孩子肚裡有蛔蟲，我去抓藥，晚上熬給兩個孩子喝，清一清蟲子。否則孩子長不高，還容易變笨。」

莊蕾吃過晚飯，進了壽安堂，寫了方子遞給值班的夥計，夥計立時抓了藥。

莊蕾把紙包交給江玉蘭。「等下記得熬藥。」

打了兩次，兩個孩子肚裡的蛔蟲才打乾淨。

看孩子們這般瘦弱，實在可憐，莊蕾琢磨著幫他們調理。但是兩個孩子還小，喝藥的話，恐怕很難接受。

平日家裡常做的八珍糕倒是適合兩個孩子，莊蕾便多做了些，送去給江玉蘭。

江玉蘭沒想到，莊蕾除了替孩子看病抓藥，還操心孩子的身體，不怕麻煩地幫孩子做這些調理身體的吃食，覺得她真不配莊蕾這麼對待。

莊蕾橫她一眼。「那些往事，值得妳這般牢記？我對妳好，是因為現在的江玉蘭，與過去無關。妳也該從往事中走出來了。」

江玉蘭再次濕潤了眼睛。

莊蕾無奈，江玉蘭這般愛哭，就讓她哭去吧。新出籠的八珍糕，也要送些給朱家才好。

如今，兩位老夫人都先回去了，府裡只有表姊妹倆在。自從最煩惱的事情解決後，王夫人的氣色一日好過一日。

莊蕾把食盒遞給榮嬤嬤，拿出一只罐子。「妳們吃的是八珍糕，這罐子裡的藥材沒有粳米粉和糯米粉，可以放在鍋裡，調成米糊糊給寶兒吃，有助於脾胃和順。」

「這丫頭就是有心。表姊，妳說是吧？」

王夫人笑著點頭。「莊娘子想得周全，當初我若也能得妳的照顧，定然不會是如今這個模樣。」

「現在也不遲，慢慢調理就好。」莊蕾說道。

「嬤嬤，去拿茶葉和布料過來。」王夫人吩咐。

嬤嬤拿出茶葉和兩疋緞子，放在桌上。

莊蕾一眼看過去，便知是極好的貨色。「夫人，太貴重了。」

「我手頭有幾間鋪子，做的就是綢緞和茶葉生意，這些都是自己的東西，與妳救了我下半輩子相比，真不算什麼。更何況那一日，妳的話可謂醍醐灌頂。」

莊蕾有些意外，王夫人坐下道：「那個家裡，唯獨三個女兒少不了我，其他人巴不得我死了。與其替他們勞心勞力，不如隨他們去。我只要管好三個女兒，藉著身體不好，去莊子上養病就是。」

「夫人想得開就好。原本我還擔心，您要是再生孩子，年紀大了，身體肯定更吃力。如果您這樣想，以後心境開闊，整個人會好起來的。」

莊蕾說完，依然不肯收禮物，但王夫人鐵了心要給，還讓僕婦替莊蕾送回去。

莊蕾沒辦法，只能收下。

晚上，莊蕾拿出王夫人給的緞子。之前，蘇清悅給過她一疋白色的提花錦緞，她也在淮州買了些布料。

莊蕾拿起布料，在陳熹和陳照身上比劃。

「娘，我看這塊灰色的給二郎做夏衫，他壓得住。三郎皮膚黑些，藍色這塊給他。」

陳照伸手拿下布料。「我不用這等滑溜溜的料子，吃個東西，濺上一滴油就明顯得很，還是給二哥這樣的精細人去用，我穿不了好貨的。」

「嫂子，家裡最常在外走動的就是妳，穿衣時要多注意一些。我們幾個隨便些無所謂，但妳不覺得，朱夫人和王夫人都送妳衣料，就是看妳一身布衫看不下去嗎？」

莊蕾無語。這死孩子什麼時候這麼耿直了？

「行了，花兒做兩身。過兩天就是妳的十五歲生辰，妳早些回來，我們一家子一起吃頓飯。」張氏看著莊蕾。「總算把妳養成大姑娘了。」

許太醫這個大爺是真大爺，按照約定來了壽安堂，說是一同做青橘飲療效研究。

這位老先生還帶了個小徒弟，年紀大約二十來歲，看起來也是個混日子的。

前世莊蕾見多了這種靠著上一代關係進來混日子的，沒有真材實料，混個兩代，到了第三代，關係稀薄，就混不下去了。想要成為醫藥世家，就跟辦企業似的，傳承重要，創新更是重要。

兩位師兄過來坐堂。診間一排四個位置，莊蕾提議聞海宇也開始接診，大大緩解壽安堂醫生不足的問題。不過，又出現和莊蕾剛來時一樣的情形，病人指名要聞先生或莊蕾看。

兩位師兄沒有莊蕾當初的三把火，所以只能從診金區分，莊蕾和聞先生類似專家門診，其他三個人屬於普通門診。如果有疑問，直接轉給莊蕾和聞先生。

如此，對於錢財上有些拮据的人來說，能省則省；對於兩位師兄來說，能多看幾個人，就多看幾個。這個世道能不手術就不要手術，但有些是不可避免的，比如林師兄接診的這個肛瘺病人。這個毛病真的很痛苦，女人來大姨媽也就一個禮拜，他是反覆感染遷延不癒。

林師兄按照自己的習慣，給了一張仙方活命飲，然後用三棱針刺開引流膿液。

聞海宇進去看了之後，過來問莊蕾。「花兒，妳有什麼看法嗎？」

莊蕾提了一堆見解，首先要看跟摸，不行的話還要探和灌。看著他們的表情，拆開來的話全懂，合併起來一句也不明白，讓她恨不能敲他們的頭。

第六十二章　遇險

「啊呀！也太噁心了！」

莊蕾出了診間，許太醫的小徒弟跟著她跑出來。莊蕾想回自己的休息室整理資料，那些也要搬到藥廠的辦公室。

小徒弟問莊蕾。「莊娘子，他們怎麼摸得下去啊？」

莊蕾瞥他一眼。「摸不下去？那你就別吃這碗飯。」

「妳這個小姑娘怎麼說話的？」

眼看這傢伙定會聊個沒完，莊蕾捏了捏眉心。「你的文書都謄抄完了嗎？沒有的話，去謄抄。」

許太醫不幹活，但她的研究資料不能全被搬走，這些都是要存檔的，只能讓小徒弟抄寫。可是，小徒弟連抄寫也不盡心，還要影響別人，可見大津的醫療系統效率有多低了。人家是吃公家飯的，壽安堂是民營企業，要自負盈虧，新開的藥廠更是引入了資本，需要向投資人交代。小徒弟不好好抄寫，耽誤了進度怎麼辦？

他還喋喋不休地說著。「莊娘子，過兩日我回淮州，帶桂花糕給妳好不好？」

莊蕾白他一眼，一包桂花糕也需要說嘴？這種工作場合撩妹的橋段，真是要多噁心有多噁心，比那肛痛的症狀更噁心。

可這般噁心的貨色，還不能不用。

「你留著自己吃吧。」

「燒餅？」

「沒興趣。」

「那妳喜歡什麼？」

莊蕾不耐地說：「我希望你能盡快把這些文書整理好，上報太醫院，讓青橘飲進入惠民局。你是來做事，不是來閒磕牙的，明白嗎？」要是前世帶到這種研究生，她鐵定勸退了。

莊蕾整理自己的文書，收入箱籠，小徒弟還是在她身邊打轉，說個不停。

「莊娘子，妳這個年紀，這般老成做什麼？那些積年的老太醫都沒有妳沈悶。小娘子就該活潑些，妳看看妳，一身素淨，頭上只有一根木簪，可知淮州的姑娘如今時興的打扮？」

「你可以出去了。你再囉嗦，別怪我不客氣！」混日子的人，能不能不要在她的眼皮子底下出現？莊蕾很討厭這樣的人，她整理好就要回家了，今天是她的生辰，家裡還等著她晚上聚一聚呢。

那人非但沒有出去，還反手將門關上。

莊蕾這才反應過來，因為待在熟悉的地方，她失了防備。

休息室不大，莊蕾靠著自己的書桌，冷著臉問：「你幹什麼？」

「莊娘子，何必拒人於千里之外？妳要是有了我的襄助，何苦做這些事，才能得惠民局的認可？」

「哦？你能幫我？」莊蕾一邊拖延工夫、一邊用眼角餘光瞥著旁邊，看是否有東西可以拿來抵擋。

那人挑了挑眉，嘴角一歪，賤賤地笑了一聲。「我當然能幫妳。」

手邊有兩個選擇，一個是蠟燭燃盡的燭臺，上面的蠟托尖利，可以傷人，但是需要近距離攻擊；另一個是硯臺。

莊蕾抄起身邊的硯臺，想扔過去，卻看見小徒弟手裡拿著一枚飛鏢，心頭一凜。方才她判斷這個人是來劫色，可現在這個情形……

莊蕾放下了硯臺。

「嫂子！」門被拍響，陳熹在外面問道：「妳在裡面嗎？」

「妳出聲，就連他一起死。」小徒弟變了一張臉，凶相畢露。

莊蕾的心猛跳，深吸一口氣，問他。「是誰想要我的命？」

那人一步一步往前，到了莊蕾面前。「這麼漂亮的女人，還是個沒有經過人事的雛兒，我還真捨不得。誰要妳的命，妳就別問了，問了我也不會告訴妳。」

莊蕾雙手撐著後面的書桌，仰頭看著這個長得人模狗樣的東西。只要有色心就好，她還能想辦法。

她淺淺漾出一個笑容。「既然如此，要命，還不如要身？」咬了下她的下唇，這個姿態既清純又撩人。

小徒弟喉結滾動，顯然是滿意於她的知情識趣，手搭在她的肩上。

莊蕾問他。「若是你得了我，是不是能不殺我？」臉上帶著祈求，一雙妙目看著他。

小徒弟被她看了一會兒，放下了手上的飛鏢。

「你肯不肯放過我？」莊蕾再問。

那人被莊蕾軟糯的聲音弄得一酥，輕聲笑著。「只要妳乖乖跟著我走，我留妳一命。」

他伸手觸碰莊蕾的臉，肌膚就跟嫩豆腐一樣水滑。手接著滑到莊蕾的領口，伸手一扯，露出裡面的素色抹胸，一下子興奮起來，伸手扯開自己的衣襟。

莊蕾忍住想吐的感覺，趁著小徒弟解衣帶的當口，抄起身邊的燭臺，用吃奶的力氣扎進他後背，聽他悶叫一聲，燭臺滾落在地上。

「救命！」莊蕾大聲叫，卻被他一把掐住脖子。

小徒弟瞪大了眼睛，罵道：「臭娘兒們，一個寡婦裝什麼貞潔烈婦？今天老子就送妳去見閻王！」

莊蕾無法呼吸，眼前發黑，力量上的懸殊注定她是這場較量的輸家。她沒想到自己會是這樣的結局，腳還在掙扎。

就在這時，房門被撞開，陳熹衝進來，大叫一聲。「嫂子！」

小徒弟見門口大開，時機已去，放開莊蕾，一把推倒陳熹，奪門而逃。

壽安堂的人看到衣衫不整的小徒弟衝出去，聞海宇第一個反應過來，叫道：「花兒！」

陳熹撐著地面爬起來，替還沒緩過神的莊蕾拉攏衣襟，見她閉著眼睛，心沈到了谷底。這個世上誰對他最重要，無疑是莊蕾了，是她從生死邊緣拉回他，從絕望中拯救他。如果莊蕾出事怎麼辦？他不敢想。

「嫂子……」他顫抖著叫。

莊蕾睜開眼睛，眼前還冒著金星，叫了聲。「二郎……」

陳熹拉她起來，拍著她的背。「嫂子，沒事了。」

奔進房的聞海宇問：「花兒，出了什麼事？」看房裡一片狼藉，大驚。「是不是……」

「是，快去報官。」莊蕾喘著氣。

聞海宇輕聲說：「花兒，這種事，還是不要報官了。」

莊蕾咬了咬牙，出聲道：「憑什麼讓惡徒逍遙法外？我沒做錯事，我不怕被人說。」

聞海宇低下頭。陳熹看著莊蕾，對她說：「我去吧。」

「你先陪我。師兄，你去。」

聞海宇聽莊蕾說得這般堅決，點點頭，出門去報官。

不一會兒，朱縣令親自帶人過來，見莊蕾臉色青白，身體還在發抖，便讓其他人退下。

「莊娘子，這件事我會查，妳確定要報官？」

莊蕾抖著嗓音說：「若是不報官，大人怎麼能為我討回公道？難道用私刑？」

「可這……對妳的名節？」

「大人，非她之錯，名節何損？」陳熹說道：「我家嫂子行得正，真要有人說，就讓人說去。」

莊蕾抬頭。「我相信天理昭昭，我相信大津的律法。」

朱縣令見她決意如此，問起事情經過。

莊蕾接過陳熹遞給她的茶水，喝了一口，說了來龍去脈，同時理清思路。朱縣令只是一個世家子弟，沒有本事為她跟安南侯府槓上，決定隱去那人想殺她的事。

朱縣令問完案，道：「妳好好歇息，我安排人去抓那惡徒歸案。到時候，需要妳過來當堂作證。」

「大人，若是涉及太醫院，您敢把人拘捕回來嗎？」莊蕾問他。

「莊娘子，既然妳敢報官，我就敢接，放心。」朱縣令站起身。「這件事，並不難。」

朱縣令走後，陳熹帶著莊蕾回去。

他們走正門，張氏還在前面的鋪子裡忙。

莊蕾的腿依然是抖的，回到自己的屋子裡，才趴在桌上放聲哭出來。

陳熹坐在一旁，輕輕拍著她的背。

莊蕾抬起頭，陳熹從懷裡拿出自己的帕子，伸手替她拭去臉頰的淚痕。

莊蕾接過帕子，擦了擦臉。「他是想要殺我！」這才把方才那人說的話講給陳熹聽。

陳熹怒火上湧。「嫂子，是我們大意了，以為只要讓謝景同帶陳燾回去，陳燾能認下他這個父親，就會歇手，我們還是將他想得太過於良善了。他們用這一招，就算失敗，大家只會當那人見色起意，誰能猜出後面的緣故？」

「你之前中的毒，顯然是經過精心配製的，可能不止你一個，還牽扯了其他人。我能解你的毒，還能救你的命，與其說謝景同擔心咱們，不如說他們擔心隱秘的事情被發現，所以趁著我還弱小，想殺了我。」

陳熹看她脖子上青紫的手印，很是心疼，道：「我拿藥酒幫妳擦擦。」站起來，從一旁的櫥子裡拿了藥酒。

莊蕾仰著頭，雪白脖子上青紫一片，看著嚇人。別看她從不在意穿著打扮，肌膚卻是天生水嫩。

微涼的藥酒抹上有些熱燙的脖子，莊蕾疼得眼睛裡含著淚，陳熹手上越發輕柔。

莊蕾忍著疼道：「朱縣令既是京城的世家公子，我就讓他查，不管結果如何，至少讓謝景同知道我們不是悶聲不響的人，別以為用這種手段就能得逞。」

陳熹接話。「這是一石三鳥。許太醫雖然沒什麼本事，卻是周院判的人。周院判馬上要卸任，若藉這個機會嫁禍給許太醫，妳出了事，聞先生與許太醫本有舊怨，壽安堂還會把青橘飲試驗上報的事託付給許太醫嗎？

「青橘飲對於太醫院來說，是大功一件，即便周院判馬上隱退，裡面的勢力也是錯綜複雜。秦院判正值壯年，怎麼可能讓這個功勞落到別人身上？」

莊蕾靠在椅背裡仰著頭，陳熹又倒了藥酒，繼續替莊蕾塗抹。那一瞬間，陳熹覺得有些怪異，他與自家嫂子肌膚相觸，這真的不合禮教。

莊蕾倒是無所謂。平日她幫人觸診，除非是泌尿或者是肛腸的毛病，否則不當一回事。

陳熹見莊蕾淡然處之，便壓下了心頭那份異樣感覺。

莊蕾畢竟是對開膛剖腹能等閒視之的女人，嚇過就行了，卻得想想應付的辦法。要是被謝景同和秦院判同時惦記，該怎麼辦？

「淮南王能不能幫忙？」莊蕾問陳熹。「朱縣令有本事，但人家未必願意為我們全力以赴。但是淮南王不一樣，對他來說，護住我們很容易。」

陳熹放下手上的藥酒。「妳想做什麼？」

「向他說明青橘飲的價值，把這件事往太醫院內鬥裡推。他不是抗倭名將嗎？對受傷的將士來說，青橘飲可是最好的良藥。」

古代戰場上，被砍了頭會死，被砍了腿也會死，連一道傷口都會死人。甚至可以說，感染就是最大的死亡威脅。

陳熹點頭。「自然可以。只是若這樣做了，咱們以後就完全依附於淮南王了。」

莊蕾閉上眼，回想書裡的細節。在原來的敘述裡，淮南王沒有什麼存在感。

莊蕾睜開眼看陳熹，決定相信自己的眼光。這個世界畢竟還是有所不同的，就憑著淮南王對老婆跟孩子那樣好，她也賭了！

莊蕾提筆，開始寫信給淮南王，提及青橘飲的功效，以及要請淮州醫局介入的原因。她寫到一半，覺得怎麼寫都不能把事情說得清楚，放下手裡的筆。

「二郎，你跟我一起去淮南王府。抱大腿還是要誠心一點。」

兩人還要商量，卻見張氏帶著聞先生進來，用哭腔道：「花兒，讓我看看傷到哪裡了？」說著便擁住莊蕾，看著她脖子下面的瘀青和臉上的紅腫，心疼得不知怎麼辦才好，眼淚掉個不停。

莊蕾伸手覆在她的手背上。「娘，沒事了，您別太難過。」

聞先生剛回來，就聽聞海宇說起這件事，立時趕來，嘆道：「妳這個孩子，怎麼就報官了？這種事情……」

「爺爺，這種事情肯定要報官，否則惡人如何懲治？律法要來何用？」

「花兒，聞先生也是為妳好。在別人眼裡，寡婦就是是非，哪裡會管妳是不是正經清白，光是這個身分，就有三分錯處了。這樣張揚出去，妳在遂縣又算是個有名氣的郎中，不消兩日，這件事就會被人傳得沸沸揚揚，這是何苦？」

「阿娘，這有什麼好怕的？我們無愧於心。我唯一慶幸的，就是嫂子沒事。」陳熹呼出一口氣。「聞先生，跟您借輛馬車，我們想去淮州。」

「去淮州？現在？」聞先生問。

莊蕾點頭。「沒錯。」

張氏叫著。「花兒，妳在家定一定心，別跑了。」

「不，我一定要去。」莊蕾堅定地說道。既然謝景同不肯放過陳家，那麼就好好來鬥一鬥，血債一定要血償才行。

「阿娘，我陪著嫂子去，您放心吧。」陳熹說道。

聞先生知道莊蕾有主意，遂不再多說，讓人去準備了馬車。

莊蕾換了件見客的衣衫，出了門，才發現陳熹走路一拐一拐的。

她先上車，看陳熹登車艱難，伸出手拉他一把。

兩人坐穩，莊蕾才問：「二郎，你方才摔疼了？」

「沒事。」陳熹搖搖頭。「算不得什麼。」

「給我看看？」

「真沒事，大概是瘀青了。」陳熹一臉靦覥。

莊蕾搖頭。「我幫你扎針時，又不是沒見過。你讓我看，我才能放心。」
陳熹拗不過她，解開衣衫，一個小布兜滾了出來。
莊蕾彎腰撿起，遞給他，陳熹卻說：「給妳的。」
莊蕾將小布兜打開，發現裡面是一方印章。之前她看陳熹的印章好看，平時她都是手簽文書和方子，所以也想讓他幫自己弄一方來。
「今日你特地來找我，就是想給我看這個？」
陳熹撓撓頭。「我刻好了，想給妳看看，也想叫妳早些回來。今日不是妳的生辰嗎？」
這是小孩子脾性，有了個好東西，就想給她看。莊蕾一下子沒忍住，眼淚掉下來。幸虧他一時孩子氣來找她，要不然……
陳熹見莊蕾眼淚直掉，忙道：「嫂子，別哭啊，妳先看看我的傷好不？」
陳熹撩起衣衫。莊蕾擦了擦眼淚，替他看了看。「嗯，沒事，瘀青而已。」
陳熹穿上衣衫，問莊蕾。「嫂子，喜歡嗎？」
莊蕾哈了一口氣，將印章上殘餘的印泥蓋在自己的手心。陳熹的字帶著筋骨，刻印章很好看，抬頭笑了。
「喜歡！」

第六十三章 決心

馬車有節奏地往前跑，哪怕是經歷了這麼大的事，莊蕾還是打起了瞌睡。

這種膽氣是前世練出來的，醫療援助、救災任務，哪個沒有危險？碰上的事情多了，她比普通人更容易鎮定。

莊蕾靠著車壁，閉上眼睛，不一會兒就呼吸綿長。她的腦袋不住地往下滑，馬車若是上下震動大了，她還會睜開眼看看四周，再閉上眼休息。

陳熹見她睡得不踏實，便坐過去。莊蕾自然而然地把頭靠在他的肩膀上，陳熹任由她靠著，看著她眼下的青黛色，有些心疼。

莊蕾睡了一路，醒來發現自己居然挨著陳熹，陳熹也挨著她，兩人互相依靠。

陳熹也閉著眼，平時的他是個很俊俏的半大小子，這會兒一張臉卻是嫩嘟嘟的，因為睡著的緣故，兩頰粉撲撲的，長長的睫毛，一副稚氣未脫的樣子，頗有點孩子氣。

這麼可愛的男孩，即便以前世的眼光看，也是妥妥的小鮮肉，過幾年都能出道了。

陳熹忽然睜開眼，見莊蕾撲閃的大眼睛看著他，想想他方才坐過去挨著她，有些不好意思，陡然之間血氣翻湧，紅透了臉，好生靦覥。

他撩開車簾，看向外面。「嫂子，看起來快到淮州了。」

「嗯。」莊蕾看他害羞的模樣，今日遭遇的種種難受，一下子盡消，過來一起趴在窗前。上一次來淮州的時候，還是冬天，這會兒已經是初夏了。一片片綠油油的麥子，風吹過樹葉，發出沙沙的聲響。

兩人趕在城門關閉前進城，到了淮南王府，請了門房通報，有個家丁出來招呼他們。

「莊娘子，王爺去了兵營，不在府內。下次過來，最好先遞個拜帖，王爺有空的話，自會見妳。」

大人物哪是她這樣的小螻蟻說見就見的？莊蕾興匆匆而來，此刻卻要敗興而歸。只能登上馬車，去城裡找個地方住下，明日回遂縣。

「莊娘子，等等。」郭伴伴的聲音傳來。

莊蕾下車，上前福身行禮。「郭伴伴。」

「王妃聽說妳來了，讓妳進去。」郭伴伴說道，眼睛卻看著莊蕾的臉和脖子。

莊蕾點頭，招手讓陳熹下車。

兩人跟著郭伴伴進了王府，郭伴伴派了個小太監帶陳熹去吃茶，莊蕾直接進了後院。

王妃身邊的丫鬟見了莊蕾，笑著說：「娘娘還在念叨莊娘子，莊娘子倒是自己過來了。」說著，帶莊蕾進去。

今日王妃一身湖藍色夏裝，好看得很。莊蕾上前大禮參拜，王妃笑著免了她的禮。

「宣兒要是知道妳來，定然高興得不得了。可惜，這幾日他跟著他父王去了兵營。」

等莊蕾站起身，王妃笑不出來了，盯著她的脖子，走下來問：「脖子是怎麼回事？」

莊蕾說：「我今天就是為了這件事來找王爺的。您知道之前我給小世子用的青橘飲吧？」

「對，那個藥不是很神嗎？妳還因此在許太醫的筵席上得罪了裘先生。」

看來王妃已經聽聞了前因，莊蕾便繼續說：「我邀請許太醫來壽安堂，是想讓他們見證青橘飲的功效，但他帶來的徒弟，一直在言語上對我有些冒犯。我待在壽安堂，便沒有多注意，孰料他今天尾隨我進房間，要侵犯我。我奮力反抗，他又想掐死我。」

王妃讓莊蕾抬起頭，一片青紫很是駭人，氣憤道：「不殺不足以洩憤！」

莊蕾跪下。「娘娘，我覺得，這件事並不尋常，可能涉及太醫院的內鬥，若因此不能推廣青橘飲，是天下人的損失。但是這種話，我不敢跟朱縣令說，所以立刻來淮州找王爺，請他給予庇護。」

別人可能覺得莊蕾在吹牛，但淮南王妃親身經歷過，她信莊蕾的話，轉過頭吩咐丫鬟。「立刻去請王爺回來，就說我又犯了頭疼。」

這種待遇，莊蕾可受不起，忙伏地說：「娘娘，不用這般。我可以在這裡等兩日的。」

「妳快起來，不用這般多禮。他們去了好幾日，我也想宣兒了。脖子還好吧？要不要緊？我拿藥給妳擦擦？」王妃一問，隨即失笑。「哎呀，妳自己就是郎中，真是的。」

莊蕾站起來。「不要緊，沒什麼大礙，就是看著嚇人，過兩天便好了。」

「那就好。」王妃牽著她的手。「跟我去書房，我給妳看做好的口脂。」

兩人進了王妃的書房，莊蕾看裡面不像是書房，倒是像是一間工作室，架子上陳列著各種物件，有小玩意兒、有首飾，還有很多瓷盒跟玉盒，王妃的喜好還真廣泛。

王妃拿出一只玉製的盒子，遞給莊蕾。「打開來瞧瞧。」

莊蕾打開一看，是接近正紅色的口脂。王妃又給她一個，這是玫紅色。好吧，再看下去，居然還有各種色號，有玫瑰花取的、紅藍花取的等等。

「妳那個萃取的方子真是好用，從來沒有哪種胭脂不加朱砂，還能這般鮮豔的。」

實驗室待久了，觸類旁通，什麼時候琢磨著能把皂化反應控制好，就能做出肥皂。再把甘油弄出來，這玩意兒保濕效果好，加入藥材和乳化劑，就能做出保濕抗皺的乳霜。

莊蕾還在想，聽王妃說：「要試試嗎？」

莊蕾搖頭。「不用了，還在孝期呢。」

王妃點了點她的頭。「真是個實誠的孩子，那就拿這個去。」塞了一只小瓶子給她。

莊蕾拔出木塞，裡面是散發濃郁花香的玫瑰精油。

「這是照妳的方子提煉的，試試？」

莊蕾倒出一些，抹在手腕處，抬起頭說：「其實娘娘可以混合香味，比如咱們的柑橘精油，散發起來很快……」

莊蕾說得頭頭是道，王妃聽得入迷，香味還分前調、中調、後調，簡直是打開了另外一個世界的大門。王妃的悟性高，才幾句話，就明白什麼是調香了。

莊蕾說完，目光看著外面，王妃便問：「怎麼了？」

「我家小叔在等我呢，我出去跟他說一聲？」

王妃低頭一笑。「瞧瞧我，跟妳聊得投機，竟然忘了這件事。快去吧。」

陳熹在外面喝茶吃糕餅，就是不見自家嫂子出來，也不知道她在做什麼，心裡著急，又不能說。

又等了一會兒，莊蕾跟著小太監出來，陳熹迎上去。「嫂子，怎麼這麼久？」

「跟娘娘聊些私房話。你等得是不是很無趣啊？」

「還好，那我們見王爺的事情呢？」

「娘娘派人去請王爺連夜回來，我都覺得不好意思。」莊蕾笑著說。這個時代，一個男人能尊重自己的妻子，並且愛護她，王妃才能如此肆意，莊蕾對淮南王更有好感了。

「那我們再等等？」

「嗯。」

「莊娘子，陳二爺，娘娘讓老奴來請兩位移步客房。」一個嬤嬤過來招呼他們。

叔嫂倆跟著嬤嬤往外走，走過抄手迴廊時，見淮南王帶著小世子闊步而來。

宣兒眼尖，跳著叫道：「姊姊！」

莊蕾和陳熹立刻跪倒在地。「叩見王爺。」

「嗯。你們且等等，孤等下再來見你們。」

宣兒對莊蕾說：「姊姊，妳等等，我見過母妃，就來找妳玩。」

王妃也迎出來，叫道：「剛派人去找你們回來，這就到了。」身邊還有個四、五歲的小姑娘，很是可愛，一雙大眼睛滴溜溜的。

淮南王彎腰抱起小姑娘，小姑娘叫道：「父王！」原來是小郡主。

「母妃，妹妹。」宣兒開心地叫著。

莊蕾回頭，看見宣兒撲在王妃身上。王妃牽著他的手，一家子往屋裡走去。

叔嫂倆進了客房，就有丫鬟提食盒來，在桌上擺了一條清蒸鱸魚、一碟燒雞、一盤清炒銀芽、一份木耳炒鴨脯，還有一碗芙蓉蓴菜羹。

陳熹問莊蕾。「嫂子，我想著等下見王爺，咱們把家裡的事情一併說給他聽。雖然我們也有對青橘飲的擔心，不希望被太醫院裡的勾心鬥角影響，但咱們家的那點事，妳覺得有必要隱瞞王爺嗎？萬一被王爺查到，反而顯得我們還有小心思。妳覺得呢？」

「你說得有理。不過，不知道王爺有沒有興趣聽這些破爛事。」

「一開始就讓王爺知道咱們是先私後公，這樣也顯得咱們實誠。對咱們敬重的人誠實，總是沒錯。」

莊蕾知道陳熹說這些，不僅僅是說給她聽，還有王府裡的耳目。

有位公公來傳話。「莊娘子，王爺說讓兩位先用膳。用完膳，去書房見王爺。」

莊蕾站起來，彎腰對他說：「有勞公公了。」

「娘子不必客氣，請慢用。」

兩人用完飯，因為上次來過王府，見丫鬟又是端痰盂、又是洗手、又是擦香膏，莊蕾也能淡定自若地依規矩做完了。

兩人隨口聊了兩句，一個丫鬟過來說：「莊娘子，陳二爺，請隨奴婢來。」

陳熹和莊蕾一前一後跟在丫鬟身後，去了王府的外書房。

淮南王坐在書房裡，隨手翻看一些文書。

莊蕾總覺得這個王爺就是言情小說裡不二的男主，氣質和氣場雙強。

「坐下說話。」淮南王示意道。

兩人坐下，淮南王看莊蕾一眼。「聽王妃說起妳的事，王妃逼著孤一定要為妳做主。妳倒是說說，妳要孤如何做主？」

莊蕾低著頭。「這件事，王爺請容我從謝家和陳家換嬰孩講起……」

她說完事實和推測，又道：「如果結合家翁與外子之死，就能理清楚整件事的脈絡。十幾年前天下動盪，朝局不穩，所以安南侯將兩個孩子調包，如今天下太平，他就想換回孩子，又擔心孩子年歲已大，回去之後不能好好待在謝家，所以想將陳家人趕盡殺絕。」

陳熹補充道：「王爺，想來您也知道，我本該成為皇子伴讀，是安南侯辭了皇上的恩典。之後，我便纏綿病榻。在侯府，我從未感受過父母的情分，直到回了陳家，我才發現真相。後來，我用一封信試探，謝府管家與安南侯便先後來了遂縣。」

淮南王依舊半句話也沒有，手裡拿著鎮紙把玩。

莊蕾心想，只要肯給機會就好，繼續道：「這是我們家遇到的困境，是我們一家人的問題，所以找您一來是出自私心，二來卻是出於對天下蒼生的公義之心。

「壽安堂製出青橘飲，最大的功效就是能控制感染。一條狗死了，扔在外面，會發臭、會腐爛，最後只剩下骨架。為什麼會這樣？是因為感染的關係，有千千萬萬我們看不見的蟲子，吐出像胃液一樣的東西，把那些肉變成了水吃掉。人一旦染上這些蟲子，身體也會被吃掉。我們發現，橘子上的青黴會讓橘子腐爛，同時卻能殺死癰疽裡的癰蟲……」

莊蕾用深入淺出的話講解青橘飲的原理。「論理，我們只要保密配方，就可以賺大錢，但我們還是希望這個方子能在惠民局使用，因為這個藥太神奇，可以救很多的人，比如戰場上的將士，有多少人因為傷口紅腫潰爛而不治身亡？」

「這個藥可以救這些人？」淮南王抬頭，問了一句。

「能救大部分的人，少部分的人感染的，可能不是這種藥能殺的蟲子。不過，這個藥的意義不僅僅在於它能治療癰疽、外傷、花柳，還替醫者打開另一條路。如果青黴能用，那麼黃黴呢？長著長長白毛的白黴呢？

「光靠我一個人是做不了這些事的，如果通過太醫院，通過惠民局，把方子傳出去，拓開思路，我相信會有很多醫者願意去尋找同類的藥，那麼南方的瘴氣也可能成為可以治療的病症。」

南方所謂的瘴氣，其實大部分是經由蚊子傳播的瘧疾。淮南王不懂，但他鎮守南方，所以也可以拿過來說。

前世早有人發現了青蒿素，可以治療瘧疾。青蒿素來自於中醫古方，也可一試。

第六十四章 面見

淮南王聽了莊蕾的話，倏地站起來，走過來問：「妳說的，可是真的？」

「我說的是思路。這個思路，您認為可行可信，就是真的。」莊蕾迎視淮南王。在古代醫書中，南方的瘴氣一直是很難解決的問題，多少戰役都是因為瘴氣導致南征失敗。如果能夠解決，意義之重大，對於一個具有軍事天分的人來說，值得他興奮了。

「說下去！」淮南王興奮地踱步。

「這些藥來自於餿，來自於腐。裡面有毒素，那麼如何去掉毒素，如何確認毒素已經去乾淨，能被大多數人用，又怎麼判斷哪些人不能用，又是一個關鍵。這一點，您知道我給世子爺用的時候，是做過皮膚測試的，對嗎？」

淮南王點點頭，那日服用青橘飲前，他們先在宣兒的手腕上割了個小傷口試藥。

莊蕾看他回應，道：「青橘飲如果用得不當，就是奪命的毒藥，雖然會產生這樣有毒反應的人不多，但可見每一種新藥不是有效就能用。一些郎中治病的時候，很不負責任地說，這是以毒攻毒，現在毒死了，不關他的事。這個思路是不對的，在我們的能力範圍之內，一定要知道，並且想辦法去除不良反應……」說起從試驗到臨床應用，以及後續追蹤的過程。

淮南王越聽越認真，內心翻騰起來。眼前這個小姑娘所言的東西，她所要推動的事，足以萬古流芳，做好了是要封神成聖的。

「莊娘子，妳這個年紀說這種話，難道不怕？」

「怕被架在火上燒死嗎？」莊蕾笑著問：「一個近乎瘋狂地想救天下病患的人，會被當成妖孽燒死？而判斷我是妖孽的人，會是對家人有愛心，對國有責任心，對天下百姓有憐憫之心的淮南王嗎？我不信您會這麼做，因為您值得我信賴。所以，無論是自家遇到的困難，還是我內心最大的抱負，都跟您說了。」

淮南王在莊蕾的注視下笑了起來。「小丫頭好大的膽子。」

有了這句話，莊蕾知道她的馬屁拍得很到位，跪下說：「求王爺庇護。我懂這些，是因為自己的夢境，夢裡的我好似就是一個為了草藥奔波一生的郎中。若那是我的上輩子，這輩子我還希望能這樣過。」

「小丫頭的心不小啊。起來。妳有這個本事，還有這個心，孤若是不幫妳，豈不是愧對妳對孤的一番誇獎？」

莊蕾起來，低頭露出小姑娘的靦覥。「求王爺成全。」

「既然有這麼大的心，不如來淮州。遂縣太小了，妳施展不開。」

莊蕾知道人家願意給機會很好，但是人要懂得感恩，便道：「王爺好意，本不該拒絕，只是我能從醫，受了壽安堂聞先生的恩惠頗多。如今壽安堂改成醫院，是我的主意，若是沒有讓壽安堂站穩腳跟，我就走了，有可能前功盡棄，還會害了聞爺爺。

「還有，黃老太太信任我，連東西都沒見過，就決定給我五萬銀子開藥廠，生產青橘飲。此時離開，豈不是也辜負了她的信賴？我實在不敢辜負他們。」

「有情有義。」淮南王坐下。「孤問妳一件事。那日在手術室裡，妳的一手神技讓孤嘆為觀止，這本是妳的看家本領，要妳傳授於人，實在難開口。可是，妳連青橘飲的方子都願意公諸於眾，不知道願不願意將這個本事傳給他人？」

莊蕾笑著說：「我的所有本事都願意傳給他人。靠我一個，只能救幾十個人，如果有了很多像我這樣的人，能救多少人？我還想著，等年紀大些，就寫幾本手術書、藥方書，或許就能教更多的人。」

「這可是妳說的，孤把軍中的軍醫派過來，讓他們來跟妳學怎麼縫合傷口，這個在戰場上最實用。」

「好。」莊蕾點頭。「我會盡我最大的努力，減少將士在戰場上的傷亡。」

「孤還是希望妳來淮州，或者直接進入軍中教軍醫。」

「這是一個很好的想法，王爺何不在軍隊駐紮之地建醫院呢？」

莊蕾還想說，卻見一個太監進來道：「王爺，時辰晚了，娘娘問您何時回去？」

「孤馬上就回去。」淮南王露出一抹由心而發的笑容，很是燦爛。

莊蕾行禮告退，淮南王說：「明日先別走，孤還想問妳幾句。」

「是。」莊蕾彎腰，目送淮南王，看著他匆匆而去，猶如看了一本甜文，控制不住地想要姨母笑。

陳熹疑惑。「嫂子，怎麼了？」

「王爺和娘娘這樣的感情，跟戲文裡一樣。」莊蕾道：「而且還有兩個可愛的小娃娃，真是幸福。」

陳熹看著莊蕾帶笑的臉，想跟她說，她以後也會有。一想大哥已經去了，只能閉上嘴。

「二郎，學著點，以後對媳婦要專情，專情是最好的駐顏藥。娘娘真漂亮，王爺真英俊，他們讓我又相信愛情了。」莊蕾輕聲說著自己的歪理。

陳熹看著她，想著未來媳婦的樣貌，卻忽然湧現一個念頭——最美的姑娘，應該是莊蕾這樣的吧？

第二日，莊蕾和陳熹去見淮南王，發現他跟昨日大相逕庭，和藹得有些不可思議。

他們不知道，昨夜說的話早已傳到淮南王和王妃耳裡。這等好話，淮南王和王妃都聽得舒服啊。

中午一起吃飯，淮南王道：「除了製藥的事，你們倆年紀還小，京城的高門又是盤根錯節，還是一個專心醫術，一個安心讀書。妳官人和公爹的事，孤自會替妳查清。」

「謝過王爺，如今的安南侯世子與安南侯並非一條心，他不認為自己是謝家子，依舊認為自己是陳家兒郎，或許可以幫忙。」

「嗯，妳不要跟他聯絡，此事就交給孤了。」

「是。」

王妃一個勁兒邀請莊蕾來淮州。依照莊蕾的理解，王妃需要一個美容顧問，她手裡有好些鋪子可以經營。

淮南王也跟陳熹說，小世子長大了，陳熹可以來當世子的伴讀。王府的客卿裡有個大儒，學問極好。

夫妻倆一個勁兒利誘莊蕾，莊蕾咬著筷子，都快接不下話了。

固然她對壽安堂有責任和道義，但另外一個促使她離開的原因是，不想看淮南王夫妻不經意間露出的恩愛。他們想過她這個單身狗的淒涼嗎？要是大郎哥哥在，她還能在他肩膀上靠一靠。

回程路上，莊蕾趴在馬車窗口，看著天上白鷺飛過。以前總覺得沈迷於工作沒什麼不好，上輩子嫁給了醫療事業，這輩子還這樣吧，有什麼比治病救人更能帶給她成就感？

關城門前，莊蕾和陳熹趕回遂縣，馬車駛到自家門前。

今兒不是教藥膳的日子，所以鋪子是關著的。這個時候，家家戶戶都該炊煙裊裊，準備晚飯，怎麼門前還會有這麼多人？

莊蕾看大家站在自家門口，有些人還指指點點，搖了搖頭。小地方出了一點點事，就被當成大事來看了。

兩人要進門時，張氏從巷子裡走出來，低聲叫住他們，一把拖著莊蕾往屋裡走。

一進屋，張氏就抹著眼淚說：「妳這孩子這次做事太沒個計較，如今傳得沸沸揚揚，怎麼說的都有，妳的名聲是徹底壞了。」

莊蕾坐下，問張氏。「怎麼就徹底壞了？到底怎麼了？」

「外面說的話可難聽了，說妳平時做事就不太小心。」

「不知檢點。」莊蕾幫她糾正措詞。

張氏戳著她的腦袋。「知道還這樣做？寡婦門前是非多。咱們家三個寡婦，這種事情被人說，還有一些話，我都說不出口。」

莊蕾側過頭問陳月娘。「還說了什麼？」

陳月娘搖頭。「妳就不要去聽了，如今被說成那樣，也沒什麼辦法堵住別人的嘴。阿娘跟聞先生商量了，接下來妳不要出診，直接去藥廠，等這件事的風頭過去再說。」

「我沒錯，憑什麼要我退縮？」莊蕾抬頭。「別人愛說就說，我為何要躲？」

張氏拍大腿。「這個時候，妳倔什麼倔？聞先生也是為了讓妳的心情能好些，才這麼提議的。」

「不，我就是要勇敢去面對這件事，還要當堂對質。」莊蕾說道：「事情會過去，但絕對不會以我的不名譽而過去。娘，您信我。」

「娘，您應該相信嫂子。」陳熹站在莊蕾旁邊。「這件事肯定會過去的。」

隔天，莊蕾依舊一早開始坐診，也沒遮住脖子，病人能清清楚楚看見有些消退的瘀青。

「你的病沒有大礙，只要吃三副藥就差不多了。以後生冷跟辣的不要吃，胃是靠養的。」莊蕾把方子交給面前的老人家，讓他自己去抓藥。

「師妹，妳過來看看。」林師兄叫道。

莊蕾過去，病人是個三十多歲的男子，面色晦暗、嘴唇青紫，面目跟四肢浮腫。

林師兄說：「病患長年咳嗽，氣逆，時常腹脹。」

「平時有沒有心悸？目眩？是不是不能平躺，需要靠著才能入睡？」

「莊娘子，您怎麼知道？我們都沒說。」

莊蕾問林師兄。「你的看法呢？」

「咳喘，支飲。」

「差不多，不過他的病比你說得更嚴重。」

「不是肺癆嗎？我們聽說您能治肺癆，才過來的。」一旁的女人說道，看起來是病患的妻子。

「張嘴。」病患舌質淤紅，苔白膩。莊蕾搭脈，脈象細數，慢性肺源性心臟病。「林師兄，你打算用什麼方子？」

「法半夏三錢……」

莊蕾點頭。「加茯苓四錢、桂枝三錢、白朮三錢。」

「這種病不是肺癆，要靠調養的。」莊蕾說道：「去抓藥吧。」

莊蕾看完這個病患，又回到座位上，診治一個又一個病人。

起初還有人竊竊私語，看她像是沒事人一樣，看病開方，完全沒被那件事影響。

於是，很多人開始質疑那些漫天謠言了。若是一般的姑娘遇到那麼大的事情，這會兒都要拿根繩子吊死了，怎麼會這般鎮靜？看起來，那惡徒是沒有得逞。

中午看完病人，莊蕾吃過飯，出門登上馬車趕去藥廠。

黃成業迎了過來。「花兒，妳沒事吧？」

「沒事。」莊蕾側頭看他。

黃成業瞥了她的脖子一眼。「我就說嘛，妳這麼凶悍的小娘兒們，怎麼會吃虧？」

「那個虧沒吃，但差點被掐死是真的。」莊蕾說出了實話。「我用燭臺砸傷他，他氣得要掐死我。幸虧二郎用石頭砸開門，我才能僥倖逃脫。」

「這般凶險？」

莊蕾搖搖頭。「可不是死裡逃生？走，我們一邊看、一邊說。」

黃成業帶著莊蕾往前走，工廠已經開始試著生產青橘飲，她和黃成業套上防塵服，進了培養房。這種天氣，正是黴菌生長旺盛的時節，灰綠色的黴菌布滿了培養盤。

莊蕾一路往前巡視，黃成業做得還算嚴謹。

黃成業說：「裡面除了壽安堂的夥計之外，其他夥計都是我讓管事從咱們家挑來的忠僕之後，沒有亂七八糟的人。」

「說起這個，你後娘如今怎麼樣了？」

「她啊？還不是跟那些女人東家長、西家短地胡扯。咱們遂縣就那麼大，有點錢的就那幾家。上次去拍朱夫人馬屁，沒拍上，好像挺不高興的。」黃成業現在跟他奶奶一樣，聽見自家後娘不開心，他就舒服了。

莊蕾看著他那副二哈的樣子，忍不住提醒。「你自己要當心些。當初她做了多少事情，別再被她害了。」

「我知道，如今我跟著奶奶過，也不跟以前的狐朋狗友混了。裡裡外外吃的東西，都是自家準備的，還有誰能害我？」黃成業說道。

「我幫你把脈，看看你的身子如何了？」莊蕾伸手搭脈。「不錯啊，恢復得滿好。早上怎麼樣？」

「什麼怎麼樣？」黃成業一臉疑惑。

「早上醒來，你那裡可有變化？」

黃成業反應過來，不知是惱了還是怎麼的，臉就紅了。

莊蕾笑著打趣。「你一個花花公子，紈袴少爺，還會臉紅啊？」

「有妳這麼問的嗎？」黃成業叫了起來。

「我是郎中，你的病一直是我看的，我怎麼就不能問了？你要是不行，以後不能為你奶奶添孫子，老太太豈不要怪我沒本事？」

黃成業被她這麼一笑，心頭一熱。他老早就看上這個小娘兒們，後來是怕了她，這會兒見她跟自己開著玩笑，嘻嘻哈哈，又是另外一番韻味。跟她在一起久了，他還是喜歡她。

他氣鼓鼓地說：「每天早上都會有！」

「有精滿而溢嗎？」

「有過一次。後來我自己動手弄了一次，就再也沒有了。」黃成業說是說了，卻生怕被她罵。

「沒事，偶爾為之可以。你的通房也可以開禁了，慢慢來，不要過分就好了。」這個年紀，一直讓他過和尚的日子，也不太合適。

黃成業聽到這個消息，以為自己會開心得蹦起來，結果卻沒什麼高興的，腦子裡浮現一個想法，咂了嘴。

「算了吧，如今每天有那麼多人向我稟報事情，回家就想睡覺，要通房幹麼？」

「那可以讓你奶奶幫你物色新媳婦了。」莊蕾笑著說道：「之前她老是念叨，曾經幫你看中好姑娘，你沒聽她的，娶了隻狐狸精。這次讓她替你挑個溫柔賢良的好媳婦。」

「我病好了就好了，妳還管我房裡的事？」

黃成業的腦子轉了一下，別看他辦正事不太靈光，這種時候卻是反應極快。「要不，妳嫁我？」

他雖然有點油嘴滑舌，話說出來了，心卻跳到嗓子眼，想等她的回答。

「呸，大白天的，作什麼夢呢？」莊蕾橫他一眼。

黃成業憨憨地笑了一聲。「我說笑而已。妳這麼凶悍，誰娶回去，誰受罪。把妳當祖宗供著，也不會安生。」

「敢情你已經把我放在跟你奶奶一樣的位置了？有這樣的覺悟最好。」

黃成業哼了一聲。「想得美，妳有我奶奶那般德高望重嗎？」

「走，咱們去瞧瞧開業準備的東西，再看看哪裡有疏漏的，向你奶奶稟報。」

兩人商量完，去了黃家見黃老太太。

黃老太太聽完，發了話。「不要省那幾個錢，開業一定要熱熱鬧鬧。把咱們生意場上的老朋友都請來，讓他們看看。名氣就是靠人口耳相傳，酒香不怕巷子深都是小打小鬧。」

莊蕾跟黃成業應下了。

第六十五章 爭吵

許太醫沒想到，京城同僚託他照顧的小子，竟能闖下那麼大的禍事。

聽聞莊蕾回來，還在坐診，他想了很久，到底該不該去壽安堂？去了，若被她罵幾聲也就罷了。可人家一個小姑娘，出了這等事，哪是罵幾句就能解決的？

這麼一拖，就拖了半個月，許太醫再見莊蕾是在縣衙，朱縣令想多了解案情，因為那個惡徒還沒有抓到。

莊蕾進去，許太醫見她精神跟臉色都挺好，過去叫了一聲。「莊娘子。」

莊蕾點了點頭，算是應了，卻不想多理睬這樣一個沒有責任心，也沒有擔當的人。

朱縣令開始問他們這個人的來歷。

「我說過了，是太醫院派到這裡來的醫士。」許太醫有些不耐煩。從品級看，他比朱縣令還要高上那麼半級。

朱縣令問他。「他老家在哪裡？家裡有幾口人？是怎麼進太醫院的？為什麼會被派往淮州？這些，你都沒有回答我。」

「我說了，這些我都不知道。太醫院派來的，他有我那同僚的信，我就帶他來遂縣。那封信也給你看了，就是讓我看顧他一二，說是故友之子。其他事情，他一下子插不上手，又說願意給我打下手，我就讓他來了。」

許太醫糊塗，而莊蕾也發現，她對那個惡徒一無所知。她的心思只放在醫學上，壓根兒沒考慮過自己的安全。

許太醫從她身後出來，莊蕾叫住他。「許太醫。」

許太醫站住，彎腰向她道歉。

莊蕾問他一句。「你的同僚推薦這個人過來，你的恩師是否知道？」

許太醫不解其意，莊蕾解釋。「你最好快點將這件事原原本本地告訴周院判，也弄清楚，你的那個同僚是否跟你的恩師發生過齟齬？」

「我的同僚與我恩師十分融洽。」

「你出來兩年了。」莊蕾說道：「我勸你去問一聲為好。可能有人要害你恩師，而你是受累之人。我言盡於此。」

莊蕾說完，大步離開，留下莫名其妙的許太醫。

許太醫心跳不止，回去立時寫信。

藥廠舉辦開業典禮的前一天，不知怎麼回事，聞老太太知道了這間掛著壽安堂名頭的製藥工廠分股的事。

這麼大的產業，聞家只占兩成股？那個老寡婦拿了四成，小寡婦也拿四成。

聞老太太簡直坐立難安，不是擔心聞家吃虧，而是不知聞先生這麼一把年紀了，還要幹什麼？

聞太太安慰她。「娘，您別生氣。等爹回來，跟他好好說，問問到底是怎麼回事。」

「能怎麼回事？他是被豬油蒙了心……」聞老太太一嘮叨，就嘮叨了小半個時辰。

這幾日，聞先生很晚才帶著聞海宇回去。工廠剛剛開始，他和莊蕾要帶著聞海宇跟黃成業，讓工廠正常運轉起來。

祖孫倆回家時，天色已經擦黑，聞先生讓家裡的僕婦下了麵條，跟聞海宇一起吃，一邊吃、一邊還在囑咐聞海宇明天要注意的事。黃老太太砸下這麼多錢，他又對青橘飲抱有很大的希望，千萬不要出什麼紕漏。

聞老太太從後面走出來，踏進廳堂，站在門檻上，身子籠罩在門口兩盞燈籠的燈光下。

聞先生看過去，他已經習慣自家老妻的陰陽怪氣，淡淡問了一句。「又怎麼了？」

「又怎麼了？」

聞老太太笑得諷刺，踏進屋裡，拿起桌上的碗，用力地砸在地上。一只藍邊薄胎碗在地上迸裂開來，裡面的菜汁灑了一地。

聞先生站起來。「妳撒哪門子潑？」

「我撒潑？我不講理？」聞老太太尖利地叫道：「你幹了什麼噁心事，當我不知道？」

聞先生撫著額頭，捏了捏眉心。「我幹了什麼事？」

是為了誰啊？」

聞海宇過去，扯了扯聞老太太。「奶奶，爺爺這幾天夠累的，您就別鬧了。」

聞老太太一把推開聞海宇。「我鬧？這個家都要被他送人了，還說我鬧？我這麼辛苦，是為了誰啊？」

聞海宇的爹娘聽見聲音走來，聞太太叫道：「海宇，你過來。」

聞海宇看看他娘，又側過頭看看他爺爺，往他爺爺那裡靠攏，繼續勸聞老太太。

「奶奶，有些事，您在家裡不清楚，不要去聽那些道聽塗說的傳言。咱們家現在不是要賣掉，而是正在發家。過些年，您再回頭看，這個時候的壽安堂根本不值一提。」

聞老太太紅著眼叫道：「阿宇，你真是天天跟著他，被他哄了。這個家裡只想著你，只盼著為你好的，是我和你爹娘。你爺爺的心，從來都不在這個家。」

聞先生也火了，伸腿去踹身下的鼓凳，發出巨響，凳子在青磚地面上滾了幾滾，他起身過去揪住自家老妻的衣襟。

聞老太太哭叫著。「你早想要弄死我了，這樣就能去找你的老相好……」

聞先生怒吼。「閉嘴！這些年，我一直看在孩子的分上忍著妳，想著年紀大了，妳興許就好了，眼睛總歸能看到的。」

「我看到什麼？這些年，你跟那個寡婦斷過嗎？」

「我是郎中，我替她看病有錯嗎？」

「她不能找其他人看，一定要找你？她存的是什麼心思，我不知道？」聞老太太又翻起了舊帳。

「為了不讓妳多想，以前我去黃家帶著徒弟，現在帶著阿宇。為了不讓妳胡亂猜測，我叫她黃大奶奶，現在叫黃老太太。我自認已經做得夠妥貼，到底還要怎麼做，妳才能不鬧？」聞先生也是一肚子的牢騷。

「如果沒有她，我們之間會是這個樣子嗎？」聞老太太爆發似的大哭起來。「跟你在一起，我守了多少年的活寡？」

聞先生坐下，敲著桌子反駁。「難道我們之間沒有好過？我一直憐妳年紀小，任性些也沒什麼。可妳呢？妳自己想想，一年過了一年，妳沒有懂事，而是變得尖酸刻薄，整日疑神疑鬼。」

「我任性？你有把我當個人看嗎？這次製藥工廠分股的事，你跟我說過？」

「我提過，當時妳也沒問。」聞先生道：「黃老太太出錢，我們家占兩成股。妳不願意聽，我多提了幹麼？多提了，妳又要說一些不倫不類的話。」

「沒什麼好說的？用了壽安堂的名頭，你只占兩成的股，那個才十五歲的小寡婦倒是占了四成，這不是滑天下之大稽？」

聞老太太走到自家兒子跟媳婦那裡。「我不過是你娶回來傳宗接代的一隻母雞罷了，你如今有了兒子，有了孫子，自然就用不上我了。如今，你還把家業送給一個小寡婦。怎麼，看那小寡婦，想起那老寡婦年輕時候的模樣來了？」

「妳越說越無理取鬧了！我看，明天的開業慶典，妳也不要去了。我乏了，妳願意鬧，就鬧吧。」

聞先生丟下話，跨過門檻往外走。

聞太太扯了扯聞老太太。「娘，您別生氣了，自個兒的身子要緊。」

聞先生聽到這話，轉過頭來。「就是妳整日在家裡挑唆，一個好端端的家，都成什麼樣子了？」

聞太太沒想到自家公爹會說這樣的話，想要開口，卻被自家男人扯住。「回去。」

聞太太沒理會自家男人。「你們父子一個個只想著自己，你們在外面願意怎麼樣就怎麼樣。娘在家裡受了這些年的氣，我陪著她。」

聞太太過去拉住聞老太太的手，聞老太太見只有自家兒媳陪在她身邊，立時放開了嗓子，嚎啕起來。

這下，聞海宇左右為難了，過去勸聞老太太。「奶奶，事情並非您想的那樣。」

聞老太太哽咽著說：「什麼叫不是我想的那樣？阿宇，你千萬不要走你爺爺的老路，害人害己啊。那個小寡婦不是個安分的，她跟黃家小子也有勾搭，還來勾引你，你一定要離她遠一些。」

聞海宇一個頭兩個大。「奶奶，您真的不了解花兒，她很正派，怎麼可能勾引我？而且她在醫術上的天分，是我遠遠不能比的，您不要胡亂猜疑。這座藥廠，本來就是黃家下的本金，她出的方子，我們家不過是頂個名頭。爺爺不想拿那麼多的股，是希望花兒能多留些日子，多帶帶我。爺爺說，花兒不是池中之物，早晚要飛出去的。」

「你糊塗啊！你爺爺是騙你的，她一個十幾歲的小丫頭，能有什麼本事？你還替她說話。」聞老太太已經鑽進了自己的牛角尖裡。

聞海宇呼出一口氣。「爺爺沒有傻到要去捧一個鄉下丫頭，黃家老太太更不是蠢笨得隨便出那麼多錢胡亂花的人。大家都把心思投在青橘飲上，是因為青橘飲真是神藥。奶奶，咱們能占兩成股，已經很了不得，您聽我的好不好？」

聞老太太一邊說、一邊哭。「你被那狐狸精迷了心智，我也不來說你了。你知不知道，黃家太太說起這話就想哭？原本好好的一個家，如今老寡婦也被那小寡婦迷住了，一心要扶持不成器的大少爺，不管二少爺了。

「如果那小寡婦不迷人心竅，這次怎麼會有人在壽安堂強要她，還不知廉恥地報官。太醫院的醫士，會看上一個鄉下丫頭，誰信啊？這不是賊喊捉賊？」

聞海宇聽到這裡，也被氣著了。「奶奶，您放心，人家看不上我。您這樣說她，我也沒臉娶她。」

「你發誓，以後不會想娶她，不會念著她。」聞老太太抬頭，滿臉淚痕。

聞太太也說：「阿宇，奶奶是真心為你好。你就答應了奶奶，以後好好承襲家業，不要再念著那個小寡婦。」

兩人盯著聞海宇，聞海宇蹲下身，扒拉著頭髮大吼。「我答應您，這還不成嗎？」

聞先生在房裡聽見自家孫子帶著絕望的吼聲，心裡更是淒涼。

這輩子，他到底做錯了什麼？

隔天一大早，黃家的馬車來接莊蕾去工廠，莊蕾怕自己等下跑來跑去，弄髒衣衫，特地帶了一套正式衣裙，依然一身布衫上了車。

黃成業看見了，不免嘲笑幾句。「今兒妳可是東家，能不能把自己拾掇得像樣些？」

莊蕾拎起包袱。「早就準備好了。」

黃成業點頭，又跳下車，跑進陳家叫道：「陳二郎！」

陳熹走出來，見他喳喳呼呼的，問道：「什麼事？」

「你跟其他人說一聲，等下巳時在門口等著，我派車來接你們過去。」

黃成業囑咐完，鑽上車，卻見莊蕾看著他笑。

「妳笑什麼？」

「你居然也有細心的時候。」莊蕾說道。

黃成業大笑。「如今我也是有正事做的人了，還不細心些？」

兩人到了藥廠，新工廠新面貌，裡面整潔有序，都是按照莊蕾的要求來。

莊蕾進去，見好幾個夥計穿得一身簇新，站在那裡看文書。等會兒他們需要介紹整個藥廠的運作。

她聽著幾個夥計的稟報，一個夥計說：「莊娘子，我從來沒有在那麼多人面前說過話，真怕自己不能穩住。」

「深呼吸，不要怕。你看你平時吼那些小子那麼凶，拿出氣勢來。」莊蕾鼓勵他。好歹也是跟著她一起做試驗的夥伴，在工廠裡都是獨當一面的人了。

遂縣地皮不值錢，藥廠原是黃家的堆場，占地面積很大。根據莊蕾的要求，還做了一個園子，錯落地栽種著藥草。前後分成兩個工坊，中間還搭了個大的廊道，一旁移栽過來的凌霄花剛剛開出橙紅色的花朵。這玩意兒長得快，過兩年就能開爆了。

一旁用來裝貨卸貨的空地已經搭起戲臺子，等下要唱堂會。聽黃成業說，這次請來的是淮州最大的戲班子，裡面的兩個老闆都是名角。

莊蕾前世追星追的也是同行業的權威，這輩子看戲，只跟著大郎去廟會時看上一會兒，覺得吵得很，唱什麼全然不記得。反正玩這一塊是黃成業的本事，他高興就好。

黃成業和莊蕾再繞了整座藥廠一圈，確定一切準備妥當，要讓所有人能對這個地方生出放心的感覺，和傳統那種神秘中還帶著衛生疑慮的藥坊有明顯差別。

快到巳時，聞家祖孫的馬車到了，莊蕾迎上去。「爺爺怎麼現在才來？」平日兩人很是關心藥廠，向來都是早早到的。

她問出聲後，才發現聞先生臉色不好，整個人看上去很疲倦，眼睛帶著血絲。聞海宇也好不到哪裡去。

莊蕾不知道他們家發生什麼事，但來了就好，不必多問，跟聞先生說起巡視的情況。

聞先生扯出笑容。「有妳在，我放心。」說著找了個地方坐下。

不一會兒，黃老太太也來了。如今她身上大好了，走起路來精神抖擻，一手搭著來迎接她的莊蕾，頓時讓莊蕾有種迎接了老佛爺的感覺。

黃老太太看見聞先生，道：「阿志，有沒有覺得咱們都老了？孫輩一個個能幹得很。」

「老太太說得是。」聞先生應和，卻沒什麼勁頭。

「嫂子沒一起來？」

「等下我兒子會帶著她過來。」聞先生的興致顯然不高。

黃老太太是什麼樣的人，見狀心裡便有了底，招手讓黃成業過來。「成業，時辰還早，帶奶奶先轉一圈，看看你大半年幹了點什麼。」

莊蕾也進了自己的辦公室，拴上門，換了衣裙。上面是白色提花錦緞小衫，罩著一件水藍色的半臂，下身是月牙白的羅紗裙，用一條水藍色繡花腰帶束腰。將頭髮整理一下，戴上白色的珠釵。

黃員外偕同吳氏一起過來，吳氏一身絳紫色衣裙，婷婷嫋嫋，向黃老太太福身行禮。

「娘，老爺讓我跟您一起招呼那些太太們。」

哪怕黃老太太不服老，黃員外也已接手黃家的生意多年，在黃家的生意夥伴心目中，哪裡會分黃老太太還是黃員外的。

再說了，這些年黃老太太身體不好，更加怠於應酬，也不喜歡跟那些女人東家長、西家短的，這反倒是吳氏的專長。

如此，在女眷那裡，吳氏顯然比黃老太太混得還熟，加上黃家在淮州的名聲，那些夫人都過來圍在她身邊，簡直像眾星拱月了。

第六十六章 嘴碎

陳熹帶著陳家人過來，莊蕾帶他們進了女賓休息的屋子。這裡被莊蕾設計成會議室，這會兒用來招呼他們剛好。

黃太太正跟一群商戶的女眷聊得起勁，莊蕾便將自家人安排到另一邊休息。

「你和三郎先陪娘在這裡坐坐。我今兒恐怕沒工夫招呼娘了，等會兒朱夫人來，我讓她幫忙看顧一二，你們就去隔壁男賓那裡。」

「知道，妳忙吧。」陳熹回了莊蕾一句，對張氏說：「阿娘，咱們先過去。」

張氏來時，已經從馬車裡望見藥廠的陣仗，成片的屋子，還有開闊的園子，這是要多少戶人家的地兒啊？

張氏坐下，一個十來歲的小丫頭來倒茶，上了瓜子跟點心。

「二郎，你不是說就是一個藥坊嗎？這是有多大啊？」張氏問陳熹。

「屋子不多，大概占地三十多畝，大的是前前後後的地，據說加起來有兩、三百畝。」陳熹幫張氏解疑。

「我的娘欸，這麼大？」張氏的嘴巴張得幾乎能塞下一顆雞蛋。

其實這藥廠是有點規模，卻也不算特別大型，但在這個時代卻是不可想像的。

吳氏剛好站在張氏的對面，被張氏的驚嘆弄得禁不住扭了下腰，扯了扯臉皮子，對著一旁的女眷開了口。

「這塊地，原本是咱們家堆放棉花的倉房，若說地大，也還有限，畢竟遂縣的地皮也就是這個價，算不得什麼。可妳們知道，咱們家老太太為了這座藥廠投進多少錢嗎？」

「多少錢？」

「五萬兩白銀！誰家一個剛剛起步的生意會放這麼多錢下去？」吳氏皺起眉頭。

張氏的心臟緊縮了一下。

「老太太大手筆啊。」一個還沒有會意的婦人說道。

吳氏輕嘆一口氣。「黃家是有錢，黃家的錢也確實是靠著老太太一點一點掙起來，才有了今天的家當，所以咱們老爺也不能說話啊。」

「這到底是什麼樣的生意，值得老太太這般起勁？」

吳氏撇了撇嘴。「也是我不好。當初老太太身體差，一直念叨著大哥兒成婚多年，也沒有個後。大哥兒不知道在哪裡見著這個莊娘子，迷得跟什麼似的。」

「就是那個站在老太太身邊穿月白裙子的丫頭？」

「是，她現在是壽安堂的郎中。」

聞老太太婆媳也到了，一臉別人借了米卻還了糠的樣子，從門口踏進來。

「聞老太太，聞太太，妳們來了。」吳氏親親熱熱地招呼，上前把兩人接進來。

「來，我幫妳們介紹一下，這是咱們遂縣壽安堂的聞老太太和聞家太太。聞老太太可和善了……」黃太太一個勁兒用形容任何人都不會出錯的話，來誇聞老太太婆媳。

這種話，明白人都聽得明白，不過這對婆媳還真當補藥似的，全聽進去了。

莊蕾知道吳氏是個什麼東西，不放心自家婆婆，趁著人還不多，進來看看。

「娘，要不要去走走？時辰還早呢。」

張氏低頭凝神聽著，沒接莊蕾的話。

莊蕾也聽見了，吳氏那邊正說著大家都聽得見的悄悄話，顯然是要說給張氏聽的。

「當時想著，不就是個鄉下的黃毛丫頭嗎？哥兒想要就要了，找人打聽，說是剛剛死了男人。咱們這裡的風俗，死了男人卻沒有生養的女人，會送回娘家，我就讓下面的管事去找她爹娘，給了一百兩銀子買下她。」

吳氏說了這話，自然有人附和。「這麼個丫頭，給六、七兩都嫌多。一百兩，那是當成正經姨娘，用轎子抬進來啊？」

「可不是？我也是這麼想的。只要哥兒喜歡，找個合心合意的，當正經姨娘領進門，以後生養，也能討咱們老太太的歡心。但誰料到啊……」

莊蕾發現，這個黃家太太還真會斷句，這下又勾起了別人的胃口。

那些女眷追問道：「怎麼了？」

「她說咱們家大哥兒身體虧了，病入膏肓，還說她會治病。」吳氏從鼻孔裡出氣，眼角餘光瞥向門外。

遠處，黃成業正和黃老太太站在門外招呼客人。

大家的目光果然被吳氏的話吸引過去。「妳家大哥兒不是在門口迎客嗎？精神氣色好得很，怎麼可能是生過重病的人？」

「妳們都看出來了，但我們家老太太看不出來，不知道是人家做的局，真把人家當神仙一樣供上，事事都聽她的。大哥兒的媳婦也被趕走了，房裡人一個不留。」

「妳那兒媳婦是八抬大轎抬進來的，怎麼就趕走了呢？當時我就說，這太沒道理了，雖然妳家大兒媳家底薄了些，可黃家一直寬厚，這不是壞了自家的名聲嗎？」

「唉，是這樣沒錯。我想勸，老太太卻說也要把我休了，說我害了大哥兒。上有天，下有地，我對大哥兒是掏心掏肺的好啊。」

吳氏這朵白蓮花，搬弄是非的本事讓莊蕾嘆為觀止，低頭對張氏道：「娘，跟二郎去逛逛吧。」

「我坐一會兒就行，妳去忙吧。」張氏挪不動腳步。心裡很氣，不想站起來。

莊蕾把手覆在張氏的手上。「娘，不要被那些閒言碎語影響了。」

張氏想要不在意，可是那些女人說得太不堪，這也太過分了。

陳熹笑了笑，對莊蕾說：「嫂子，我會開解娘的，妳先去忙吧。」

莊蕾這才點頭，去門口找黃老太太了。

門口，黃老太太見到莊蕾過來，問她。「是不是哪邊又有什麼差錯？」

「您那位兒媳婦，正在說我怎麼勾搭您和黃少爺呢。」

黃老太太哼笑一聲。「這種話，那群女人愛聽的。尤其是聞先生家那兩位，最喜歡聽這些了。」

有客人進來，莊蕾行禮之間，便沒有再繼續說下去。

屋裡，聞太太問吳氏。「她這個手段也太厲害了吧？小小年紀，還沒進門，就能把正妻欺負走？」

吳氏看向聞太太，笑了一聲。「她若是處心積慮想進我家的門，也就算了，但她的心思，可不止這麼一點點。聞太太，妳說是不是啊？」又在吊人胃口了。

聞太太還沒回答，聞老太太先回答了。

「我是被她害苦了，也不知道這隻狐狸是在哪裡得道成精，真是把人迷得暈頭轉向。咱們家老頭子是個實誠人，被她嘴甜叫上一聲爺爺，就恨不能把自己的十八般武藝傾囊相授。一身醫術不教給自家孫輩就算了，教給一個外人算什麼？

「起初我只是懷疑，去淮州城時，她的狐狸尾巴露了出來，心比誰都要大。在老頭子和阿宇面前，處處巴結咱們家斌哥兒。我怎麼能讓這樣的狐狸精進門？那是要敗家的啊。」

「啊？她還想做妳們聞大少爺的正頭娘子？」

吳氏驚訝地捂住了嘴，用不可思議的眼光看著聞老太太。

「我們家大哥兒是什麼德行，她有這個心，也就算了。妳們家大少爺，那是咱們遂縣人人都知道的好哥兒，脾氣好，又勤懇，進退更是沒話說，正經人家的閨女哪個不想嫁進妳們家？她一個小寡婦的身分，家底又是那樣，也敢妄想妳家哥兒？」

雖然聞家在遂縣有名望，可到底就是開藥堂的，這會兒聞老太太聽吳氏又是肯定她的臆測、又是讚揚聞海宇，心裡熨貼啊。

張氏的臉色越來越沈，陳熹蹲下，仰頭看著張氏。

「嫂子知道自己在做什麼，這些閒言碎語傷不了她。阿娘，您也別往心裡去，今天咱們是來替嫂子捧場的，忍忍就過去了。」

吳氏的聲音又響了起來。「女人啊，臉好看，再加上豁得出去，就行了。她那個潑勁兒，那是有名的，連親爹都不認，能跟人當街對罵。要是誰家娶她回去，一家子就不用太平了，誰會是她的對手？」

這句豁得出去，可是有幾層意思的。

「這次不是告到衙門裡了嗎？說有人侵犯她，誰知道怎麼回事？太醫院的人有著大好前程，會去強要她？」一旁邊女眷這一句接得剛剛好。

昨天聞老太太在家說的那些話，就有這麼一句，簡直是戳進她的心頭了，立時接話。

「可不是？淮州城的花樓裡，什麼樣好看的女人沒有？去強要她？可真是滑稽。」

「依我看啊，就是她勾引不成，反咬一口，鐵定是有什麼分帳不均的事。哪件事情，她不想便宜占盡？就拿這個藥廠來說，妳們知道這裡的占股嗎？」吳氏說話之間，還有一股高高在上的鄙夷之感。

這個商業機密引起了很多人的興趣，吳氏說：「我們家拿了五萬兩銀子，出了這麼大一塊地，占了四成。壽安堂拿出藥方，占兩成。還有四成，她拿去了。」

「啊，怎麼會有這般好笑的事？她什麼都不幹，算起來卻獨獨得了二萬兩？」

股權結構不是這麼算的，可是在那些女人眼裡，就是這麼算帳的。

大家紛紛倒抽一口氣。「還真是一隻狐狸精，要不是有那麼點妖氣，怎麼就能讓人連身上一根毛都沒碰上，便送她那麼多真金白銀？」

張氏忍不住了，站起身，氣急道：「妳們胡說什麼？」

「喲，陳家太太在呢。」

吳氏叫了一聲，掩住嘴笑了笑。「我們胡說不胡說，您心裡明白，我只能說，你們家兒媳婦好本事，這是別人家學都學不來的。這次，算是您家那個機智過人的兒媳婦終日打雁，終被雁啄瞎了眼。出了這等事，如今人跑了，沒有對證，她怎麼說都行。不過到底是怎麼回事，別人就不知道了。」

陳熹呵呵一聲，回了嘴。「不知道卻張嘴就說？我家嫂子才這個年紀，妳這樣胡說八道，損了她的名聲，能不能積點德？」

「二郎！」張氏拉著陳熹。

陳熹安撫自家親娘，上上下下打量聞老太太一眼。「阿娘，以後幫我找媳婦，您得睜大眼。要是娶了個蠢貨，害一代不夠，要害三代的。」

「小畜生，你說什麼？」

「我跟我娘說，以後要找個明白人當媳婦。這話干您老什麼事？」陳熹笑了笑。

吳氏看向張氏。「陳家太太，看著兒媳婦把金山銀山搬回家，妳也別高興。妳看看妳兒子，已經被她勾引了，等以後你們家一團亂，小叔子不是小叔子，嫂子不像嫂子，就有得妳哭了。」

張氏臉上一陣紅、一陣白，她是想把莊蕾留在家裡，也希望陳熹能娶莊蕾，但不是這種被人侮辱的說法。

在休息室裡伺候的小丫頭看情況不對，悄悄跑出去，在莊蕾耳邊說了兩句。

黃老太太問莊蕾。「什麼事？」

「您家的兒媳婦，跟我婆母吵起來了。」

黃老太太臉色一寒。「我去看看。」

莊蕾搖了搖手。「您先別著急，這裡多少人是賣您的面子過來的，您進去了，婆媳起了爭執，別人會怎麼看？反正我惡名在外，跟她辯駁幾句也不會吃虧，丟的是她的面子。」

黃老太太一想也對。「要是她太不像話，妳還是要告訴我。」

「知道了。」

莊蕾應下，便隨著小丫頭去了休息室。

第六十七章　捧場

莊蕾進去時，張氏正氣得發抖。

莊蕾上上下下地打量著吳氏，吳氏被她看得發毛。「妳看我做什麼？」

莊蕾扶著張氏坐下，安慰她。「娘，您別氣，別跟她一般見識。」

張氏想要落淚，但今天是大喜的日子，哪裡能哭？便點了點頭。

莊蕾站起來，走向吳氏。「妳最好不要作怪。不過，我也從來不怕人作怪。」

「妳算個什麼東西，敢跟我這麼說話，還有沒有長幼了？」吳氏不過是被莊蕾這麼看著，說了一句，心就快跳出胸口了。

莊蕾挺直腰背，氣場全開，嗓音也與素日的清亮不同。「妳在我眼裡連個東西都不是，我勸妳要麼閉嘴，要麼給我滾。」

旁邊一個太太看不慣，道：「妳這個姑娘是怎麼說話的？黃太太好歹也算是妳的長輩。今日是藥坊開業慶典，黃家出錢，還讓我們來捧場，妳什麼都沒有，口氣總得好一些吧？」

莊蕾側過頭，看向那位太太。前世她去世前，三十多歲就成為大區主任，走過多少地方，在多少人面前發過言、講過學。對付這麼個整日待在家裡，最大的活計就是收拾收拾家中小妾的女人，一個冷淡卻禮貌的笑容，就讓她渾身難受了。

「這位太太，您不了解真相，就不要胡亂指責。您能來我很高興，這個藥廠有聞先生、黃老太太和黃少爺，還有我的心血，以後做出來的藥可以救很多人。我建議您待會兒慢慢參觀藥廠，跳脫那些閒言碎語去看它，妳就會知道，不管我們投入多少，它都值得。」

莊蕾說完，再轉過頭盯著吳氏。「黃太太，誰是狐狸精，誰身上有狐狸皮，自己心裡清楚。要是妳繼續鬧，我不介意動手剝狐狸皮，讓她露出一顆烏黑的心給世人看看。」

「妳搞清楚，今天的貴客都是誰請來的。要是他們走了，怎麼開業？」吳氏強撐著道。

莊蕾笑了一聲。「要不，妳現在去請他們走？大門敞開著，真要走，我也沒辦法攔。我是不怕，可黃太太，妳敢嗎？」

黃家母子不合已久，全是因為吳氏在裡面攪和的緣故。不過在外面，就算是黃員外，也不願意揭開這一層遮羞布。不孝的罪名，吳氏擔得起嗎？

方才替吳氏說話的那位太太不平了。「妳以為我們一定要來吃這頓飯？捧妳這種貨色，也是丟了我們家的人。」退了一步。「黃太太，我先告辭了。」

看那位太太帶著丫鬟離開，吳氏趕緊拉住她。「易大奶奶，看在我的面子上，別跟她計較。要是妳走了，我怎麼跟我家老太太交代？」

莊蕾不得不說，白蓮花就是白蓮花，不裝會死不成？

「有什麼好交代的？是她看中的莊娘子要趕我們走。莊娘子也是半個主人，主人家不歡迎我，我留著還有什麼意思？」易大奶奶一臉要伸張正義的樣子。

這時，黃成業進來，跟莊蕾說：「花兒，縣令和縣令夫人到了，快去迎接。」看了吳氏一眼。「您消停點。這座藥廠跟您沒什麼關係，喝口茶、吃個點心不好嗎，鬧騰什麼？」

莊蕾出去，黃成業跟在她身後，像個貼身隨從似的。

吳氏被黃成業說了一通，眼圈紅了。「到底不是自己生的……」拿出帕子壓著眼角。

易大奶奶更是一個勁兒矯情地要走，讓丫鬟去找自家男人。

聞家婆媳想起昨日聞海宇的信誓旦旦，這會兒同情起吳氏，聞海宇到底是親生的，還能聽兩句，今日也不跟那個小寡婦走得太近了。

陳熹扶著張氏。「娘，坐下歇歇。您就當她們是咱們小溝村河邊嚼舌根的那群女人，她們說的話，真不能放心上。」

張氏難過，心裡想著，花兒實在不該收下這麼大的好處啊。

另一邊，藥廠門外，有人高聲報著。「遂縣縣令朱大人攜夫人到——」

緊接著，又是一聲。「蘇州通判夫人，王夫人到——」

接下來是：「蘇州仁濟堂陳少東家攜夫人到——」

屋裡的婦人們聽到動靜，這才驚覺，她們在這裡真的不算什麼，今日竟然有這麼多平時看一眼都難的人會來。

姑蘇仁濟堂是用錢堆出來的土豪藥堂，背後是江南巨賈陳家，如果今日來的陳少東家是陳三少爺，那可是如今江南商場說一不二的角色。

跟黃家有關的商場夥伴都知道，黃老太太早年得過陳老太爺的青眼，在商場上抬舉她一二。就這個一二，便替黃家奠定了今日的基礎。

哪怕大津飽經戰火，江南陳家也能在這樣的世道上屹立不倒，這等本事不是普通人家能有的。所以，江南陳家在商戶眼中，是神一樣的存在。

朱縣令夫婦和她的表姊王夫人進來，身邊還有一對年輕夫妻，約莫二十多歲。

聞先生與黃老太太帶著莊蕾和黃成業與他們見禮，還禮之後，蘇清悅招手讓莊蕾過去，兩人親暱地勾著手。

蘇清悅道：「表姊說，妳的喜事，她一定要過來，這不過來了？」

王夫人笑了笑。「我夫家表弟聽說我要過來，便說要一起來，莊娘子可別見怪。」

「哪裡，陳家的少東，請都請不來。要是見怪，豈不是我們沒有眼力？」黃老太太忙笑著說。

「見過黃老太太，我是陳家的三兒修平，家祖讓我向老太太問好。」陳三少爺對黃老太太執晚輩禮。

莊蕾不知道陳三少爺是個什麼角色，但其他人可都知道陳三少爺是誰，是當今陳家小輩中的翹楚，不禁變了臉色。

「好！好！不知道老太爺可好啊？」

「祖父硬朗，時常說起，老夫人乃是女中豪傑。」陳三少爺笑道。

黃老太太叫了一聲。「成業，來見過陳三少爺。」

兩人見過，聞先生和黃成業親自帶著陳三少爺和朱縣令進去，莊蕾則是帶著蘇清悅和王夫人，還有陳家三奶奶過去休息室。

路上，莊蕾對著蘇清悅道：「今日我太忙了，等會兒姊姊幫忙看顧一下我婆母。婆母是鄉下來的，與裡面幾位太太相處不來。雖然我家婆母與妳未必能聊得開，不過誰叫妳認我這個妹妹呢？」

蘇清悅聽了這話，就知道莊蕾是什麼意思了。這丫頭最近落在風口浪尖，一群嚼舌根的婦人哪會放過她？她那婆婆脾氣又軟，想來是受了欺負。

「知道了。」蘇清悅挑了挑眉。

屋裡，吳氏還在說他們與姑蘇陳家一直有生意來往，正在講述兩家淵源時，莊蕾已經帶著蘇清悅她們進來，吳氏便帶著一群婦人上前見禮。

雖然蘇清悅看著可親，到底是京城貴女出身，看不上吳氏這種占著正房名頭，實際上通身姨娘做派的女人。加上她是眼高於頂的相府千金，沒興趣應付一般商戶家眷，更何況還有莊蕾剛才的那番話，更加沒心情跟吳氏說話了。

蘇清悅來這個慶典，是賣了莊蕾的面子，只淡淡對吳氏點點頭，繼續親親熱熱地勾著莊蕾往裡面走。
如此一來，吳氏就略顯尷尬了，幸好一旁還有個頭戴明珠寶釵、身著蜀錦美衣的年輕婦人，便婷婷嫋嫋走過去搭訕。
「想必這是陳三奶奶吧？」
陳三奶奶盈盈帶笑。「正是。您是？」
「這是咱們遂縣黃家的黃太太。」一旁拍著吳氏馬屁的婦人說道。
陳三奶奶見黃老太太跟自家官人熱絡，想來跟自家有些淵源，便施了禮。「黃太太。」
其他女眷見吳氏攀上了陳三奶奶，有心在陳三奶奶跟前露個臉，紛紛站過來說話。
而蘇清悅與王夫人在莊蕾的帶領下，走到張氏跟前，張氏和陳月娘連忙行禮。
蘇清悅卻叫了一聲。「嬸子。」
眾人一愣。縣令夫人居然叫一個鄉下愚婦嬸子？
蘇清悅捏了捏莊蕾嫩嘟嘟的臉頰。「妳去忙吧，我會替妳伺候好嬸子的。」
還伺候？大家的表情更是精采了。
莊蕾一看，這樣就行了，對陳熹說：「這裡都是女子，你和三郎去男賓那裡吧。」
陳熹看莊蕾將自家阿娘託付給蘇清悅看顧，道：「嫂子，那我們過去了。」
莊蕾點頭，正待出去，聽王夫人叫了一聲。「弟妹。」
陳三奶奶轉頭走來，王夫人牽著她說：「咱們一起跟陳家太太吃茶。等莊娘子忙完了，再陪我們說話。」

「好啊。」陳三奶奶也懶得應付那群婦人了。

這句話的意思很明白了，人家賣的臉面，壓根兒不是黃家，而是莊娘子。

莊蕾回頭，對著蘇清悅和王夫人淺淺一笑，蘇清悅揮手讓她快去忙。

莊蕾快步出去，發現剛才吵著要離開的易大奶奶正低頭往回走。

莊蕾看她一眼，易大奶奶神情尷尬，也不去吳氏那裡，只找了個角落坐下。

「淮州醫局，許太醫攜夫人到——」

這一批客人，是淮州醫局和淮州的名醫。

莊蕾趕快過去，許太太帶著幾位之前見過的娘子上前。

莊蕾迎接她們進來，突然又聽見一聲。「淮州知府魯大人攜夫人到——」

莊蕾驚了，淮州知府？看向蘇清悅問：「姊姊，是姊夫替我們請的？」

蘇清悅搖搖頭，莊蕾趕緊出去，跟在黃老太太身邊，問黃老太太。「您請的？」

「魯大人清正，我們家根本攀不上。」

「那……」莊蕾還在納悶，再看後面那長長的儀仗，一群護衛站在大門兩側，四匹一色駿馬拉著一輛馬車，心裡有了底。

比起那一晚匆忙而來，今日淮南王出行的陣仗可能還是隨意，但在莊蕾這種對古代皇室沒有什麼見識的姑娘眼裡，真是太豪華了。

車子停到門口，太監下車道：「淮南王，淮南王妃駕到——」

這個聲音一出，眾人嘩啦啦跪下。「淮南王千歲千歲千千歲，王妃千歲千歲千千歲。」

莊蕾見一雙靴子下了車，緊接著是一雙精美的鳳頭鞋，露出羅裙下襬。

這是夫妻倆在她面前站定了？

果然，聲音從她的頭頂傳來。「平身吧！」

莊蕾站起來，那一日夫妻倆問過她關於藥廠的事，但她沒有邀請他們來。畢竟一個小小的藥廠開業，請到遂縣縣令這種級別的人物已經差不多，至於淮南王，她想都沒想過。

朱縣令恭敬地站在一個嚴肅的中年男子身邊，中年男子彎腰對著淮南王。

淮南王看了黃老太太和聞先生一眼，這才將目光落在莊蕾身上。

「莊娘子。」

莊蕾行禮，淮南王說：「那一日妳言道，青橘飲能活人無數，成周聽聞了，也要來看看。但願，能如妳所言。」

「身為一個醫者，說話只會說七分，從不打包票。但我能為我的話負責。」莊蕾抬頭，帶著淡笑回答，心裡很是感激淮南王。

這般陣仗，在這樣的場面上說這樣的話，就是力挺她了，只差沒讓她穿上淮南王府的制服，明說她是淮南王府的人了。

淮南王笑著對魯大人說：「成周，這個小丫頭是不是很有意思？」

魯大人捋著鬍鬚。「有意思。王爺請！」

朱縣令在前面帶路，聞先生陪在一旁。

莊蕾跟在黃老太太身邊，黃老太太對王妃道：「娘娘請。」

莊蕾後退幾步，讓人去找黃成業過來，趕緊替淮南王和王妃闢出一間休息室。現在暫時不能分開，但吃飯時可以單獨用。

她剛吩咐完，丫鬟來說：「莊娘子，娘娘請您過去。」

莊蕾連忙上前，王妃略低下頭，在她耳邊道：「前幾日，我們說起藥廠開業的事，王爺說妳本事雖然大，年紀卻太小，又是一下子冒出來的，怕妳壓不住，才想著來幫妳壓壓陣腳。也好讓所有人知道，妳背後是淮南王府。如此，京城那些人和事，妳就不用擔心了。」

莊蕾忙道謝，王妃搖頭。「妳別急著謝我，王爺最為掛心南方和海上的安定。只要妳能為他盡心，也就不枉我們幫妳一場。」

莊蕾鄭重點頭。「自當竭盡全力。」

蘇清悅和王夫人領著女眷過來請安，王妃笑了笑。「都起來吧。」

莊蕾過去扶起張氏，王妃笑著說：「陳家太太，這是又見面了，近來可好？」

「多謝娘娘，一切都好。」張氏回答完，低下頭，陳月娘陪在她身邊。

聞家婆媳以為小世子是聞先生救治的，當時聽說淮南王和王妃住在陳家，還跟聞先生鬧過，問他為什麼要把接待淮南王這種好事交給陳家做。

現在看來，好處真的全被陳家占去了，這個連說話都不索利的鄉下女人，都能得王妃垂青，她在一旁，卻連個眼神都沒有被掃到，心頭越發地不忿，便想湊上前，跟王妃搭上話，告訴她真相，不要被這隻小狐狸精蒙蔽了。

莊蕾將王妃引到主位上，執起水壺，幫王妃倒了一杯竹葉茶。「娘娘試試這個竹葉茶，竹葉消熱解暑，很適合這個時節喝。」

王妃接過來，喝了一口，發現人群中有個探出半個身體的老太太，不知道要做什麼？也沒打算理會，開始跟蘇清悅和王夫人寒暄。

「于家姊姊，我已經好些年沒見妳了。之前聽清悅說，妳身體不好，但今日看妳的氣色很不錯啊。」

王夫人笑著說：「還不是莊娘子妙手回春，幫我治好多年頑疾，無病一身輕。」

「那就好，身體好了，什麼都好。京城一別十來年，當初我還是莊娘子這般年紀……」

聞老太太探出腳，又縮回去幾次。王妃完全沒有過問一句的意思，忙著敘舊，還時不時提莊蕾一句。

「清悅姊就別誇我了，妳也是菩薩保佑，還有聞先生的金針幫忙呢。」莊蕾聽蘇清悅說起自己生產的艱難，連忙推掉功勞。

聞家老太太還在原地進進出出，心情不定。

莊蕾倒是有心讓聞老太太出來露個臉，滿足她那顆想攀上高枝的狂躁內心，沒想到蘇清悅絲毫沒有領會她的意思。

「老爺子的金針固然有用，要不是妳當機立斷，我的命早就沒了。」一句話，把聞老太太已經探出的一隻腳刺激得縮了回去。

偏生王夫人還來補刀。「行了，知道妳這小丫頭有孝心。我的病，總歸是妳一個人治好的吧？」

王夫人湊過去，對莊蕾說：「這次陳家的三奶奶會來，也是想請妳看看。」

莊蕾瞪大了眼睛，附在她耳上說：「仁濟堂少東的夫人要我看病？姑蘇名醫那麼多。」

「我之前也是給姑蘇名醫看的，人家還不是沒辦法。」王夫人低聲道。

莊蕾拍了拍王夫人的手。「知道了，明天過去。」

有太監進來稟報。「娘娘，王爺讓小的來傳莊娘子過去，想問問藥廠的情況。」

莊蕾站起來，對著王妃行禮之後，跟太監出去了。

第六十八章 講解

原本的安排，是男女賓客分開，男賓的講解詳細些，因為裡面可能有日後的合作對象。而女賓只是走個過場，大家聊聊天而已。

莊蕾是女子，等會兒會為女賓介紹。男賓這裡已經安排幾個出色的夥計來招呼，由聞海宇主講，但沒想到淮南王會過來。

淮南王笑著說：「這裡面的故事，還是妳來講的好。他們說的，跟學堂裡那些剛剛開蒙的蒙童背書一般。不如，妳從頭到尾帶著我們逛一遍？」

莊蕾點了點頭。帶上層參觀嗎？前世常做的事情。

莊蕾在前頭帶路，領著大家踏進迴廊，指著第一幅壁畫說：「這是青橘飲，是我們這座製藥工廠最主要的藥，甚至可以說是一味神藥。咱們都知道，一家子裡一旦有人得了肺癆，大戶人家還沒什麼，無非是用人參吊命，那普通人家怎麼辦？青橘飲能治大部分的癆病。」

「聽說青橘飲還能治花柳？」問的人無意，一旁的人卻用手肘蹭了蹭他。前頭講解的是一個小娘子，淮南王對她另眼相看，若是因此惹惱了淮南王怎麼辦？

他們沒想到，莊蕾一個小姑娘家，說起這種事竟是那般理所當然。

「準確來說，是大部分的花柳病，而且要在出現花柳症狀時立刻治。拖到晚期，病入骨髓，那就難了。

「不過，我想跟您說，即便花柳可以治，還有一些病不好治，而且是青橘飲沒辦法治的。所以大家要潔身自好，對自己負責，也對家人負責。」

「莊娘子，我不是說我有這個病要治，只是聽聞青橘飲治好花柳，想問問是否屬實。」

「我也只是就事論事。若是有人說青橘飲能治好所有這類病症，那不可信。」

接著，莊蕾介紹第二幅的壁畫說：「這是青橘飲的前身——陳芥菜滷。之前謠傳青橘飲是橘子皮所製，那是錯的。」

「陳芥菜滷是什麼？」

「是蜀州的和尚用來醫治患了肺癆的窮苦人的藥，聞爺爺在蜀中遊歷時，求了方子回來。這個藥的製法，您看這裡……」牆上畫著芥菜放在廊簷下長毛，再放入水缸等過程。

「這種藥有兩個致命的缺陷，一是不能確定的副作用，二是無法確定療效。另一個問題是成藥期間太長。這些都跟埋入地下十年有關，十年工夫，怎麼能保證裡面的有毒成分可以去乾淨，怎麼能確認沒有失去藥效？如此一來，製作的時間太長了。我跟聞先生討論，陳芥菜滷真正有效的部分，到底是在那裡？」

「在哪裡？」陳三少爺在後頭問。

莊蕾笑著說：「方才我介紹陳芥菜滷時說過，一定要長出很長的青毛才能用。陳芥菜滷是芥菜發黴之後埋入地下的，那個黴可能是關鍵。這張圖上說的，就是我們分析的過程。」

圖上畫著幾個人，正拿著長毛的芥菜仔細看。

「莊娘子，妳這麼把自家藥方的機密說出來，也不怕我們偷師？」

「我都不知道有人會把偷這個字用得這般光明正大。如果你知道我們用了多少的心血，還覺得偷師是理所當然的，那我沒話說了。再說了，我會讓你知道比偷更為便捷的辦法來獲得我們的方子，並且得到我們的指導。讓你的偷變得毫無意義。」

前世，藥物可以申請專利，有專利保護期，這樣尚且不能阻止別人仿製，何況是法律並不健全的古代。

「哦？」

「咱們現在先不談這件事，好嗎？下午吃過飯，如果您還有興趣，我們可以再探討。」

「下午有時間談？」

「明天後天都可以談，您讓我先介紹完。」莊蕾繼續道：「這一間，就是我們培養癆蟲和其他致病蟲的房間。」

「可以進去看看嗎？」

莊蕾看了看他。「今天恐怕不行。」

「莊娘子是怕我們偷學嗎？」

莊蕾道：「我是怕在沒有防護之下，讓你染了肺癆。」

這話一出，很多人大笑起來。

「為什麼要養癆蟲？」

「這可不是西南的蠱蟲，而是為了判斷病患有沒有痊癒才養的。如果痊癒，痰液通過一個晝夜的培養，裡面是沒有癆蟲的；如果沒有痊癒，裡面就能發現癆蟲。另外，我從患病比較輕的病人身上取了癆蟲，打算培養一代又一代，也許能夠製作出防止肺癆的癆蟲。知道痘種的郎中，可以理解我說的對吧？」

「但是，人痘之術還是有風險，難度也高。種了人痘，十個人裡九個不會得天花，還有一個可能因為種了人痘死亡。」一個淮州醫局的郎中說道。

「是的，這就是痘種毒性不夠低。所以培養低毒癆蟲，其一是不知我們能不能培養出來，第二是不知毒性能不能低到像我們希望的那樣。但是，我們郎中最不怕的就是時間長，否則也不會用十幾二十年去等一味藥成熟，對吧？

「我不願意只做一家之言的鑽研，希望在一段時日後，能把自己鑽研的結果提供給其他人，讓大家一起來研究。藥品的研究寂寥且耗費大量銀錢，但收穫也是巨大的，除了救人，也是一門很好的生意。」

陳三少爺點頭。「確實如此，生病吃藥是一門長久的，而且積德的生意。」

「我們為什麼只做簡單的藥材加工？為什麼成藥不夠多？為什麼不能讓郎中針對大部分的病患開方時能簡單點？如果只是染了風寒，改成一瓶藥丸吃上五、六天就好，而不是回去煎藥，還要分先後順序煮，藥湯又苦得不得了，難以下口。這是我們想辦製藥工廠的第二個願望。」

原本不過是參觀，不能看到什麼實質性的內容，但在陳三少爺這個藥堂東家的諸多發問下，莊蕾的回答讓很多人有了啟發。

「若真是如此，這個工廠可不止值五萬兩。」

莊蕾看向他。「誰跟你說五萬兩了？我們花的時間不值錢，放進去的知識不值錢？錢是錢，但腦子裡的那些想法也是錢。知識就是力量，知識就是金錢。」

「有道理！」

最後，淮南王問了莊蕾一句。「妳跟我說能解決南方的瘧邪，什麼時候能著手？」

「我不能在這裡開始，必須去南方。馬上就到酷暑的日子，如果我們把病人拉到這裡來做研究，很有可能導致這裡變成瘧邪肆虐。我懷疑瘧邪是通過蚊蟲叮咬引起的，去南方的話，多帶些艾草去熏，可以防止染病。」

黃成業走到莊蕾身邊，低聲道：「午宴準備好了。我已經跟王府的人商量，王爺和娘娘的筵席擺在咱們書房盡頭的那間屋子裡。」

「各位，還是先請赴宴吧，要不然夫人跟太太們等久了。下午，有興趣的人，我們可以一起坐下討論，等下給成業兄一張條子，說您這裡會安排幾個人過來。若只是來捧場的，下午可以待在這裡看戲、聊天，我們傍晚還有晚宴。」莊蕾笑著說。

聞先生和黃老太太之前沒聽說有這樣的安排，莊蕾叫了黃成業和聞海宇過來，讓他們把休息室改一下，當成下午商討用的會議室。

安排好之後，莊蕾來陪淮南王和王妃。

王妃看她進來，招手讓她坐下。「妳別忙著陪我了，宣兒跟蓉兒也來了，等著我倆呢。我們替妳走個過場，事情就算完成了。」

「王爺和娘娘給我這麼大的面子，我若在這個時候走開，豈不是太不懂事了？」

「等妳有空了，幫宣兒好好做幾頓飯，就算妳懂事了。這小子一直吵嚷著，上次只能吃清淡的，沒吃過癮。」淮南王笑著說道。

莊蕾趕緊說：「這是應該的。既然帶著小世子，下午您還有什麼地方要去嗎？」

「妳有好去處？」

「不如微服去咱們鄉間走走，我讓二郎來陪著？請他找我家三叔帶您撈河蝦，抓魚去？」莊蕾問。

「好啊，宣兒肯定高興。」

「那您和王妃略用幾口飯，我去叫二郎。」

莊蕾看王妃點頭，這才退出去，上食堂找陳熹了。

莊蕾跟陳熹說完，便開席了。男女用屏風分開，女賓五桌，男賓卻有十五桌。

張氏和陳月娘被蘇清悅拉到主桌上坐，黃老太太正在招呼客人。

見莊蕾進來，黃老太太站起來問：「妳怎麼不在娘娘跟前伺候著？」

「王爺和娘娘已經走了。」

蘇清悅指了指陳三奶奶一旁的位子。「花兒，這個位子就給妳了。」

黃老太太站起來。「既然花兒過來，老婆子就過去了，還有些老熟人要打個招呼。」

「老太太去吧。」

黃老太太走到隔壁自家兒媳那一桌。

吳氏已經尷尬很久，一桌子人也陪著她尷尬很久。方才黃老太太陪在幾位夫人身邊，連個眼神都沒給過她。

黃老太太跟其他幾位生意夥伴的女眷聊了一會兒，說了幾句。這一桌也有兩個空位，不過老太太過來，肯定需要吳氏把主位讓出來。

吳氏站起來，坐到一旁，黃老太太叫了一聲。「倒酒。」

吳氏起身伺候，幫黃老太太倒上一盞酒。

聞老太太原本做好被王妃召見的準備，怎奈等到王妃離開，都沒有看她一眼，心裡正難受，又聽說莊蕾大出風頭，更是膈應。

這會兒，原本對她不理不睬的黃老太太突然坐了過來。

黃老太太舉杯，看向聞老太太。「聞家嫂子，您知道我平生最喜歡的事是什麼嗎？」

聞老太太敢在家裡鬧，但出了門，在黃老太太面前，氣焰全消。

黃老太太自顧自地往嘴裡灌了一盅酒。

「當年妳家聞先生從京城回來，我請他診脈，幾帖藥就消除了我的病痛。我便出了一千兩，資助他開壽安堂。如今，壽安堂成了淮州有名的藥堂。

「莊家這個小丫頭也是，聞先生開的藥方沒錯，她卻看出我平日吃食裡的問題，幫我調理好身體。大半年前的我，隨時都可以去見閻王，怎麼可能還想著要賺錢？如今的我，算是身輕體健，自然是要賺錢的，那是我最喜歡的事。」

黃老太太說完，環顧一周，看向自己的兒媳婦。「可大家還是在想，我這個老婆子是不是明天就要不行了？老婆子拿出五萬兩銀子辦藥廠，是不是年紀大了，糊塗了？妳們覺得，是我糊塗了嗎？」

幾個婦人被自家男人耳提面命一番，讓她們多親近莊娘子，多跟老太太說話，正愁跟黃老太太說不上話呢，立刻有人站起來附和。

「老太太說什麼呢，您哪裡老了？這次開的藥廠，我們家老爺說了，又是一次大手筆。如今有淮南王鼎力相助，定然能賺得盤滿缽豐。」

「我這輩子，也是從小做起，當年不懂的時候，就多看多想。一個寡婦帶著孩子，做什麼都難，那就少說話。倒也好，能靜下來多看看人，遇到投緣的，就送他一程；若是不投緣的，以後不再相見就是。」

黃老太太說著，指了指吳氏。「站在那裡做什麼，坐下。」

吳氏坐下，端起碗，挾了一口飯，往嘴裡塞去。

黃老太太又看她一眼。「吃飯要適量，吃過頭就怕撐著了。吃得太撐，便有閒心說閒話了。」

吳氏放下手裡的碗，滿臉委屈地看著黃老太太。

黃老太太斜著眼看她，那種鄙夷的目光，讓在場的人明明白白知道，老太太看不上這個兒媳婦。

黃老太太又舉起杯盞。「來，一起喝上一杯！」

莊蕾就坐在黃老太太背後那一桌，這是替她出氣呢。

這邊的女眷聽著莊蕾與幾位夫人談笑，絲毫沒有一點點畏縮，好似她本來就該跟那些豪門大族的女子坐在一起。那種行止之間的怡然自若，與方才聽聞家老太太和黃家太太所言，靠著臉蛋迷惑男人的狐狸精，壓根兒無法搭得上邊啊。

方才聞家那位少爺，她們也見過了，不過是個看上去長得略微周正的孩子；黃家大少爺之前更是有名的花花公子。莊娘子姿容跟才學皆過人，應該看不上這兩人吧？

人一旦換了角度去看事情，得出的結論就完全不同了，越發覺得吳氏和聞家婆媳是挖了坑給她們跳，害了她們，心中很不舒服。

一頓飯之後，原本聚集在吳氏跟前的女眷們見風使舵，哪怕是待在一旁看戲，也不往吳氏身邊湊了。

吃過飯，蘇清悅向莊蕾告辭。「我帶表姊和陳家嫂子回去歇息，晚上再招待她們，妳先忙吧。」

莊蕾送她們出了門口，再轉進來，卻見幾個婦人正圍著自家婆婆和陳月娘。

莊蕾過去叫了一聲。「娘。」

「我們在說，陳家太太這是否極泰來，兒媳就跟親女兒一樣的，能有幾家？」

「聽說莊娘子醫術了得，最近我老是上火，不知道能不能替我把個脈？」剛才還附和著吳氏的婦人湊到她跟前。

莊蕾看她一眼，笑了聲。「冰糖燉梨潤肺降燥，核桃仁補腦，您需要這兩樣。」

婦人臉色陡然一變，旁邊聽到的人掩嘴而笑。

莊蕾轉過頭問張氏。「阿娘，去看一會兒戲？」

陳月娘問莊蕾。「二郎呢？吃過飯後，怎麼就沒看見他？」

「王爺和王妃說要逛逛，他去陪著了。」

這個鄉下女人的媳婦和兒子竟能在淮南王跟前說上話，那些女眷更是恨自己早上不知好歹，圍著黃家那位不明白事理的太太瞎轉。

黃成業也去做他擅長的事，帶著和他差不多年紀的少爺們喝茶打馬吊，應酬起來。

黃老太太則是被一群老朋友逮住，這些年他們一直以為她身體不好，不便多打擾，沒想到身體還這麼硬朗。

黃老太太道：「成業這個孩子早早沒了娘，我也忙，沒有好好看管他，讓他誤入歧途。如今，其他的事情，我也不管了，只要帶好這個憨小子，讓他走上正路，以後有口飯吃，我就心滿意足了。所以，除了藥廠的事，我差不多都放手了。」

這些話說得簡單，意思也清楚。

黃成業沒有親娘，還有繼母，這是對繼母的不滿，所以婆媳之間的關係很糟糕。

第六十九章　思路

安置好婆婆和陳月娘，莊蕾回了自己的辦公室，用紙筆畫出整個藥品供應鏈的流程圖。

莊蕾進了準備好的會議室，裡面有兩堆人，一批以陳三少爺為首，有幾個人圍著他聊天，多半是生意人。另一批，是淮州醫局的人。

見莊蕾進來，陳家三少爺點了點頭。

莊蕾落坐，小廝倒茶，再去請聞先生和黃老太太過來。

沒想到，魯大人還沒走，跟聞先生進來之後，坐在主位上。

眾人寒暄完，陳三少爺拿出兩張紙，抬頭出了聲。

「方才我又沿著迴廊走了一圈，回想妳上午所言。青橘飲的話，妳說會公開方子，怎麼公開？什麼時候公開？培養癆蟲的事，妳說需要很長時間，那麼是多長？南方的瘴氣有辦法治？不喝湯藥，改吃成藥？是這幾件事對吧？」

今天魯大人和陳三少爺都在，莊蕾不想浪費機會，但也不喜歡別人來引導她的思路。

「三少爺，我們先來探討千年以來咱們這個行業最重要的問題，然後您就可以知道我為什麼會把成藥看得那麼重。」

莊蕾把自己帶來的圖展開，掛在會議室前面的牆上。上面線條和文字交替的圖畫是什麼東西，大家都看不懂。

莊蕾伸手敲在起始點，說：「我們從病人吃藥開始說起。病人吃到嘴裡的藥，是郎中開的方子，是藥房裡配的藥。那什麼樣的本事有資格做郎中？什麼樣的藥可以進入藥房？」

陳三少爺陷入沈思之間，見莊蕾繼續往下指。

「陳家的仁濟堂，遂縣的壽安堂，售賣的藥從哪裡來？是去藥材產地收購而來，然後自己做少量的方劑。壽安堂很少賣仁濟堂的藥，仁濟堂幾乎不會賣其他藥堂的藥，對不對？仁濟堂收的藥和壽安堂的藥，品質是一樣的嗎？我們誰也沒有辦法保證。如果仁濟堂的藥確實有療效，為什麼不能在其他藥堂售賣？」

陳三少爺跟著莊蕾的思路，想要回答，莊蕾卻指了下一張圖。

「藥材採摘和種植，有沒有辦法可以讓藥農知道，藥材應該是什麼樣的？也沒有，對不對？也就是說，咱們這個行當中，郎中有沒有本事，靠名聲是一回事，大部分的時候是靠有沒有三寸白鬍子來判斷。而藥材好不好，各家也只能各憑良心。好用的藥，是不流通的。

「郎中的事情，我不懂，也不好評斷什麼。關於藥的事情，不是仁濟堂不願意賣藥給其他藥堂，若開了這條路，萬一有人打著仁濟堂的名義，假藥盛行，該怎麼辦？

「如果擁有仁濟堂的授權呢？比如授予壽安堂在淮州售賣仁濟堂的通絡丸。如果壽安堂賣假藥，立刻取消資格。」

莊蕾開始從醫藥代理說起，雖然她一直覺得前世的藥代真是很大的問題，但藥代也是在特定環境下產生，存在是有道理的。

「現在來說青橘飲的事。光靠壽安堂來售賣青橘飲，這麼大一座工廠就是白建了，會是個大坑，而且這麼好的藥就不能惠及天下，所以需要發展各個地方的藥堂來授權售賣。」

姑蘇陳家做藥材生意，起因是陳老太太的經歷，因為吃的藥不真，導致病情遷延，才決定開藥堂，不求賺多少銀兩，只求貨真價實。卻也因為這個願望和雄厚的財力，成為與北方積善堂並列的大藥堂。

他們不是沒想過整個行當裡的問題，但很多問題沒辦法解決，也是因為有切實的困難。現在跟莊蕾聊下來，透過互相探討，很多問題有了解決的方法。

陳三少爺很是興奮，他是個聽算盤聲長大的人，都沒有這個小姑娘看得透澈。他是沒想到，莊蕾前世的時光全部投在醫藥行業裡。

「莊娘子，妳不去從商，太可惜了。」陳三少爺由衷說道。

莊蕾笑著說：「比起從商的天分，這個世間尚缺我這麼一個郎中的。我跟您說這些，是希望有人能幫我一起讓更多人得到正確的治療和有效的藥物。」

「莊娘子志向遠大。」

魯大人也很興奮。莊蕾提出如何讓看病變得簡單，開藥變得簡單，裡面就包含對藥效的一致要求。如果此事由淮州牽頭，政績是其次，主要是能惠澤天下。

熱烈的討論之下，時間飛快而逝。黃成業已經應酬過幾輪，派人來請他們吃晚宴了。

眾人恍然，這都什麼時候了？

陳三少爺問聞先生、黃老太太和莊蕾。「若是陳家願意入股藥廠，不知道三位願意讓出多少？與其陳家自己建藥廠，不如和你們一起做，按照莊娘子的辦法，建更多藥廠。」

聞先生不過開了間壽安堂，只在遂縣有名，跟仁濟堂根本沒辦法比，不能決斷。

黃老太太雖然懂生意，卻也不知藥廠的運作，說了一句。「這個，還是聽花兒的。」

莊蕾笑著說：「先吃晚飯。陳三少爺不是要在這裡待上幾日嗎？咱們找時間商議如何合作，著力於解決這個行業內的癥結，打通裡面的經脈，你說呢？」

陳三少爺哈哈一笑。「有理，先吃飯！莊娘子請！」

莊蕾也伸手。「陳三少爺請。」

黃老太太對聞先生說：「鳳凰是留不住的，看來是要飛了。」

聞先生愕然。

但凡來捧場的，午宴過後就回去了。留下來的人，大多是對這個生意有意思的。

莊蕾陪在張氏身邊，黃老太太也坐在她們這桌，以至於這一桌剩下的位置成了香餑餑，黃家的幾個生意夥伴的女眷爭搶著過來坐下。沒搶到的，都有些遺憾。

吳氏和聞家婆媳坐在旁邊那桌，卻沒有人過去。其他女眷另外開了一桌，比之中午，已經不是尷尬，而是淒涼了。

幾個婦人不懂生意，卻得了自家官人的吩咐，想辦法跟莊蕾和黃老太太套交情，想約接下來的面見。

「這件事，我聽老太太的。明日王夫人和陳三奶奶約了我，後天可以。」

黃老太太看著莊蕾說：「那就這樣。今兒人多招待不周，丫頭連著幾天不出診也不行，後日下午來我那裡，如何？」

「好。」莊蕾把請誰來的權力交給黃老太太，讓她去挑選未來的生意夥伴，畢竟人家才是專業的。

黃老太太與莊蕾談笑風生，這桌招呼完，便去下一桌聊聊，給人如沐春風的感覺。

然而，兩人連個眼神都沒有給吳氏和聞家婆媳，她們從頭熬到結束，又算是主家，卻被冷落。這等場面，就算沒人恥笑，也讓她們如坐針氈。

今天的菜都是按照黃老太太的要求訂下的，還請了淮州名廚來掌勺，但沒了心情，也就味同嚼蠟了。

晚宴過後，黃員外一起來送客，幾次三番想跟自家親娘說話，奈何人多，沒機會開口。

好不容易黃成業讓人安排車馬，把莊蕾一家子送上去，整座藥廠只剩黃家，他剛想找黃老太太說話，黃老太太已經上了馬車，撩起簾子叫道：「成業，我乏了，回去吧。」

黃員外趕緊抓住自家兒子。「成業，你去跟你奶奶說一下，等下我去她屋裡請安。」

黃成業心想，稀奇啊！自從他出事之後，他爹與他奶奶完全離了心，平日裡除了請安，否則幾乎不踏進他奶奶的院子半步，這是怎麼了？

黃員外這裡的事，要從中午說起。

老朋友們吃飯時，再三讚嘆黃老太太有眼光，其中一個說今天下午一定要去聽莊蕾說話，怎麼著也得分上一杯羹，還請黃員外多幫幫忙。

沒想到，這位朋友下午竟來向他辭行，一個勁兒地說自己娶妻不賢，無顏再待下去，過兩日登門向黃老太太道歉。

黃員外追問為什麼，那人卻是一言難盡，欲說還休，什麼也沒說。黃員外無法，只得派身邊的小廝去打探到底發生了什麼事。

小廝想了下，總算找對了人，把休息室的小丫頭叫過去。

小丫頭年紀不大，有什麼說什麼，倒豆子似的，把上午吳氏如何與聞家婆媳一唱一和讓張氏難堪，而莊蕾又如何跟吳氏起了衝突，說了哪些話，又有哪位太太跟在一旁附和吳氏，學得唯妙唯肖，連吳氏婷婷嫋嫋的身段都學了個七、八成。

黃員外也發現自家妻子整個下午被人冷落，只能跟聞家婆媳待在一起。又想起黃成業的事，想起吳氏平日的做派，原本是十頭牛都拉不回來的人，這會兒腦子有點清醒了。

上了車，車廂裡只有黃員外夫妻，吳氏的臉上掛起笑容，靠在黃員外的肩膀上，軟綿綿、糯滋滋叫了聲官人，嘴巴裡吐出了連串之語。

「官人，我今日來替婆婆分憂，可婆婆對我成見甚深，中午時說出那番話，讓那些太太們都不敢再跟我說話，下午看戲也沒人搭理。到了晚上，更是讓我們三個人單坐一桌，弄得聞老太太和聞太太沒了意思，下了臉面。

「婆婆也真是的，本就有些傳言，她又去針對人家婆媳，這不是徒增誤會嗎？她是長輩，我是晚輩，原本長輩說什麼，不管對錯，我都該受著。可她這樣挑明咱們家婆媳不睦，這不是丟官人的臉？你說，我們家老太太如今怎麼變成了這樣？」

要是換成平時的黃員外，聽了這番話，定然覺得自家娘子受了天大的委屈。他從小沒了爹，是剛強的娘一把拉拔著他長大。他娘性格太要強，看不上自家媳婦這種軟綿綿的性子，所以常常給她冷眼，看不起她。

可今日的事情，那些生意夥伴的言行，讓他決定擦亮眼睛，重新去看這個相處了十幾年的女人。

細想一下，平時吳氏在後宅做的事情，她是當家主母，又受他的寵愛，誰會把她做的事告訴他？

「娘中午對妳說了什麼？」

吳氏仰起頭，略帶魚尾紋的一雙眼看向黃員外，沒想到自家男人沒有立時安慰她，還問老太太說了什麼。

「她……」

「說了什麼？」黃員外追問，盯著吳氏，發現她眼神閃躲。

吳氏扭過身子，側過頭，對黃員外哼了一聲。「官人也真是的，難道長輩說我兩句，我還能記仇不成，要在你身邊搬弄是非？你把我當成什麼樣的人了？不說了，這種事情，說多了增加你們娘兒倆的嫌隙。我都這個歲數的人了，自己開解開解就好。」

黃員外看著她故作大方的樣子，平時怎麼會以為這是知情識趣，乖巧懂事？分明是挑撥離間，裝腔作勢。越發不想理睬她了，側過頭，靠在車壁上假寐。

吳氏以為他是累了，靠在他的肩頭上，一路不說話，回了家。

下了車，黃員外說：「我去娘那裡。」

吳氏以為他是為了自己去找黃老太太討公道，拖住他。「官人，這是小事。娘年紀大了，今天又累，不要過去了。」

「我去一下。」

「我陪著你去。」

「不用。娘看見妳，到時候又是一陣怒火，也沒意思。」黃員外不想帶吳氏過去。

「那你要答應我，千萬不能頂撞娘，娘說什麼就是什麼，她老人家身體不好。」吳氏拉著黃員外的手囑咐。

黃員外怎麼也想不明白，這麼一張嘴裡，為什麼會說出兩樣的話？那些對著莊娘子的惡言，真是她說的？

他是黃老太太養大的，不像普通男人在看厲害女人的時候，會生出女人不回去生孩子，跑來做生意幹麼的心態。女人厲害也沒什麼不行，只是他喜歡性子柔軟些的罷了。

今日他跟在後頭聽莊蕾與淮南王說話，猶如見到他娘年輕時候，為了推銷布疋，跟那些客商介紹自家布料有多好。之前他怎麼會聽信自家娘子的話，認為這樣的姑娘是以色事人，勾引自家兒子？怎麼會以為自家親娘被她蒙蔽？現在想想，莫非他就是個睜眼瞎？

黃員外快步走向黃老太太的院子，院門開著，裡面亮著燈火。穿過屏風，見自家兒子正在手舞足蹈地說話，他的老娘帶著笑容看孫子說得眉飛色舞。

「行了行了，快坐下，都二十出頭的人了，還跟個孩子似的。」

「娘。」黃員外進去，向黃老太太行禮。

黃老太太笑了笑。「聽成業說你找我，想來是為了你那媳婦的事。她的事，我也不想提，咱們娘兒倆在她身上是不能一條心了。你先別說，讓我把想法說出來可好？」

黃員外張了張嘴，又閉上。「娘，您說。」

黃老太太站起來，走到黃員外身前。「現在看起來，我身子還算硬朗，可畢竟是這個年紀的人了，有些事不能不防著。」

「奶奶！」黃成業驚恐地叫道。如今奶奶是他的依靠，沒了奶奶，他該怎麼辦？

黃老太太擺了擺手。「成業這個孩子從小沒有被帶好，可本性不壞，願意改回來是好事，但要從頭學起，頗為吃力。你喜歡立業那個孩子也沒錯，立業聰明懂事，確實討人歡喜。你的偏心，恐怕是改不了了，不如趁我活著的時候，把咱們家分一分。

「我給你的那些家業，你全部給立業也好，想分一二給成業也行。我手頭的銀子和藥廠那點東西，就給成業了。有花兒那個丫頭在，藥廠虧不了。就算成業沒本事，一輩子靠著藥廠，也能混個吃喝不愁，我去了也能閉眼。」

「娘何苦說這種話？」黃員外跪在地上。「這不是挖兒子的心肝嗎？」

黃老太太問他。「那你要怎麼辦？你自己想想，要是我死了，你能好好看顧成業？之前你們夫妻倆跪在我身前，不就是記掛著我那點銀子嗎？給你那麼多生意，難道還差五萬十萬的銀子？留點活命錢給成業，你就真這麼捨不得？」

「娘，我不是這個意思。」黃員外膝行過去，抱住了黃老太太的腿。「是兒子糊塗，兒子不孝啊！」說著，竟失聲痛哭起來。

黃老太太懵了，這個兒子已經睜眼瞎這麼多年，難道這會兒忽然看清了？她早就不抱希望了啊！

第七十章 看清

因為晚上的筵席走了不少人，酒席的菜多了四、五桌。黃家是不要的，聞家婆媳拉長了臉，更不可能拿，莊蕾便帶著張氏和陳月娘，把沒動過的雞鴨魚肉帶回去。

下了車，三人進自家屋子，才發現陳熹居然還沒回來。

莊蕾一看，明日開鋪子的東西都已經準備好，阿保嬸她們早收拾得妥妥貼貼了。

陳熹不在，張氏又要擔心了，走到門口看了又看。

莊蕾只能安慰她。「您放心，咱們家二郎聰明著呢，不會得罪王爺的。天氣熱了，這麼多菜也吃不完，您送些給阿保嬸她們。」

「好。」張氏和陳月娘提了籃子，送菜給要好的鄰居們。

陳照去廚房燒水，一家子都要回來洗浴，得先燒起來。

莊蕾坐下，喝了口水，天知道今天她說了多少話，走了多少路。正牛飲灌水，聽見外頭傳來馬車的聲音，趕緊出去。

陳熹下了車，宣兒探出頭來叫道：「陳二哥，說好了，下次咱們一起去騎馬。」看見莊蕾，喊了聲：「姊姊！」立刻下了車。

宣兒一下來，胖嘟嘟的小郡主蓉兒也想跳下來，卻被一隻大手拉住。

淮南王先下了車，再把女兒抱下來。

王妃也從車裡出來，淮南王伸手給她，讓她搭著自己的手下車。

莊蕾看他們全下來了，問道：「王爺，娘娘，要不進來坐坐？吃過晚飯沒有？」

「我們在三叔家吃的。」陳熹說道。

小郡主顯然是個話癆。「在老伯伯家吃的，伯母做了好大的一條魚，比蓉蓉還大！這樣……這樣……」

「蓉蓉就是她自己。」王妃笑著說：「方才去你們老家，那位大哥帶著我們一家去湖邊，網到了一條大魚，小丫頭可開心了。」

蓉兒生怕別人不讓她說話，點著頭。「蓉蓉好高興，還有好多好多小魚，還有跟球球一樣的魚，大哥哥說不能吃。」

「三叔抓了河豚。」陳熹向莊蕾解釋。

「一抓牠，就咕……」蓉兒裝出河豚的樣子，鼓起臉頰，噘起小嘴巴，樣子別提多可愛了。

莊蕾忍不住摸了摸她的臉頰，又聽她說：「陳二哥哥說姊姊會做小魚魚，很好吃，是不是啊？」

莊蕾看向陳熹，陳熹說：「嫂子不是會做蛙魚嗎？小郡主聽進耳朵裡了。」

王妃敲了敲蓉兒的小腦袋。「妳吃得下嗎？剛才在老伯伯那裡吃了那麼多。」

「吃得下！」

「好，我去做點過來。蛙魚裡面都是湯水，晚上吃一點不要緊。」莊蕾笑著說。

蓉兒蹦了起來，問宣兒。「哥哥高不高興？我讓姊姊做吃的嘍！」

宣兒抿著嘴巴，生氣地說：「妳能不能不要說出來？」

「哦！」蓉兒也沒覺得自己錯了。

「好了，既然蓉兒要吃魚，咱們進去坐一會兒吧。」淮南王帶著一家子往屋裡走。

張氏和陳月娘回來，瞧見淮南王一家，忙過來跪迎。

淮南王說：「不必多禮了。」

「對，就當是親朋好友來往，不必拘謹。」王妃笑著扶她們起來。

莊蕾進了廚房，將豌豆粉調成糊糊，拿了漏勺，把糊糊倒進去，落在開水裡，樣子就跟小魚似的。有的地方叫涼麵魚魚，本地叫做蛙魚。

她把蛙魚盛在小碗裡，加了榨菜和蘿蔔乾碎末，倒上一點醋，淋一勺醬油。另外剁了蒜蓉和辣椒，讓要吃的人自己加。

莊蕾端出去，放在桌上，蓉兒歡喜叫著。「真的是小魚，好多小魚啊！」拍著小手，一臉天真爛漫，拿起勺子一口一口吃著，真是個乖娃娃。

淮南王靠在椅子裡，問莊蕾。「今日孤見過藥廠了，想法確實不錯，但遂縣太小，妳的夢太大。別被遂縣困住了，要想兩頭兼顧，以後就落腳在淮州。想要更好的地方，孤覺得蘇州和揚州都不錯。揚州通達天下，蘇州是江南第一城。」

莊蕾回答。「王爺說得是。下午跟陳三少爺討論的時候，我也是這麼想的。未來肯定要離開遂縣，只是什麼時候離開罷了，以後不可能就開這麼一家藥廠的。不過，這裡的藥廠剛開，壽安堂也在轉型，肯定要花一段時日幫扶這兩邊的。一年半載後，再去淮州。您那裡的軍營也不遠吧？」

「還好，騎馬半天就能來回了。」淮南王回答。

「那我還能顧著遂縣這裡。既然我走不開，您又要得急，我先試出瘧邪的藥，您派幾個人來我身邊，一起研製。到時讓他們帶去南方，試試藥效。」

「妳都想清楚了，那孤也不必多說。遂縣這裡，我留四個暗衛輪班，妳大可高枕無憂。另外，欺辱妳的惡徒，孤已經派人追捕回來，會交給朱博簡審理。按照大津律法，一百七十杖下去，也會要了他的命。既是替妳出氣，也震懾京城那幫子人。」

莊蕾忙跪下。「多謝王爺。」

「妳把自己想做的事情做好，就是在謝孤了。孤是在為大津護住一代國手。」

王妃也說：「快起來，別動不動就跪。又不是在京城，咱們家也不興這個。」

莊蕾站起來，蓉兒已經吃了小半碗蛙魚，搖著手說：「蓉蓉已經飽了。」

宣兒也放下了碗。

王妃拉著莊蕾說：「之前妳給我的那些方子，做出來的口脂和香露很好賣，這一千兩銀子歸妳了。」說著要塞銀票給她。

莊蕾推出去。「這幾個方子放我手裡，我也沒工夫做，給錢不是見外了？我出了事，跑來王府請王爺庇護，我可從來沒想著要付錢。難道您這是要我付錢給王爺，要明算帳？」

王妃戳了戳她的腦門。「小丫頭，那我不給妳了，有空幫我弄幾張保養皮膚的方子？」

「知道了，等我寫好，寄過去給您。」莊蕾滿口答應。

莊蕾送走淮南王一家四口，回到客堂間，張氏問她。「花兒，妳打算去淮州？」

「是，不過要一年半載之後。」

張氏停頓一下，雖然她不想離開遂縣，可如今這個情形，再加上今日所見，離開也沒什麼不好。

「這樣也好，免得聞家人總以為咱們惦記他們家的大少爺。」

莊蕾笑著搖搖頭。「娘，您不要跟聞老太太和黃太太那種蠢婦計較。」

「花兒，黃老太太當真出了五萬兩？這麼大的產業，妳占了四成？」

「阿娘，黃老太太能掙下那麼大的家業，不是傻的。嫂子能拿那麼多，也是她的本事。」陳熹對張氏說道。

莊蕾點頭。

「確實也是聞先生的好意，他若是給我兩成，甚至一成，我都不會有話說。」莊蕾嘆了口氣。「聞先生對我有恩。」

「妳這個孩子，這麼多銀兩，妳怎麼能拿？」

「娘，生意的事情，我自有計較。您就別操心了，只管安安心心睡覺。」莊蕾推著張氏進房休息。

莊蕾洗完澡，擦了頭髮，打算等乾了再睡，拿起筆整理思路，替王妃想想護膚的方子。秋冬就要用，只剩兩、三個月能準備了。

她還沒落定心神，便聽見外面傳來猛烈的敲門聲。「莊娘子！莊娘子！」

莊蕾穿上衣衫，攏了頭髮跑出去，陳照已經打開了門。

是店裡的常客楊秀才，之前張氏還在家裡提過，說是幾天沒看見他。

楊秀才抱著貴兒進來，貴兒的小臉皺在一起。

莊蕾側頭問楊秀才。「怎麼了？」

「這幾日我出門幹活，把貴兒託給鄰居照顧，說這孩子摔了一跤，就讓他一直躺在床上。晚上吃飯的時候，我發現不對勁……」

莊蕾伸手去摸貴兒的腿，一摸上去，小傢伙就大喊：「痛痛！」

「多久了？」應該是腿骨骨折。

「兩天了。」

「去隔壁壽安堂。」莊蕾吩咐道：「二郎，你去聞家請聞先生。拖了兩天，我的正骨手法未必管用。」

壽安堂有夥計值班，莊蕾讓夥計點起蠟燭，自己準備替孩子正骨用的器具，等下幫聞先生打下手。

在正骨手法上，莊蕾學藝不精，只在醫療援助的時候幫人正過骨，到底接觸不多。聞先生走南闖北，常見兒童骨折，經驗自然比她多。

莊蕾準備好夾板和麻醉藥，打量貴兒，發現小臉瘦了很多，不由摸了摸他的腦袋。

「最近是不是沒有好好吃飯啊？身上肉肉都少了。」

貴兒扁著嘴。「餓餓！婆婆打！」

莊蕾側頭看楊秀才，楊秀才一臉心疼。「阿爹再也不離開貴兒了。」

看來裡面也是有故事，要不然也不會摔了兩天，都沒有帶孩子來看病。

聞先生匆匆過來，莊蕾見他臉色不好，想來應該是因為今天白天的事。她實在想不通，那對婆媳要鬧騰什麼？看看都知道，現在的壽安堂是烈火烹油，旺得很。

「怎麼回事？」

「孩子腿骨骨折，兩天，錯位。」莊蕾回答，手裡拿起麻醉藥，要餵給孩子吃。

聞先生搖手。「不必。」

「孩子還小，耐受不住。」莊蕾說道。

聞先生摸著孩子的腿，一轉一拉之間，孩子還沒反應過來，他已經放下了手。從莊蕾手上接過夾板，替孩子綁上。

看莊蕾呆在那裡，聞先生笑了笑。「總算也有妳不擅長的病了。」

「包治百病的是騙子。我是郎中，哪能樣樣都會？」

即便前世醫學那麼發達，仍有很多不治之症。不過接骨這塊，她真要好好學學，前世畢竟有影像資料輔助，和聞先生這種靠經驗的真的差很多。就算她學過那些正骨手段，在沒有為病患麻醉的情況下，她還真不敢動手。

聞先生囑咐楊秀才。「孩子小，頑皮，夾板容易鬆動，回去定要當心再錯位。再錯位，就要吃苦頭了，而且孩子的骨頭長得快，以後會一高一低的。」

上回莊蕾瞧見一個孩子骨折，就想著要用石膏，事情一忙便忘記，這次真得試試了。

莊蕾送楊秀才父子出門，便想開口問聞先生，到底怎麼回事？今天早上見他就覺得不對勁，晚上怎麼又這樣了？

她剛要問，卻見聞老太太踏進門，聞海宇追進來。

聞老太太紅著眼看聞先生，又看了看她。

聞先生拉著聞老太太的胳膊。「走，咱們回去說。」

聞老太太甩開他。「不用，就在這裡。你在家裡翻來覆去，也就那麼幾句話。我不貪什麼名聲，也不貪什麼錢財，就一句話，讓這隻狐狸精滾出壽安堂。成不成？」

「越說越不像話了，給我回去。妳要再鬧，我就不客氣了。」聞先生火氣很大。

「聞銳志，我活夠了，反正都這個年紀，大不了吊死算了。」

這種一哭二鬧三上吊的戲碼，聞先生這是有多倒楣，才會碰上這種蠢笨婦人？

聞先生把綁夾板用的白布扔在地上。「妳要死就去，不要等了。」

「聞銳志，你沒良心！」

聞先生逼視聞老太太。「我沒良心？那年大旱，我途經鳳陽，妳身患惡疾，被妳姑母趕出家門。我見妳可憐，治好妳的病。妳說無處可去，願意當我的丫鬟。我憐妳年紀小，收留妳，原想著等妳大些，送一副嫁妝讓妳出嫁。後來，我們怎麼成了夫妻，妳自己不知道？」

聞老太太退後一步，臉色蒼白。

聞先生繼續說：「我不想納妾，既然木已成舟，那就成婚，女兒家名聲要緊。成婚後，妳去姑母家顯擺，首飾跟銀兩被她拿走，我也沒怪妳，只勸妳以後不要再跟這種人來往。

「這些年，我為什麼不進妳的房？妳怎麼不想想，自己做了什麼事？我知道妳愚蒙，一而再、再而三地忍妳，如今妳卻想要毀了阿宇。妳不是一直想去姑子廟嗎？明天城門一開，我就送妳去！」

聞老太太一個趔趄，跌坐在地，臉上已經沒了血色。「要我去姑子廟可以，但是她不能進聞家門！」

聞海宇叫了一聲。「奶奶，我已經對您發過誓了，我不會娶莊娘子的。」
莊蕾實在想不通，為什麼聞老太太會如此執著，近乎於執念？
「等等，我不明白，我什麼時候死乞白賴地要進妳家的門？」
莊蕾走到聞老太太面前。「我是陳家的兒媳，我男人溫柔細心，我公公爽朗大方，我婆婆更是從不無理取鬧，與人和善。就算要再嫁，光憑聞家有妳這種一點道理都不講的人，隨隨便便一口一個狐狸精，我壓根兒不會想進門。」
聞老太太鼻孔裡哼笑出聲。「不想就滾啊！壽安堂是聞家的，妳賴在這裡做什麼？」
聞先生上前，一巴掌摑在聞老太太的臉上。
「你情願拆了這個家，也要維護小狐狸精？」聞老太太已經魔障了，把自己和聞先生之間的爭執轉到莊蕾身上。
莊蕾看向聞先生。「爺爺，多謝您的照顧和信任。如今變成這樣，我離開壽安堂。」
聞海宇急道：「花兒，妳不能離開！」
「丫頭，這件事是我的不是，妳別往心裡去。雖然妳早晚要走，但壽安堂現在才剛剛開始往醫院那裡轉，妳不可能看著壽安堂半途而廢吧？」聞先生道：「家裡的事，連累了妳，是我的錯。」
「爺爺，你我之間本是拜過藥王的師徒，您是我的長輩，這一點毋庸置疑。我從壽安堂開始行醫，我也希望壽安堂能好。

「不過，您遲早要將家業交給海宇的。原本我和海宇以兄妹相稱，是覺得年紀差不多，讓他叫長輩太彆扭。現在看來，不如讓海宇拜我為師，師徒名分如父子。希望這個結果，能表我之心，也能讓老太太安心，如何？只是，從今日起，我離開壽安堂。」

聞老太太盯著聞海宇，聞海宇臉紅了又白，白了又紅，紅了眼睛，向莊蕾跪下。

「師父在上，受徒兒一拜。」

莊蕾點頭。「擇日祭拜藥王，你就算是我的大徒弟了。」又對聞老太太說：「走偏門的人，總會以為別人也走偏門，最終被偏門所累。」

聞家的事，莊蕾不想管了，教了聞海宇，除了回報聞先生的襄助之外，也實在不希望自己的心血白費。否則，她真的想和聞家斷了關係。

莊蕾出了門，望著天上的月明星稀，真想不明白，黃太太這種妖嬈貨色，和聞老太太這種靠著爬床上位的人，憑什麼說她是狐狸精？

陳熹站在門口，見莊蕾一身月白衣裙，長髮用繩子綁在腦後。這般簡單打扮，在月光清輝之下，頗有幾分仙氣，笑了一聲。

「嫂子，這是要自比月宮仙子嗎？」

莊蕾心中的不快，因為陳熹這一句盡消了，走過去，一拳捶在他的肩膀上。

「混帳小子，拿嫂子打趣。」

方才陳熹去請聞先生時，聞家還在鬧騰，聞先生聽見有病患匆匆出門，聞老太太繼續哭鬧不休。

今日他見識了這個婦人的愚蠢與惡毒，見她進了壽安堂，便站在門口靜靜聽著。雖然知道自家嫂子不會吃虧，但總要以防萬一，要是嫂子被欺負，他定然要護著她。

聽嫂子說自己是陳家媳，他心中一暖。再聽她要收聞海宇為徒，有些事就這般解決了。他悄悄退到自家門前，就是為了等她出門。一句話能博她一笑，他心中很是高興。

兩人並肩進了家門，夜已深。

一天忙碌，渾身疲累，哪怕有這些煩心的事情，也不能阻止莊蕾沾床就睡。

第七十一章 不孕

第二日一早，莊蕾寫了要離開壽安堂的布告。聞先生沒來，聽說當真是把聞老太太送去了城外的姑子廟。

聞先生有一顆仁心，哪怕沒有絕佳的天分，也能在醫術上有所建樹。孰料年輕時被聞老太太這樣的心機女得逞，漫長的歲月裡，又沒有及時阻攔她的愚行，才導致今日的局面。

兩位師兄問她怎麼辦，莊蕾還是看診看到了中午，把病人看完。

接近中午時，聞先生的馬車到了，聞海宇跟著他一起下車。

聞先生眼睛裡布滿血絲，莊蕾跟著他進去，把布告遞給他。上面寫道，因藥廠事務繁忙，她無法繼續在壽安堂看診。即日起，不再接新的病人，舊病人將轉給聞海宇。

聞先生耷拉著臉，看上去老了不止十歲，嘆著氣問：「她已經被我送到姑子廟了。妳的事……」

「爺爺，您的家事，我就不評斷了。淮南王希望我能帶帶他的軍醫，我答應了。所以，收海宇為徒，也是早晚的事。既然我收了海宇，便會盡心盡力將自己的本事教給他。以後大部分的時日，我會待在藥廠。」

聞先生嘆息一聲。「那就把布告貼出去吧。」

黃老太太說得沒錯。這隻鳳凰要飛，留不住了。

莊蕾安排好壽安堂的事，便去縣衙幫陳三奶奶看病。

蘇清悅和王夫人坐在一起吃茶，搖著扇子聊家常，榮嬤嬤端了碟桔紅糕過來招呼莊蕾。

莊蕾吃了一盞茶，替王夫人搭脈，看了舌苔。

「夫人的藥可以減減了，等下我幫妳改個方子。」

「小丫頭，來，告訴姊姊，妳為何要離開壽安堂？別跟我說是為了藥廠，這藉口就是糊弄人的。」蘇清悅放下扇子，捧起茶杯，一臉要吃瓜看戲的模樣。

莊蕾哭笑不得。「是因為王夫人幫我介紹了陳三少爺，陳三少爺家底更多，更能給我施展的地方，所以我決定拋下聞先生。這個故事，妳們覺得可好？」

「呸！瞎編也沒這麼編的。妳是這樣的人？能靠一己之力把自家小姑從惡毒的夫家救回來，能給一個身患花柳的女人機會，還能對著我娘那樣的高官夫人不卑不亢，會把幾個錢當一回事？」蘇清悅撇嘴。「是不是受了什麼委屈？」

「沒事，沒事，我幫三少奶奶看病去了。」莊蕾說完，讓榮嬤嬤帶她去陳家夫婦的客房。

敲門後，一個小丫鬟來開門，對著莊蕾微微福身。「莊娘子，我家三爺和三奶奶正等著您呢。」

莊蕾進去，陳三少爺帶著商人一貫的笑容，陳三奶奶也笑得溫婉，卻似有愁緒。

莊蕾與她見禮。「我只聽王夫人說了個大概，不知三奶奶能不能仔細講講您的病情？」

「我與官人成婚四年，第一年懷孕滑胎之後，再也沒能懷上。這些年，尋訪了不知多少名醫，拜過多少菩薩，但我這個肚子實在不爭氣……」話裡話外，都覺得自己對不起陳家的列祖列宗。

雖然陳家沒有皇位要繼承，但也有金山銀山，難怪陳三奶奶發愁了。

莊蕾忙道：「打住打住，妳這就不對了。生孩子是兩個人的事情，怎麼會是妳一個人對不住陳家，怎麼就對不住妳家官人呢？」話鋒一轉。「陳三少爺，我說的可對？」

陳三少爺佯裝看書，實則聽她們倆說話，突然被點名，嚇了一跳。

「生孩子的事情，我不懂。」

莊蕾暗啐了一口，指著他說：「這是推卸責任。」

陳三少爺聽她這麼說，站了起來。「我去園子裡走走，莊娘子好好替內子看看。」

「等一下，這要男女一起看才有用。」莊蕾說道：「你留在這裡，我先幫尊夫人看，看完再幫你看。」

陳三少爺尷尬了。

莊蕾伸手搭脈，問陳三奶奶。「妳可還記得那次是幾個月的時候小產，流血流了幾天？可能時日久了未必能記得，慢慢回憶也行。」

「怎麼不記得？懷胎四個月了，突然見了紅，淅淅瀝瀝半個多月都不見好。後來吃了很多藥，才調理好了。」陳三奶奶把狀況說出來。

莊蕾聽到半個月不好，心裡有了大概的計較，大約是當時沒有流乾淨，滯留過久，之後便難以懷孕了。

「月信乾淨嗎？」

「乾淨的。」

莊蕾讓丫鬟準備清水和皂角，邊洗手邊對陳三奶奶說：「妳去屋裡脫下裙子，我幫您看看子宮的情況，再行判斷。」

聽了莊蕾要做的事情，陳三奶奶扭捏了。

「清悅姊和王夫人沒告訴妳，我是怎麼幫她們治療的？難道還怕我一個女子？」莊蕾一邊說、一邊拿出自帶的酒精棉片，準備消毒。

陳三少爺也勸。「妳聽莊娘子的話，進去吧。」

陳三奶奶進去，莊蕾教了她怎麼躺。下次得到壽安堂去才好，那裡有專門的架子，就簡單了。

沒有橡皮手套，是這個時代很大的問題啊。莊蕾一邊觸診、一邊安撫陳三奶奶。

「放鬆，放鬆……對，就是這樣。」

莊蕾觸診完，出來洗手。

「從現在來看，妳的子宮確實不利於懷孕，需要分析原因。」

她洗完手，對陳三少爺招手。「三少爺，我幫您診斷一下。」

陳三少爺的臉皮抖了抖，莊蕾笑出聲。「我先替你搭脈，如果真有很大的問題，我會讓聞海宇過來觸診。」

陳三少爺的心思被莊蕾看穿，十分尷尬，走過來伸出手。

莊蕾搭脈之後，問了些問題，給出結論。「三少爺，你腎陰虛。」

「啊？這怎麼可能？」身為藥堂東家，陳三少爺還是能聽懂陰虛跟陽虛的意思。

「怎麼不可能？過幾年，你就該謝頂了。」莊蕾說道：「你喝酒太多，傷身。」

陳三少爺本就相信莊蕾，腦海裡浮現以後禿頭的模樣，忙問道：「那該怎麼治？」

莊蕾拿起桌上的紙筆。「我先幫三奶奶解釋病情。從脈象上看，妳的身體還不錯，但是肝鬱氣結，顯然平日多思多慮，因為懷不上而著急。但越是緊張，越是容易懷不上，甚至還會影響月信的規律。所以，心情一定要放寬鬆。」

陳三奶奶聽莊蕾說得簡單，恨不能說她一句，這個年紀的小姑娘懂什麼，成婚幾年懷不上，哪個女人不著急？

還沒等她說，莊蕾繼續道：「陳三奶奶，妳不要整天想著這件事。生不出孩子，妳有一半的責任，妳丈夫負另一半的責任。而生不出男孩的責任，在於妳丈夫。」

陳三奶奶一聽，眼睛立時瞪得大大的。

莊蕾知道，這個世道，要是在鄉村裡，凶一點的婆婆就會天天敲著碗，對著院子裡的母雞說：「養隻母雞還能下蛋。」媳婦的心情瞬間就跌落谷底了。所以需要幫陳三奶奶轉移心情，才能放鬆。

「現在我把子宮的結構畫給妳看，妳就可以知道是什麼緣故了。」

莊蕾圖文並茂地講解生育知識，陳三少爺也過來看，坐下問：「既有那麼多問題，應該怎麼治呢？」

「你們一起調養。」莊蕾邊說邊寫，說了一大堆治法，不孕不育的調理實在繁瑣。

陳三奶奶點頭，吩咐一旁的嬤嬤。「妳也聽著。」

「關於妳的子宮問題，這個可以改善，但是效果不大。這麼說吧，我建議你們敦倫的時候，妳下面墊上枕頭，或者改成女子在前，男子在後的位置，都有助於懷孕。」莊蕾面不改色地說道，倒是陳三少爺神色尷尬，陳三奶奶羞得滿臉通紅。

莊蕾看著陳三少爺，等陳三少爺點頭，再對陳三奶奶說：「還有，敦倫的日子，兩次月信的中間四、五天最佳。如果這些都無效，咱們再想其他辦法。你們說呢？」

「我們聽妳的。」

「陳三少爺用湯藥調理，治療腎虛，增加元陽活力；三奶奶吃藥膳，不用喝湯藥，裡面會有調理情志的藥。別成天想著懷孕的事，要是覺得心裡憋悶，多出去走走，去田野看水牛犁地，河邊看白鷺飛翔。」

陳三奶奶抿嘴一笑。「莊娘子也是個有趣的人，倒是頗有雅興。」

「放鬆心情嘛。如果我住在姑蘇，會找一片湖，對著湖造一座別院，這樣的夏日，找三、五個知己，懶懶地靠在亭子裡，喝喝茶，聊聊天，把平日那些煩惱統統放一邊。」莊蕾笑著說：「再多的事情，也就不算事情了。」

「聽見了吧？家裡那些事，妳不用太放心上。真想去走走，我陪著妳去。」陳三少爺摸了摸陳三奶奶的頭髮。

陳三奶奶綻開笑容。「好。」哪個時代都有感情好的夫妻，也有相處如仇人的夫妻。

莊蕾替陳三少爺開好方子，遞給他。「你先吃這副藥吧。」

「大概要吃多久？」

「三、四個月吧。除了備孕，也是調理你的身體，免得早早謝頂，被三奶奶嫌棄。」

陳三少爺佯裝不快。「這不是要吃死我啊？」

「你問問你家娘子，為了懷孕吃了多少藥，受了多少苦？」莊蕾看他。「你正好也體會一下自家娘子的辛苦啊。」

「好，好，我吃。說完這個，咱們聊聊生意的事？」陳三少爺問道。

陳三奶奶站起來。「你們說的，我也不懂。要不，我先出去？」

陳三少爺一把抓住她的手。「妳留下聽聽。其實莊娘子說的，有些我也不懂，多聊聊就懂了。」

陳三少爺帶著陳三奶奶坐下，問：「莊娘子，昨晚妳受了委屈，所以今天決定要離開壽安堂？」

莊蕾一愣，這件事是怎麼傳出去的？

「妳別覺得奇怪，昨日我的人去打聽了妳的事。後來又看見聞先生匆匆出門，便有人跟過去，你們好像鬧得不太愉快。」陳三少爺解釋。

「你這樣探聽無可厚非，我卻覺得不受尊重。」

方才她還在納悶，蘇清悅和王夫人怎麼都知道她離開壽安堂的事了？

「我對妳說實話，也是為了消除我們之間的隔閡。」陳三少爺說道。

「同時，你也在跟我說，我已經離開壽安堂，得要有下一條出路，對嗎？」

陳三少爺換了個坐姿。「妳要出路肯定有，一大堆人願意跟妳談。我只想說，這個時候，是咱們商量合作的最好時機。」

莊蕾拿起桌上的茶杯，喝了一口茶。「你接著說。」

陳三奶奶算是長了見識，普通商戶見了她家官人，哪一個不是俯首貼耳？眼前這個看上去不過十幾歲的小丫頭，在她官人前面，氣場竟然絲毫不輸。

她家官人可是從十幾歲就開始走南闖北，在家族那麼多子弟中脫穎而出，贏得今日的地位。莊蕾竟能用這樣的態度跟他說話，甚至掌控了全場。

對於陳三少爺這個陳家最為出色的第三代子弟來說，莊蕾這個態度也讓他有些不自在，便笑了一聲。

「莊娘子是否有興趣去仁濟堂？」

莊蕾沒回答，眼神示意他繼續說。

陳三少爺道：「仁濟堂大掌櫃的位置如何？仁濟堂要怎麼改隨妳，要建藥廠，要建醫院也隨妳，如何？陳家但凡涉及醫和藥的生意，全歸妳管。」

放在前世，這就是全國第二大醫藥公司的CEO職位。陳三少爺也算是厲害了，居然拿出這樣要緊的崗位，給一個見面才兩天的人。

「蒙三少爺看得起，但我不敢答應你的邀請。」

「雖然妳是當仁濟堂的大掌櫃，但陳家的掌櫃薪俸優越，以後如果妳真能有大的建樹，陳家也可以給乾股。就算是一點點仁濟堂的乾股，也比整個壽安堂強。」陳三少爺說道。

「這個我明白，但你是否想過，這是把我當成商人，要考慮的是怎麼幫仁濟堂賺錢。」

陳三少爺頗感意外。「昨天妳說的可都是賺錢的法子，而且仁濟堂是那麼大的產業，妳想怎麼做都可以，不好嗎？以仁濟堂的地位，很多妳想解決的問題，都可以去解決，背後還有陳家的財力支持。我這個提議也不是隨意給的，而是昨日聽妳所言之後的慎重決定。」

「這是同樣一句話，不同的人，理解不同。你聽到的是賺錢的法子，我講的是解決醫藥行當的弊端。只要能解決弊端，裡面肯定有商機，這是沒有錯的。

「但我首先要考慮的事情，不是賺錢。我的能力有限，希望把心思放在做更多的新藥，培養更多的郎中，救更多的人。這個你可能覺得不矛盾，是我不願意把自己困在賺錢裡。」

莊蕾放下杯子，笑著說：「我還沒想清楚下一步要怎麼走，但是，無論如何，我都是一個郎中。」

陳三少爺沈吟。「原本我們打算明天就離開，不過想來妳還需要一點時間來考慮。這樣吧，我們後天回去，妳留一個下午給我，咱們再聊聊。仁濟堂成立的初衷，也是濟世為民。這麼說來，我們也是有志一同了。」

陳三少爺說完，站了起來，送莊蕾到院子門口。

莊蕾向蘇清悅告辭，回家路過壽安堂門前，被幾個人攔住了。

「莊娘子，好端端的，妳怎麼就要離開壽安堂呢？」

「我家老頭子吃了您一冬天的藥，咳喘再也沒發過。要是您不在，咱們找誰看啊？」

「莊娘子，您留下吧，或者在遂縣開一間藥堂，咱們都到您那裡去看。」

「大嬸，大叔，藥廠的事情忙不過來，而且壽安堂有聞先生祖孫跟兩位師兄，他們也能幫你們好好看病的。」

莊蕾這樣的回答，並不能讓大叔大嬸們滿意，他們失望地走了。

她的心裡也有些紛亂。今天出了壽安堂的事，陳三少爺又給了優渥的條件，她拒絕了，到底是對是錯？

想要改變這個行業，她就必須介入一些錢和權的事。

可這個時代真的缺醫少藥，她不能分心去做那些，真是恨不能有悟空的七十二變，或者哪吒的三頭六臂。

第七十二章　石膏

莊蕾走進家門，陳照也剛從外面回來，叫住她。「嫂子，妳要的石膏粉拿回來了。」

莊蕾點頭，還是先想想怎麼樣把石膏用於骨折固定上吧。對她來說，沒有什麼比研究如何治病更能放鬆心情了。

她拿了竹匾跟一疋紗布出來，調製麵糊糊替紗布上漿，再倒上石膏粉，用竹板把石膏粉刮均勻。

陳熹到家的時候，看見莊蕾蹲在地上，一張俏臉白裡透紅，一雙杏仁大眼專心地看著自己手裡搗鼓的東西，便帶著一點點惡作劇的心思，叫了一聲。

「嫂子！」

「哎喲！」莊蕾嚇得扔掉手裡的刮板，瞧見蹲著的陳熹，說了一聲。「你嚇死我了！」站起來，拍了拍自己的心口。

「嫂子，這是幹什麼呢？」陳熹問她。

莊蕾看了看陳熹，原本打算用陳照做試驗。既然他來了，就用他吧！

「你去椅子上坐下。」

陳熹依言照辦，莊蕾又拿了一條板凳過來，讓他把腿擱在上面。又進屋取了乾淨棉布，再幫陳熹脫了鞋，捲起褲腿。

陳熹不知道自家嫂子要幹什麼，只見她摸了摸他的小腿，比劃一下大小，然後墊上乾淨的棉布。

他被她溫暖的手指觸碰著，說不清是什麼感覺，覺得那樣很奇怪。嫂子在男女之間有防備，但對待病人時不分男女。可他不一樣，哪怕回來之後提醒自己不要矯情，對這樣的舉動，依然有種他知道不妥，卻又無能為力之感。

莊蕾拿了一盆清水，加了一勺子鹽，把剛剛試製的石膏繃帶浸泡在水裡。等氣泡消了，在手邊的木板上攤開，開始反覆摺疊。

陳熹問她。「嫂子，這是幹什麼？」

「做固定托。」莊蕾做好固定托，把陳熹擱在板凳上的腿略微抬起，裡面墊上乾淨的棉布，然後再把固定托放在外面，開始用棉布纏繞。

「這是固定骨折傷處的石膏。小孩子容易骨折，若是用夾板，沒多久便移了位置，很可能讓骨頭錯位。你試過，如果好用，我等下就拿去給貴兒試試。」

莊蕾十五歲了，正是鮮花含苞欲放的年紀，夏日的天氣，衣衫漸薄，她這麼俯身，領口外洩了春光而不自知。

陳熹低頭看她專心地裹他的小腿，不經意間瞥見淺藍的肚兜邊緣，心跳立時加快。

十三歲的少年，不能說完全不懂，卻也不能說是明白。他仰頭看天空，耳朵紅了個透。

「好啦，你在這裡等晾乾啊。」莊蕾壞壞地笑著。

聽莊蕾的口氣，陳熹知道自己上了大當。「要等多久？」

「一個時辰。」莊蕾笑著說道。

「這麼久?!」陳熹大叫。

張氏進來，看陳熹這個樣子，忙問道：「這是幹什麼呢？」

「阿娘，我讓二郎幫我做個試驗。」莊蕾笑著說：「這個石膏繃帶做得還不錯。」

接著，莊蕾靈機一動，用剩下的石膏加了水，凝結成塊，做成粉筆。黑板和粉筆這兩樣，對一個帶著教學任務的醫生來說，是多麼熟悉的東西。

她搗鼓完，用水洗手，心想等會兒手皮又要乾燥起來，真懷念前世的醫用橡膠手套。

陳熹就一直這麼觀察著莊蕾，等她抬頭與他目光相碰，想側過頭，又覺得不妥。

「嫂子，幫我拿本書來，否則太無趣了。」

莊蕾應了聲，進屋拿書。

陳熹呼出一口氣，幸虧她走了，不知她有沒有發現他臉紅了？

「二郎，你要哪一本？」莊蕾揚聲問道。

「就那本《揚子法言》。」

莊蕾找到書，拿出來遞給陳熹。

陳熹接過，就這麼被莊蕾困在院子裡，莊蕾時不時來戳戳石膏綳帶是否已經乾了。

「妳就別跑來跑去了，坐一會兒。」

莊蕾拖了一張竹椅過來坐下，靠在椅子裡。

陳熹問：「嫂子有心事？」

「嗯，今天去見了陳三少爺，他想請我去仁濟堂當大掌櫃。」

陳熹看她一眼。「妳沒有答應。」

莊蕾很納悶，他也太篤定了吧。「你怎麼知道？」

「嫂子想行醫，當什麼大掌櫃？」陳熹回答。

「可是，當大掌櫃，讓仁濟堂按照我的想法走，也能救很多人。」莊蕾說道。

「不可能。」陳熹說道：「妳心中有丘壑又如何？這種大藥堂裡關係盤根錯節，以妳的本事，不是弄不過人家，但耗費這麼多工夫值得嗎？怎麼樣能讓更多人學妳的醫術，怎麼樣能研製更多的藥，才是妳最大的本事。賺錢是順帶，不是最重要的。更何況，以後我也能掙錢，我會養家。」

莊蕾笑著捏了捏陳熹的臉頰。「好有志氣的小男子漢。我看看好了嗎？」說著，蹲下看陳熹那條打了石膏的腿。

固定托已經硬了，她把綳帶拆下，拿下固定托，看來看去，很是滿意。

「效果滿好的，我去幫貴兒打上。」

「嫂子，我說的是真的，我能撐起這個家。」陳熹信誓旦旦。

莊蕾淺笑一下，站起身。「你現在最重要的事，是把自己養得壯壯的，然後實現自己的抱負。」

「嗯。」

莊蕾把方才做的那些東西收進籃子裡，進屋提了自己的藥箱，準備出門。

張氏走出來，看見她要往外走，喊住她。「花兒去哪裡？要吃晚飯了。」

「去看看貴兒，幫他換個藥。」

「等等，我去拿幾顆雞蛋，妳帶過去給他。」張氏說道，回廚房拿了十來顆雞蛋，放進莊蕾的籃子裡。

「幾顆雞蛋還當成是給小娃娃吃的好東西啊？」莊蕾覺得送不出手。

「哎呀，楊秀才之前每天來吃的，就是一碗粥跟兩個饅頭。偶爾我塞一顆雞蛋，或半塊糕給貴兒。楊秀才手裡緊，貴兒大概也沒什麼吃的。要不，我再去拿點。」

張氏又進去取了些糕餅，用荷葉包好，放進籃子裡。

莊蕾提著籃子，揹著藥箱。「對了，楊秀才住在哪裡？」

「說是北街的大雜院，那地方不大，妳過去問問就知道了。」

好吧！莊蕾點頭，出門去了。

莊蕾穿過小橋，過了一條巷子，到了北街。

北街沒有莊蕾住的地段好，房子矮小，也破舊。不過遂縣居民很少有外鄉人，即使住這裡的人有些雜，也還安全。

「嬸兒，楊秀才家往哪裡走啊？」莊蕾向一個大嬸問路。

「往前拐彎，第二家就是了。」

莊蕾謝過，繼續往前走，後面開始有人嘰嘰喳喳議論起來。

「那不是壽安堂的莊娘子嗎？」

「今天她說要離開壽安堂了。」

「為什麼呀？」

「誰知道？好像是聞家為了她，家裡鬧得不可開交，連老太太都被送走了。」

「送去哪裡了？」

「不知道。」

「這個聞老太太，我是知道的。他們家聞先生最是好說話，但老太太是個買把水芹也要到你籃子裡抓一把蔥的人。」

「這都是什麼舊事了？」

「性子就是那個性子，不會變的。不知道聞先生為何看上了這麼個女人，唉！」

莊蕾走到大雜院門口，往裡面探頭問：「這是楊秀才家嗎？」

有個胖大嬸從旁邊出來問：「妳是誰啊？」

「我是來幫楊秀才家的貴兒看病的。」莊蕾說道。

「莊娘子，您怎麼來了？」楊秀才從屋裡走出來，越過了胖大嬸上前。

「我怕貴兒亂動，剛剛試了個新辦法，來幫他固定傷處，比夾板好。」莊蕾帶著笑說。

楊秀才忙道：「有勞了。」

莊蕾跟著他進去，這座院子還沒有莊蕾家住的大，裡面卻住了好幾家人。楊秀才住在西廂房旁的一間房裡。

床帳捲起，貴兒躺靠在床上，見到莊蕾，很是興奮地叫道：「姨姨！」

莊蕾看他旁邊的板桌上放著一大一小兩碗粥，還有一碟子炒鹹菜，就沒別的了，難怪張氏讓她拿雞蛋過來。

莊蕾放下東西，問道：「貴兒今天乖不乖啊？」

「貴兒沒有動。」小傢伙回答她。「姨姨，吃飯飯。」

這個邀請讓楊秀才不好意思了。「莊娘子等等，我去做兩道菜。」

「姨姨剛剛幫人看病回來，在那家吃了好多，現在不餓。」莊蕾轉頭，對楊秀才說：「你別忙了，我幫貴兒換上石膏托就好，你去幫我打一盆清水來。」

楊秀才應聲出去，莊蕾取出東西要準備，想起籃子裡還有幾顆雞蛋和糕餅，便拿出來放在桌上。

「婆婆說，好些天沒見到貴兒，想貴兒了。」

楊秀才拿著水盆進來，看見桌上的雞蛋，說道：「這怎麼好意思？我們父子一直受嬸子照顧。」

「我娘喜歡貴兒，特地要我送來的，是她的心意。」莊蕾說著，浸泡繃帶，開始做石膏托，幫貴兒綁腿。

莊蕾綁好腿，揉了揉貴兒的頭髮，問了一句。「貴兒怎麼會摔了兩天才來壽安堂？你去哪裡了？」

「爹爹要去掙錢。」貴兒幫楊秀才回答。

楊秀才低頭嘆氣。「百無一用是書生。」

莊蕾聽了，不知道該怎麼接話。或許，楊秀才也不願多說，畢竟一個男人無奈的時候，很多話不足為外人道。

「貴兒要乖乖的，過七天來姨姨家，讓姨姨看看。」

莊蕾叮嚀完，對楊秀才說：「你也別去壽安堂了，我已經離開那裡，之前貴兒是我看的，還是找我好了。早上來鋪子裡吃飯時，把孩子帶來，我幫他看看就成。我先走了。」

楊秀才送莊蕾出去，心裡感激莊蕾，看得明白卻不說破，還找了貴兒是她的病人這樣牽強的理由，其實不就是為了讓他省兩個錢。

他走回屋，看著桌上的雞蛋和糕餅，拿一塊桂花糕遞給貴兒。「阿爹去幫你煮雞蛋，你先吃這個墊肚子吧。」

莊蕾回到家，江玉蘭坐在客堂間裡，連忙迎過來。

莊蕾問：「妳來找我嗎？吃過沒有？要不，一起吃點。」說著，去一旁舀水洗手。

「方才已經吃過了。」江玉蘭回答，坐在一旁的椅子裡，張氏幫她倒了一杯茶。

陳月娘幫莊蕾盛飯，莊蕾坐下來吃。

江玉蘭握著茶杯說：「莊娘子，妳真的不去壽安堂了？」

「交接好就不去了。怎麼了？」

「我想著，是不是能跟著莊娘子？莊娘子以後肯定還要做郎中，需要人打下手。」

「自然需要。妳且安心在壽安堂做事，等我安頓好了，找妳過去。」江玉蘭是她培養的護理師，到時候有大用的，怎麼捨得將她讓給別人。

江玉蘭聽到這話，好似得到了一個天大的承諾，便告辭回去，看上去腳步輕快，禁不住地雀躍。

張氏問她。「貴兒怎麼樣了？」

莊蕾嘆息。「家裡什麼都沒有，爺兒倆就吃白粥配鹹菜，也太難了。大約是楊秀才想要出去掙錢，所以把貴兒留在家裡，卻不知怎的摔了。」

「這麼小的娃娃，只吃點白粥行嗎？」陳月娘有些心疼貴兒。

「娘讓我帶雞蛋過去，我原來還想著這算什麼？沒想到也是雪中送炭了。」
張氏聽了直搖頭。「可憐了那孩子。要不，咱們送點東西給他們父子倆？」
「不妥。」陳熹阻止。「楊秀才清高，咱們無緣無故示好，人家肯定要多想。」
莊蕾點頭。「對啊，還以為我們另有目的呢。」
張氏聽了，只好打消念頭，除了唏噓，也做不了什麼。

第七十三章　食堂

既然莊蕾不看新的病患，一個早上就那麼幾個人複診，一會兒就看完了，便去黃家。她走進黃老太太的院子，問嬤嬤。「妳家大少爺呢？」

「昨日回來睡得晚了，還沒起床呢。」

莊蕾來黃家時，已經過了辰時，便道：「都什麼時辰了？把他叫起來。」

嬤嬤不敢多言，去了黃成業屋裡。

莊蕾去了黃老太太那裡，黃老太太看見她就問：「吃過早飯沒有？陪著老婆子用些。」

莊蕾坐下。「吃了。原本我想來這裡讓車夫送我去藥廠的，沒想到大少爺還沒起來，我讓人去叫了。」

黃老太太聽了，吩咐在一旁伺候的嬤嬤。「去幫莊娘子端一碗牛乳來。」又對莊蕾說：「有新鮮的牛乳，一大早送來的。」

兩人說著話，黃成業走進來，還打了個哈欠。

莊蕾叫道：「大少爺，之前你還挺賣力的，這幾天又怎麼了？沒有你這樣做事的啊。」

「別說他，昨兒半宿沒睡，是我讓他多睡一會兒的。」黃老太太說道。

既然黃老太太這麼說了，莊蕾也不好多說。

嬤嬤端來熱好的牛乳，問道：「娘子要加勺糖嗎？」

「不用。」莊蕾接過熱熱的牛乳，這輩子還真沒吃過，慢慢地喝著，等黃成業吃早飯。

黃老太太問她。「妳真決定就這麼走了？」

「聞爺爺心腸軟，我若是一直待在壽安堂，他也為難。我替他帶海宇一、兩年，海宇繼承我倆的本事，定能挑起壽安堂的大梁。否則，我之前做的那些事情，不是幫了壽安堂，是害了壽安堂。接下來半年，我把心思放在這裡的藥廠。」

黃老太太搖頭嘆氣。「他那個娘子，真是害了他大半輩子，我又不好說，說了就弄得好似我跟他真的有什麼。反正，一家有一家的難處。男人嘛，要麼耳根子軟，要麼乾脆就是睜眼瞎，醒悟過來，大多已經鑄下大錯。就算後悔莫及，有什麼用？」

這話中有話的，莊蕾想想也知道在說誰了。

黃成業喝了粥，又吃一塊糕餅，還拿了半塊紅薯。漱過口，站起來說：「咱們走吧。」

「花兒，等下早點回來，下午還約了人一起談事情呢。」黃老太太對著莊蕾叫道。

「知道了！」

莊蕾跟著黃成業上馬車，黃成業賤兮兮地說：「昨夜我可是興奮得一夜沒睡，到了天曚曚亮的時候，才睡著的。」

「怎麼了？」

「我爹叫我把那些證據拿過去，一樣一樣扔在我後娘面前，還查出她貪墨公中的銀子，存了一大筆錢。

「我爹一直以為這個娘子是千好萬好，卻沒發現，連他的吃食裡都被放了東西，就怕他跟其他姨娘生出孩子。我能活下來算好的，我還有兩個夭折的庶弟，都是她弄死的。我爹傷心地把自己關在屋裡，剛剛我去打聽，還沒出來……」

莊蕾見黃成業說得神采飛揚，心想看小說是一回事，現在生活在小說裡，又是另外一種感受了。

她也沒有去勸黃成業原諒他爹，若非各種機緣巧合，黃成業已經死了，他爹是逃脫不了這個責任的。

「那你爹打算怎麼處理你後娘？她手上可是有人命官司的。」

「這我就不知道了。我奶奶說，既然她喜歡餵別人藥，就讓她把那些藥一起吃了。那女人哭得一把鼻涕、一把眼淚之後，裝暈了。」

黃成業說著說著，捂住臉大哭起來。「如果不是她，我不會這麼混；如果不是她，我不會覺得自己一無是處……」

莊蕾拍著他的肩膀，他就像是一條哈士奇，很蠢，卻也有點萌。「好了，多大的人了，還哭？」

黃成業抬起頭，要用袖管擦眼淚，莊蕾遞了一條白手絹給他。

黃成業擦了擦眼睛。「妳放心，以後我一定辰時到工廠，不到申時不離開。」

「老闆要是不會吃喝，不會跟人打交道了，還叫老闆？玩也是做生意的一部分。」莊蕾笑看著他。「你可以發揮你的長才，跟人稱兄道弟，一起把生意做大。叫我做這些，你覺得合適嗎？」

黃成業笑出聲來。「莊花兒，妳知不知道，妳真是讓人又愛又恨？」

莊蕾沒有回答他，黃成業也察覺自己說的話不太合適，改口道：「我若是不好好做，對不起我那個奶奶，也對不起妳這個奶奶。」

莊蕾和黃成業進了藥廠，聽見夥計在罵學徒。

「跟你說過多少遍了，怎麼就記不住？你是豬嗎？等下不要吃飯了！」

莊蕾走上前問：「怎麼回事？」

「莊娘子，收青黴一定要拿竹板刮下來，他居然直接用手去挖，這一桶全毀了。」夥計怒道。

莊蕾問學徒。「沒有人告訴你要怎麼做嗎？」

那個十二、三歲的少年搖了搖頭。

夥計氣得衝過來。「你搖什麼頭？我沒跟你講?!」

「好了。」莊蕾說：「按藥廠的規則罰吧。」在規矩還沒有改變之前，規矩就是規矩，不能破壞。

莊蕾跟著黃成業轉了一圈，發現操作有問題的地方還真不少，轉頭罵了黃成業。

黃成業拉長了一張臉。「誰知道是聰明的臉蛋，草包的肚腸，師傅帶徒弟不好帶啊。」

「你不要不當一回事，我們這裡有病菌培養房，要是他們不知道自我防護，最後得病了怎麼辦？」

前世的製藥行業極為嚴格，工人水準高，且全都經過培訓，才能進入工作崗位。古代是師傅帶徒弟，藥堂夥計對於製藥理念一知半解，遑論傳授給自己的徒弟。

不行，她要進行培訓，不能繼續用傳統的方式帶人，不然大概不用多久，這座藥廠就沒辦法見人了。

莊蕾想到這裡，第一個要解決的就是文盲。這個時代識字的人很少，所以要培訓人之前，得先掃盲。艱難而漫長的過程，才剛開始啊。

接近中午，莊蕾要去食堂吃飯，黃成業說：「我們在小廚房吃。」

「什麼小廚房？」莊蕾問他。

「我讓人弄了個小廚房，咱們吃小廚房的菜，大食堂的菜不能吃。」

「那是不是給人吃的？」莊蕾問道，這裡肯定有貓膩。

黃成業愣了，見莊蕾往食堂走，趕緊跟在她後面。

莊蕾走進食堂，食堂還是很新、很乾淨的樣子，櫃檯的人在幫大家打飯。

莊蕾拿了一只陶碗排在後面，幾個少年側過頭看她，讓她往前。

正在盛飯的男人指甲發黑，手裡拿著長柄的勺子，桶裡是稀稀拉拉、混著已經煮得發黃的青菜的粥，跟以前莊青山夫婦餵她的東西沒什麼兩樣。

莊蕾把碗遞上去，那人不敢動了。

莊蕾說：「打一碗。」

男人只好照辦，黃成業扯了扯莊蕾。「花兒，妳幹什麼呢？」

莊蕾轉過頭，對黃成業說：「你把這個喝了。」

「我怎麼能喝？」

莊蕾指著坐在長凳上，連桌子都不用的學徒說：「他們是人嗎？」

「自然是。」黃成業回答這話的時候，已經沒了氣勢。反正他被莊蕾罵慣了，多罵一句也沒什麼。

「他們能喝，你為什麼不能喝？」莊蕾問道。

「花兒，妳這不是為難人嗎？」黃成業回答。

莊蕾把手裡的碗遞給眼前盛飯的人。「那你喝。」

負責廚房的管事過來了。「莊娘子，有話好好說。」

哐！莊蕾把陶碗摔在地上，陶碗裂開，粥灑了一地。

黃成業知道這個小娘兒們脾氣大起來嚇人，往後跳開。「莊花兒，妳發什麼瘋？」

「我吃過這個味道，因為不吃會餓死，因為我爹娘不拿我當人看。唯有把人當成牲口，才會給人吃這種東西。

「我被人當成牲口過，要賣就賣，要打就打。可我是人，我有心，我也會疼，也會難受。我們做的是能讓天下人活命的藥，你卻不把人當人看，那我們怎麼能做好，你告訴我？」

「好好，我知道了，明天起把東西換掉好不好？」黃成業忙著安撫她。

莊蕾聽出了他的敷衍，道：「不行，現在重新做。還有，這個人不能用了，叫他立時收拾東西，從哪裡來就往哪裡去，我不願意再看到他。」

「莊娘子，之前是我沒弄清楚要怎麼做，不怪他。」管事向莊蕾辯解。

「是你讓他做出這樣的東西？」莊蕾冷笑著看他。「那行，他不走，你走！」

莊蕾這麼一說，管事臉色變了幾變，無話可說了。他在東家面前可是一直有臉的人，這位莊娘子一點臉都不給他。

黃成業使了個眼色，管事連忙讓那人立刻滾下去。

莊蕾將這一幕看在眼裡。

「他走了，誰來做飯？」黃成業問。

「我就一句話，只要我在這裡，我只吃這裡的飯，不能有小廚房。」莊蕾看向那些目瞪口呆的少年。「我把他們當人看。你可以罵，可以罰他們，但是一定要把他們當人看，這樣才能教得出好的工人。」

管事連忙低頭哈腰。「莊娘子，您消消火，我讓人馬上重新煮過。」

「把小廚房掌勺的人叫來。」

管事立時派人去喊，一個胖胖的嬤嬤走過來，叫一聲。「莊娘子。」

「這些學徒都是十幾歲的少年，正在長身體。一日三餐，早上每個人一碗粥加上一個饅頭，和一個雞蛋或者豆花什麼的，再弄點小菜。中午，一定要見葷腥，比如干絲炒肉絲、油麵筋塞肉那些，帶點魚蛋肉；還要兩道素菜，像是炒茄瓜、炒青菜，或豆腐、豆乾等等，每天都要有，飯最多可以打四兩。晚上簡單點，兩樣素菜，二兩飯，不許多。」

這個時代食物匱乏，不可能用幾葷幾素的標準來做，再說人需要的熱量就是那麼多，過猶不及。

嬤嬤一臉為難。「我……我不會。」

「不會什麼？」

「這麼大鍋的，我不會做。」

「煮飯會嗎？先把白米飯煮上！」莊蕾叫道。

「是！」

「行吧，就這樣了。」莊蕾說完便往外走。

黃成業跟在後頭。「花兒，妳幹麼呢？這場氣生得可是莫名其妙。」

「兄弟，咱們做藥廠的，不一樣啊。」莊蕾教育他。「而且他們是第一批夥計，以後要帶徒弟的。」

「怕什麼，都是我們買來的人，難道還能跑了不成？」

「不是這樣說的。只要他們裡面有人不珍惜這份活計，就會像今天一樣，一大桶青黴就毀了。」

「那不是受罰了嗎？」

「打一棒子，給一顆甜棗，你沒聽過？你讓他只挨打，沒有棗子，能幹什麼？」莊蕾問黃成業。

「那妳也要替我留點臉啊。」黃成業抱怨。

「你的臉不重要，重要的是人的心熱起來。」莊蕾道：「沒臉的事，你幹得還少嗎？」

黃成業撇了撇嘴。「行了行了，下午奶奶還約了幾家商戶，咱們先走吧。哥哥帶妳去吃長魚麵去，小暑的鱔魚賽人參啊。」

黃成業說著，讓人去準備車馬，帶著莊蕾上了車。

「下來！」

一會兒後，黃成業下車叫道，莊蕾跟著下來。這是哪個犄角旮旯的小巷子口？若非她跟黃成業混熟了，沒準拔腿就跑了。

黃成業看著她說：「知道妳瞎講究，今兒不許嫌棄，跟哥哥來。」

莊蕾跟著他進了小巷子，一個院子裡擺著三張板桌，有個看起來像是老闆的男人正在下麵條。瞧見黃成業，只抬了下眼皮，算是招呼。

黃成業帶著莊蕾坐下，車夫大叔也坐下來。

黃成業對著老闆喊：「阿四，三碗麵！」

那人點了點頭。

莊蕾打量四周，一旁有兩個客人在吃麵。

黃成業對車夫說：「去舀一勺清水洗洗筷子，莊娘子愛乾淨。」

莊蕾搖了搖頭，沒有高溫蒸煮，洗洗有個鬼用。

黃成業稀奇。「妳不講究了？」

「能注意就注意點，但也不要過分矯情。」

「妳是不是該跟我道歉啊？今天很讓我沒面子的。我是個男人，總要點臉面吧？」其實黃成業還是挺糾結的，看向莊蕾。「妳不能仗著是我的救命恩人，就為所欲為。」

莊蕾笑了笑，立時認錯。「剛才是我把你的臉面當工具了，還好你臉皮厚。」

看見莊蕾笑了，黃成業哪能再多說一句，反正她說的都是對的。如果不對，那也沒關係，當她是對的。

一個女人端著麵條放到他們面前，黃成業推給莊蕾，奶白的麵湯，上面蓋著油光滑亮的鱔魚澆頭。

莊蕾拿著筷子挑開下面的麵團，挾一口放進嘴裡。麵很勁道，喝一口湯，濃郁鮮香。

「怎麼樣，手藝不差吧？」黃成業的麵也到了，便吃起來。

莊蕾點頭。「好吃！」

一個穿開襠褲的孩子蹦蹦跳跳出來，一個不當心撞在廊柱上，哇哇大哭。那個女人趕緊出來，抱住孩子安撫，卻不發聲。

莊蕾納悶。「聾啞人？」

「阿四聽得見，孩子也聽得見，但是不會說話。他女人則是又聾又啞。」黃成業解釋。

啞巴可能是因為先天性耳聾引起的，這個孩子的哭聲卻是正常。

如果不聾，怎麼會啞呢？

這激起了莊蕾的好奇心，站起來，走過去摸了摸那個孩子的頭。

女人抬頭，看她一身乾乾淨淨，長得又好看，不像是壞人。

有時候，顏值就是正義啊。

莊蕾看向黃成業，黃成業幫女人介紹道：「她是壽安堂的莊娘子。」

莊蕾問阿四。「能讓我看看孩子嗎？」

阿四看著她，莊蕾說：「我想知道，他為什麼不會說話。」

阿四搖頭，黃成業過去拍了拍他的肩膀。「人家為了讓莊娘子看病，一大清早去壽安堂排隊。現在肯幫你看，還不好啊？」

阿四這才點了點頭。

莊蕾坐下，拉過孩子。「來，給姨姨看看。」

孩子已經停止了哭聲，莊蕾讓他張開嘴，往裡面看去，差點被氣死。這算什麼事？只是舌繫帶過短啊！

「怎麼樣？」

莊蕾招手，讓阿四過來。「你張嘴給我看看。」

阿四不肯，莊蕾說：「你家孩子的狀況，很簡單就能解決。你知道嗎？他是一個健康的孩子，以後可以很正常地說話。」

阿四這才張嘴，他果然也是這個問題。

莊蕾坐下，問阿四。「你小時候能發聲，對吧？也能說話，是不是？只是說不清楚，被人笑？」

阿四露出了難過的神情。

「你也能治，只是你年紀大了再練習說話，會比較難。但是，如果孩子治好了，只要他跟其他人多說說話，能完全好的。要不要治？」

阿四猛點頭，莊蕾笑著說：「好，我去拿藥箱來。」

第七十四章　人馬

莊蕾從車上提了藥箱下來，這個玩意兒她是常備的，裡面有些常用藥和工具。剪舌繫帶這種小手術，就跟野外外傷包紮一樣，只需要做簡單處理。

莊蕾讓阿四的娘子將桌子擦乾淨，把藥箱放在上面，取出一瓶天仙子液，讓孩子喝了一口，又用金針針刺麻醉，這才拿酒精棉片擦了擦剪刀，讓孩子張開嘴。

孩子還沒反應過來，莊蕾就把那根繫帶剪斷了，又拿出針線替他縫合，最後上了止血的藥粉。

「這幾天吃得清淡點，三天以後，申時三刻帶孩子來我家，我再幫他看看。」莊蕾摸了摸孩子的頭，又問阿四。「你要不要治？」

阿四看看孩子，點了點頭，莊蕾笑著說：「那就坐下。」

莊蕾剛要替阿四扎針，阿四就一臉怕疼的樣子，不禁撫額。「你還不如孩子勇敢。」

阿四強忍著自己的恐懼，讓莊蕾扎針，剪斷舌繫帶，縫合，轉眼就做好了。

「就因為這個，阿四才不會說話？」吃麵的客人訝異。

「他會說話，但是說不清楚。傷口好了之後多練習，會好的。」莊蕾邊說邊開了藥方，讓阿四去壽安堂按照方子抓藥吃兩天。

做完小手術，莊蕾又煩惱了。「家裡兩個大人都不會說話，孩子練習的機會少，若是不能跟別人多說話，以後無法好好開口怎麼辦？」

「得了得了，咱們該走了啊，妳別這麼窮熱心了好不好？」黃成業是拿她沒辦法了。

「你怎麼找到這家沒有招牌的館子啊？」莊蕾問他。

黃成業嘿嘿笑了一聲，莊蕾覺得這個哥兒們怎麼就這麼猥瑣，其實這只是黃成業傻呵呵的語氣而已。

「阿四以前是城裡天香樓大廚的徒弟，能聽，但是不說話，叫他幹什麼就幹什麼，給口飯吃就幹活，多好。那個大廚年紀大了，還能霸占這個位置，就是因為這個徒弟。

「但是大廚做人不厚道，客人吃壞肚子鬧上門，就推阿四出來。阿四又不會說話，被人打了一頓，揚長而去。阿四也倔，那一天後就離開了天香樓。天香樓因此日漸沒落，阿四就靠著拿手的長魚麵，賣給認識的老熟客過日子。」

莊蕾沈思一下，藥廠也是個大魚吃小魚，小魚吃蝦米的地方。而且她把藥廠的事交給黃成業，除了幾個原來跟著她做試驗的壽安堂夥計之外，都是黃家的人。食堂跟採買食材的人，還有管事，都是黃成業的手下。

莊蕾問他。「藥廠廚房的管事，是你祖母以前的人嗎？」

「奶奶以前用慣的，是布料鋪子老管事的兒子，後來一直在莊子管事。」

這裡面已經有一個老子帶兒子長年吃黃家的飯，下面的人也跟那人是一派的，如果藥廠從一開始就是如此，以後會怎麼樣？得打破這個僵局才好。

「咱們藥廠不是缺個廚子嗎？阿四若是願意過去，就給他們夫妻兩間房，讓他們也能住在那裡。你想啊，阿四能被自己的師傅利用好些年，足見是個老實人，又有這一手手藝，不如請他來做飯？

「食堂這個活，雖然吃飯的人多，但做的東西簡單，其實是個肥差，如果請的人不好，出了好價錢，下面的人未必能吃飽。而且，要是阿四做得好吃，幹活的人也會開心不是？」

「我說姑奶奶，妳整天替那群人考慮他們吃得好不好，開不開心做什麼？有得吃就不錯了。妳讓他們能吃飽，我沒話說，畢竟要幹活，為何還要替他們考慮這些？」

黃成業不明白，買來的奴僕，不就是幹活的嗎？

「不正是給這家人一條好一點的路嗎？以後咱們不也要吃食堂的飯？你不是要天天待在那裡？有這麼好的廚子，不放自己手裡幹麼？笨啊！」

黃成業恍然大悟，連忙點頭。「那就請他了。」畢竟以後他會常在食堂吃飯，阿四的手藝，還是信得過的。

「你等兩天，他複診的時候，我跟他提。藥廠的人多，對那孩子以後說話也有好處。」

黃成業聽起來，莊蕾根本還是想著要幫阿四一家治病。

「妳管得真寬。以後要是當了媒婆，是不是連人家生孩子都要管？」

莊蕾看車子停下來，指了指外面。「我會好好幫你留意的，若是我作媒，一定保證你媳婦能生下大胖小子，讓你奶奶安心。」

「千萬不要！姑奶奶，妳就放過我好不好？我在工廠看妳這隻母老虎發威，回來還要對著妳挑的女人，這日子還過不過了？」黃成業邊說邊下車。

剛進門，黃成業便招手問小廝。「我爹出來了沒有？」

「在老太太屋裡待了整整一上午，剛剛離開。」小廝回道。

「有說怎麼處置那個女人了嗎？」黃成業問。

「二少爺和兩位姑娘跪在老爺門前許久，老爺開門出來，兩人就跟過去，到老太太那裡。二少爺跪下求老太太，看在他們的分上饒過太太。」小廝探聽到的消息還不少。

「老太太答應了嗎？」

「那個女人說自己有害人之心，但這些東西是吃不死人的。老太太說，吃不死人也好，那就留她一樣一樣吃。她怎麼對別人的，也就怎麼對她。

「二少爺說老太太這是動用私刑。老太太說，可以不用私刑，人贓俱獲，謀害親夫，謀害嫡出繼子跟庶子，便送官府吧。黃家的臉面不重要，重要的是給死人一個交代，給所有被她害過的人一個交代，問二少爺要不要？」

黃成業挑眉。「老二怎麼說？」

「二少爺自然不要，若那女人吃了官司，他還怎麼考舉人，還怎麼做官？只能走了。兩位姑娘也跟著走了。」

兩人剛剛聽完小廝說的話，就見兩個小姑娘跑來，一個十一、二歲，一個七、八歲，撲到黃成業身上。

「大哥哥，你去求求奶奶，饒過阿娘吧。阿娘最是疼你了啊。」

這句阿娘最是疼你了，真的是極盡諷刺，黃成業拉開兩個妹妹，吼一聲。「都是死人嗎？也不帶好兩位姑娘！」

兩個老嬤嬤過來拉她們，兩個小姑娘哭叫著。「大哥哥，求求你了！」

黃老太太身邊的嬤嬤出來，對兩個老嬤嬤說：「剛才怎麼說的？怎麼不看好姑娘們？」

兩個老嬤嬤忙勸姊妹倆。「姑娘快跟我們回去吧，別鬧了。」

是藥三分毒，別看用在男人身上的藥和用在女人身上的不同，都能害人。比如給黃成業的藥，往往含有興奮藥效，就算是補藥，吃了心臟也會受不了。若是一樣一樣地吃，雖不是立刻要命，身體肯定也會垮掉。

慢慢要，倒也是一條恩怨分明的路。

莊蕾跟著黃成業進了黃老太太的屋內。

黃老太太午睡剛醒，莊蕾坐下，聽黃老太太說：「這兩日來走我這裡門路的人不少。妳那一日所提的代理權，打算怎麼放？」

「不知老太太可有什麼計較？」

黃老太太讓嬤嬤拿了一張紙過來。「我挑了這幾個人，等下會來喝茶。妳若是還沒個底，跟他們聊聊便是，也不用答應什麼。陳三少爺今日也遞了拜帖，說明兒一早來我這裡吃茶，想來是要等我們見過其他人之後，再做定奪。」

莊蕾翻看名單，一個個地問是做什麼營生的，家裡資財如何，靠什麼發家。說到陳三少爺來，不由沈吟。

「老太太，您覺得我們到底怎麼樣才能穩穩地和這種坐擁人脈和金山銀山的對手合作？不用幾年，他們靠著錢也能砸死咱們，我也不可能一直經營藥廠，畢竟我還想要蓋醫院。」

「我知道妳的心大，藥廠不過是一隅，留不住妳。既然拚不過，藥廠靠老婆子我手裡的這點錢，也沒辦法真正做大，不如跟三少聊聊？仁濟堂江南分號有幾十家，透過他們的坐堂郎中，至少一年能有一定的銷量。」

「就算給他賣，人家恐怕不願意啊。」

「當然不是，也讓他入股，而且給他大股，我退兩成，妳退一成，阿志也退一成。以後有了仁濟堂，也用不著掛壽安堂的招牌了。」

不用壽安堂招牌，黃老太太是在商言商，對聞先生來說卻有用過就扔的意味，這個莊蕾不能答應。

黃老太太看到莊蕾臉色有些沈，笑了笑。「明日我先與陳三少爺聊，談好再派人去請妳和阿志，可成？」

莊蕾這才點頭，聽見外頭有聲音道：「老太太，幾位爺到了。」

「走，我們一起去見見。這件事，也不急著現在決定。妳不是約了三少聊嗎？才一次、兩次，哪裡能聊透？我們也可以左左右右一起聊，看最後能談出個什麼來。」

莊蕾和黃老太太一起見了幾家商戶，在黃家吃了晚飯才回去。

陳家人正在庭院裡納涼，見莊蕾進來，陳月娘對陳照說：「還不去幫你嫂子打水。」

陳照忙站起來，莊蕾看陳照身上換了汗衫，知道他已經洗好澡了。

「你坐著，走一趟又是一身汗，我自己去提。」她又不是大戶人家的嬌小姐，這點事情，還不能自己做了？

陳照說：「還是我去吧，水挺沉的。」

陳熹起身，拍了拍他的肩膀。「你坐下，我去。」

莊蕾想說不用了，見他身上依然是白日穿的長衫，便問：「你怎麼還沒漱洗？」

「方才在做文章，就沒有去。」陳熹揭開鍋蓋，把熱水舀進木桶。「今兒去黃家見商戶，可有談出什麼來？」

「因為還要跟陳家談，便避重就輕地打了哈哈。」莊蕾說道。

陳熹幫莊蕾提水進屋，已有兩桶涼水放在那裡。他替她將涼水和熱水倒進去兌好，這才出去。

莊蕾洗好澡，走到院子裡，見竹椅上面放著一把蒲扇，便拿起蒲扇坐下。

陳月娘遞上蜜瓜。「在井裡擺了一個下午，挺甜的。」

莊蕾邊吃瓜邊聽張氏講著前前後後街坊的事，後頭誰家娶了兒媳婦，隔壁家得了個大胖小子，昨兒送了紅蛋，看來已經跟鄰居混熟了。想著過大半年又要搬走，也是挺難為她的。

「娘，要不您跟阿保嬸商量商量？我們走的時候，可以把店留給她們。」莊蕾說道。

莊蕾一提，張氏有些落寞，道：「也好。」

一會兒後，陳熹穿著單衣走出來，拿著手巾擦頭髮。

莊蕾問陳熹。「二郎，你有沒有空？」

「什麼事？」

「藥廠不是買了很多學徒嗎？如今做事，全靠師傅帶著徒弟。你也知道那些師傅沒讀過什麼書，怎麼能指望他們帶好徒弟？我想著，要讓學徒知道怎麼做事，並按照要求做。真要這樣，不識字不行，你能不能教他們讀寫？」

「可以，一天一個時辰沒問題。」

「哦，對了，前兩日做的粉筆好了吧？」莊蕾一拍腦袋，去院牆邊找晾在牆角的粉筆。

月光下，莊蕾蹲下身，在院子的青石板上寫字。

陳熹過來看，也拿起一根試了試。「這倒是好東西。」

「你想，如果木板上塗了黑漆，然後用這個粉筆寫字，就能教那些學徒了。寫完用布一擦，板子就乾淨了，也不耗紙筆。」莊蕾道。

「不過，我若是去藥廠教這些人，黃老太太會不會認為咱們想要把持藥廠？說句不自謙的話，我還是比黃成業能幹些的。」

莊蕾沈吟，接下來她待在藥廠的時日多，如果她跟陳熹都去藥廠，的確會讓人家心裡不舒服。

陳熹抬頭看她。「其實，咱們可以幫幫楊秀才。下一場鄉試在明年秋天，離現在還有一年，若是讓他去藥廠教教人，大概沒人會說話。再說了，他是個秀才，或許還能做做文書的活計。他跟我們也熟，有什麼事自能跟妳說，也算是在藥廠放了一個心腹，又不會引起黃家的猜疑。」

「這個倒是個好主意。」莊蕾說道：「明兒我就去找楊秀才，問問他願不願意。」

張氏一聽，笑著說：「這樣的話，楊秀才便有了進項，貴兒那個孩子挺讓人疼的。」

「你是明年考秀才？」莊蕾問陳熹。

陳熹點頭，莊蕾問：「怎麼個考法？」

「二月縣試，四月府試，之後是院試。考完後，也趕得及秋闈，我打算一起考舉人。」

「這麼多場？你別著急，可以再等等。」想想前世范進中舉的故事，舉人的錄取率也不高啊。

「以我目前的能力來看，舉人是有把握的。但後年的春闈，我不打算參加。」陳熹說道：「我打算多留點時間，好好準備下一場春闈。」

莊蕾心想也是，明年的鄉試就去試試，反正陳熹還小。

張氏聽到這麼多考試，忙道：「二郎，你別急，身體要緊。聽說苦讀很累人的。」

「娘，我心裡有數。」

莊蕾覺得這個孩子太有自信了，她記得，前世就算是才子，也有屢試不中的，他倒是說得好似探囊取物。即便看上去像個小大人，其實也只是個孩子，多受幾次挫折就知道了。

見莊蕾不以為然，陳熹心裡有些不高興。「嫂子，我定然能金榜題名的。」

「我也是這麼想。」莊蕾忙回他。幾歲考中進士不重要，但自尊心一定要維護的。

陳熹看出她的言不由衷，想要解釋，卻覺得沒什麼意思，索性閉了嘴，隨便她去，終歸是覺得有些氣悶。

時辰晚了，陳月娘和張氏回房。

陳月娘抿著嘴偷笑，張氏不解地問：「妳這丫頭在笑什麼？」

「娘，二郎對花兒是上了心的，只是他還小，沒察覺罷了。」

張氏抬頭看陳月娘，陳月娘說：「他哪裡是做文章做得忘記洗澡。剛才我叫他去洗，他看了看門口，才說做一會兒文章便去。方才說文章做好了，提了兩桶涼水進房，又過來說吃個瓜再去，卻一直看著門口，到花兒回來都沒去。」

「不過，花兒好似對二郎沒存什麼心思。」

「但是，她最喜歡跟二郎說話，有什麼事都一起商量，一起拿主意。您見過花兒跟我們這麼商量嗎？」

張氏搖頭。「還早呢，等他們大些再說吧，說不定花兒以後還有大造化呢。」

「嗯！」

第七十五章 合作

這天，莊蕾在鋪子裡拿了幾塊千層油糕，帶過去給貴兒。

時辰還早，到了大雜院，附近幾家的女人已經起來，在井邊洗衣服聊天。

楊秀才搖頭晃腦地晨讀。在這樣吵鬧的環境中，他還能讀得進去，也算是厲害了。

「楊秀才，貴兒醒了嗎？」

「姨姨！」小傢伙耳朵尖，聽見了莊蕾的聲音，在裡面喊她。

莊蕾問：「我能進去嗎？」

「您請。」楊秀才說道。

莊蕾進去，貴兒躺著，莊蕾放下手裡的油糕，將他抱扶起來，檢查一番。

「貴兒真的很乖，沒有動。」

莊蕾稱讚完，洗過手，打開油糕外的荷葉。

貴兒拍手。「是油糕啊！」

「擦過牙了沒？」

「沒呢。」楊秀才拿青鹽來給貴兒擦牙，又幫他洗了臉跟手，莊蕾這才把油糕遞給他。

「怎麼又破費了？」

「今日我來，不是為了孩子，是有件事情想請你幫忙。」

「說什麼幫忙不幫忙的？用得著的地方，只管說便是。」楊秀才也感激陳家一直以來對他潤物細無聲的幫助。

莊蕾笑了笑。「你知道藥廠開張的事吧？」

「誰人不知？淮南王跟淮州知府親臨，夠遂縣談論幾年了。」

「是這樣的……」莊蕾把自己的想法說給楊秀才聽。

「教那些人識字？這可沒聽說過。那些人不就是藥廠的學徒嗎？還是賣身為奴，教他們做什麼？」古代讀書人哪怕自己也是一窮二白，看待販夫走卒，骨子裡還是有種優越感。

「識字明理。做藥廠的活計需要有一定的知識，這是用在人身上的東西，不能有任何偏差，我要讓他們做正確的事。」莊蕾說道：「若不識字，光靠著師傅和徒弟之間的傳授，只適合那些單一手藝，不適合需要品質和精細技術的東西。所以，這些學徒需要識字。」

莊蕾這麼一說，楊秀才算是理解了她需要他做的事，有些為難。

「貴兒還小，離不開人。如果我去藥廠，貴兒就沒人看顧了。」

「這個，我有考慮了。在我那裡幫忙的玉蘭有兩個兒女，昨日看中的食堂廚師也有孩子，若是你能來，替玉蘭帶孩子的王婆子是個孤苦人，廚師的娘子是個聾啞人，兩人都能帶孩子，索性把四個孩子放在一起照顧。而且孩子就在一旁，你抽空也能去看。」莊蕾笑著說道：「昨日與二郎商量，鄉試是明年秋天，還有一年可以準備。」

「我原本已經斷了去鄉試的念頭。」

莊蕾擺擺手。「斷了，就不會大清早起來讀書了。」

楊秀才的心思被被莊蕾戳破，臉上一紅。

「到時候，大家熟了，都是苦命人，興許樂意幫你照看貴兒，你便能放心去考試。你來藥廠後，每個月給你二兩銀子的月銀如何？」

二兩不算多，莊蕾看過藥廠的支出，一個掌事的月銀是五兩銀子。對楊秀才來說，他可能找到月銀更高的活計，但是肯定不會有這份工作的便利。

楊秀才彎下腰，對著莊蕾作揖。「莊娘子大恩，不知如何報答？」

「算不得什麼恩情，我需要這樣的人幫忙，你剛好是那個合適的人而已。五日後的辰時，你帶著貴兒一起在我家鋪子門口等，會有藥廠的馬車來接。」

楊秀才應下。

楊秀才送莊蕾出門，回屋時，隔壁家的胖大嬸過來問：「秀才，那小寡婦找你有什麼事啊？莫不是你運氣來了，人家看上你了？」

楊秀才的臉立時沈下來。「休得胡言。莊娘子是來替貴兒看病的，妳若是亂嚼舌根，休怪我不客氣。」

「秀才，我這是好心提醒你。你一個鰥夫，她一個寡婦，配在一起不正合適？」胖大嬸說道。

「胡說八道，誰不知道莊娘子的本事？妳不要敗壞她的名聲。」楊秀才不理睬她，走進屋裡。

胖大嬸哼了一聲。「好心提醒他，還不高興，真當自己讀了幾天書，就了不起了？那個小寡婦有什麼名聲……」

「妳不要亂說。萬一有個急症，到時候還要莊娘子看的。莊娘子脾氣好，本事又高，背後說她很缺德。」自然也有人幫著莊蕾說話。

屋裡，貴兒把手裡的油糕遞給楊秀才。「阿爹，吃油糕。」

楊秀才把油糕放在桌上，去廚房端了粥，就著粥吃起來，想起方才那個胖大嬸的話。他心裡倒是裝著陳月娘，但如今以陳家的家底看，他是高攀了。

「阿爹，我要尿尿。」

貴兒的聲音，喚醒了正沈浸在思緒中的楊秀才。

「哦，阿爹帶你去。」

莊蕾跟楊秀才說好了，就去見陳三少爺。

兩人剛見面，陳三少爺便問：「莊娘子，妳之前說的減少湯藥，盡可能用丸藥的事，什麼時候可以開始？」

「怎麼了？」莊蕾問他。

「湯藥這般苦，弄得我吃什麼東西都沒胃口。」陳三少爺叫苦。

莊蕾挑眉。「你家娘子可是整整吃了幾年，你才兩天就叫了？」

陳三少爺聽她這麼一說，不好意思地笑了笑。「正是因為有抱怨，才希望能盡快改進。可見，吃苦是不能默默忍受的。」

「你說得很有道理，我竟無言以對。」莊蕾笑了一聲。

「言歸正傳。我跟黃老太太聊過了，聽說你們昨日也跟其他商家一起談了？」

「隨便聊聊罷了。你不是很有興趣嗎，我們可以先聊出一個大概，然後細節可以慢慢談。我的想法是，醫院、藥廠、藥堂分開，又互相有聯繫。醫院看病，藥堂進駐醫院配藥，藥廠製藥。醫院和藥廠可以合作，進行新藥的研製。」莊蕾給了提議。

陳三少爺看著她。「我說過，我可以給妳最大的權力，按照妳想要的去做。但是妳不願意當仁濟堂的大掌櫃，怎麼辦？」

莊蕾回答。「仁濟堂的大掌櫃，現在肯定有人做了，而且能做到江南第一，自然有很好的本事。我能為仁濟堂做的事情不多，而且我進去之後，也會和裡面的老人起爭執。到時候花了我的時間不算，最後什麼都沒做成。

「或許，仁濟堂可以做我剛才說的藥堂，以後賣藥，現在不要動，先賣藥廠做出來的藥。而且，我們開一家醫院，仁濟堂就可以進駐一家，既多了貨源，也多了銷售的地方，而且不會改變現在做生意的方式。」

「這確實是一個好提議，說下去。」

莊蕾道：「我的本事在於藥物研製和病情診斷，以後把規矩理順了，藥廠經營就不用我花太多工夫，會把重心放在醫院和新藥的研製。

「如此一來，醫院就很重要了，但醫院需要一個底子，至少現在壽安堂已經有了。而且，我也想跟淮南王合作，他那裡的軍醫，平時可以一起培訓，戰時便上戰場。這樣的話，我們的藥也有另外一條路，就是用於軍需。」

陳三少爺沈吟一下。「我也從黃老太太那裡聽到了一些，畢竟和軍中合作涉及朝廷，陳家一直很謹慎。不過做大了，也不可能不和朝廷做生意。這件事，我們還需要好好商量。」

對於莊蕾來說，她不可能放棄跟軍中合作。畢竟，前世很多藥物是因為軍需，才能廣為使用。

「跟軍中合作，是兩廂便利的事。以後我們生產的藥，也可以用於災後疫病的防治。」

「妳不用來說服我，我知道這裡的利弊。這件事，留待以後再談？」

「不，跟淮南王合作的事沒辦法改，因為我決定依附淮南王。這一點，沒有任何可以商量的餘地。」莊蕾強硬地說：「我信任王爺，他值得我效忠。」

陳三少爺轉念一想，也是，如果莊蕾不是淮南王的人，他會在藥廠開業當日出現嗎？便先撇開這個不談。

「妳一定要選擇壽安堂？藥廠的話，我們家與黃老太太合作多年，我祖父也非常敬佩老太太。只是，這些年黃家已經不比往昔，黃成業實在太弱，老太太願意出讓一部分的股。」

「我喜歡壽安堂，是因為聞家祖孫很願意學習他人的長處，也願意分享他們的學識。郎中這個行當，大多靠著秘方傳家，不願意教人。所以，有他倆跟我在一起，定能帶起一群人這麼做，才能培養出成批的好郎中，而不是守著幾張方子，認為教會徒弟餓死師傅。而且，壽安堂已經具有雛形，以此來做第二家壽安堂、第三家壽安堂，就方便了。」莊蕾說道。

陳三少爺點了點頭，站起身。「所以，妳想製藥，妳想開醫院，妳想培養更多跟妳一樣的人？」

「沒錯，有更多的我，就能讓整個行當真正地活起來，有飛快的進展，更多的疾病能被治癒。」

「我明白了！」陳三少爺說道：「如果妳成了，這個行當就改變了，對嗎？」

兩人深談了兩個時辰，將大半想法理清楚。這麼大筆的生意，陳三少爺不能完全做決定，必須回去跟家中長輩商量。

雖然陳三少爺不能擅自作主，但他們之間還是有了共識，比如陳家收購壽安堂的大部分股份，同時也收購一部分的藥廠股份，並且替藥廠注入資金，要求聞家讓出所有藥廠的股份。這些事，莊蕾建議到時候再談，無非就是買賣的事。

目前會先由莊蕾負責壽安堂和藥廠的營運，他會派仁濟堂的人過來學。接下來，再一起去淮州挑選新的地方，新建一家醫院。若能有發展，接下來，就可以一個接一個州府開始新建醫院了。

與陳三少爺的合作，還需要很長的時日。當下的事情，才是莊蕾需要忙活的，比如吃飯問題、掃盲問題等等。

莊蕾把江玉蘭帶進藥廠，一是作為她的心腹，二是江玉蘭已經接受她的培訓，有比較好的基礎。三是江玉蘭需要識字，否則以後怎麼能成為最出色的護理師，幫她培養更多的人？

江玉蘭一家四口，包括王婆子，一起搬去藥廠，還是兩間屋子帶著獨立的廚房，也算住得舒舒服服了。

莊蕾有些不好意思，老是讓江玉蘭搬來搬去，江玉蘭卻無所謂。

「莊娘子說什麼呢？就算藥廠裡有人知道我的底細，但大部分的人都沒見過我當初的不堪，總比待在李家村的好，也比壽安堂來得清靜。」

這時，阿四父子來複診。這種微小的手術，壓根兒不是什麼問題，父子倆恢復得很好。

莊蕾問阿四。「我聽黃家大少爺說，你以前在天香樓掌勺？」

阿四點點頭，莊蕾接著說：「是這樣的，我和黃家一起開了一間藥廠，你知道對嗎？」

阿四不解，依然點了點頭。

莊蕾說：「那裡缺個炒菜的大師傅，每天買菜做飯，得管六、七十人的肚子，你願不願意去？」

阿四沒有搖頭，也沒有點頭，聽莊蕾說：「明天帶著你家寶寶和娘子，跟我一起去藥廠看看，再做決定好嗎？」

阿四點頭。

莊蕾摸摸孩子的頭，跟阿四說：「明天早上辰時過來我家門口，可行？」

阿四再點頭。

第七十六章 開課

第二天一早，莊蕾帶著阿四一家子和楊秀才父子，一起去藥廠。

貴兒和阿四家的孩子差不多大，一上車就「姨姨，姨姨」叫個不停。

小傢伙正是話多的時候，他乖巧又懂事，就是囉嗦了些。拿著莊蕾給的菊花酥，一邊吃、一邊說，直到楊秀才看不過去，喊了聲，他才停了嘴。但沒一會兒，又開始嘰嘰喳喳了。

阿四家的孩子，哪怕從莊蕾手裡接過菊花酥，卻只顧著吃，完全不出聲，顯然心理上還有些問題。

孩子看見外面，充滿好奇，扒著車窗往外看，覺得什麼都有趣。

到了藥廠，莊蕾先帶他們去夥計們住的地方，江玉蘭家的妮妮正在那裡玩耍，看見莊蕾叫道：「姨姨！」

自從肚子裡的蛔蟲打乾淨之後，加上莊蕾的調養，小丫頭身上已經養出肉來。沒了身上的不舒服，她的脾氣比以前好多了。

莊蕾對她招手。「妮妮，去洗手，吃餅餅了。」

小丫頭立即跑去洗了手，從莊蕾手裡接過菊花酥，仰頭看見人多，躲到後面。

王婆子也牽著阿牛的手出來。「莊娘子。」

阿牛雖然長大不少，但因為之前有蛔蟲，加上營養不良，所以有些發育遲緩，走路還是不太穩。

莊蕾一把抱起他，塞給他一塊餅，問：「叫我什麼？」

「姨……」

莊蕾親了他的小臉一口。「真乖！」

莊蕾對兩家人介紹。「這兩個是一個夥計的孩子。阿四，你家孩子待在這裡，你娘子可以跟王婆子一起照管這群小孩，每個月給一吊錢。你家孩子還能跟其他娃娃一起說說話。「貴兒的話，楊秀才，你每天幫學徒上課時，把貴兒放在這裡，讓王婆子帶一會兒，上完課就能把孩子接回去。孩子們可以在食堂吃飯，所以阿四做的飯，也會進了你孩子的嘴裡。每天下午我會回城，你們可以搭車回去。如果覺得不方便，可以各給你們兩間房住。」

莊蕾介紹完這裡，帶著他們幾個去辦公的地方。貴兒的腳還不能走，楊秀才一直抱著他，莊蕾便把他們帶到黃成業的辦公室。

黃成業看見阿四，道：「你什麼時候過來？那些菜，我都快吃到吐了，她又不准小廚房開伙。」

阿四撓撓頭，莊蕾對貴兒說：「貴兒，你阿爹抱著你到處走很累，你跟著黃家叔叔在這裡坐一會兒好不好？」

貴兒仰頭看楊秀才，楊秀才摸了摸他的腦袋。「他不鬧，我抱著吧。」

「小傢伙，叔叔摺隻小鳥給你玩？」黃成業拿出一張紙開始摺，一隻小鳥就出來了，遞給貴兒。

貴兒看著黃成業，莊蕾對貴兒說：「黃叔叔是姨姨的好朋友，貴兒可以留下。」

「阿爹什麼時候回來？」貴兒問。

「一會兒就回來。」莊蕾回答。

貴兒指了指因為抱著他出了一身汗的楊秀才。「貴兒等阿爹。」

莊蕾不禁覺得，這孩子真是懂事得讓人心疼。

黃成業說：「去吧，我會帶好孩子的。」

看見貴兒手裡有小鳥，阿四家的小娃娃也要，莊蕾問阿四。「要不讓你娘子也留下，看著兩個孩子？」

阿四對著他娘子比劃一下，他娘子點了頭。

莊蕾帶著楊秀才和阿四一起出了辦公室，繼續介紹環境，主要是對楊秀才說的。

「這裡專門製藥，你看到的這些半大孩子全是買來的學徒，都是窮人家出身，沒有讀過書。但是他們做出的藥，以後是要替人治病的……」

走到食堂裡，三個人正在揀菜，莊蕾對阿四說：「一日三餐，我不會讓你巧婦難為無米之炊，我的要求是……」

莊蕾從營養學和經濟實惠的角度出發，說了飯菜的要求，又道：「我不求別的，飯菜做得可口，管食堂的米糧跟菜錢不要黑心，不要昧錢就好。」

阿四拚命點頭，莊蕾問他。「所以，你願意過來？」見阿四繼續點頭，便笑著問：「你是打算住這裡，還是每天來回？」

阿四笑著指了指前面，莊蕾猜道：「跟你媳婦商量商量？」

阿四點頭。

莊蕾看向楊秀才。「秀才呢？」

「其實這裡挺好，可我沒那麼多事情，還是每日來回，也不用搬過來了。」

「這個你自己決定，不想搬也沒問題。」莊蕾說道。

回到黃成業的辦公室，黃成業別的不行，哄孩子真是一把好手，阿四家的兒子蹦蹦跳跳地嗷嗷嗷叫，貴兒坐在那裡咯咯笑。也不知他去哪裡買了糖果，打開了紙包放在桌上。

莊蕾拿了一顆糖果塞進嘴裡，坐下來。

楊秀才問貴兒。「喜歡這裡嗎？」

「喜歡！」貴兒回答。「比家裡好，沒有婆婆！」

楊秀才聽了，沈思一下，說了句。「莊娘子，要是藥廠有其他活計，也可以派給我。」

莊蕾笑了笑。「也行。我暫時還沒想到，不如等你熟悉了藥廠，到時候看看能做什麼。

你有學問，肯定能幫上大忙。」

「如果我也帶著貴兒住在這裡，不知道麻不麻煩？」

「房子空著也是空著，就先撥給你？」

「多謝。」楊秀才站起來彎腰道。

莊蕾看阿四跟他娘子在比劃，比劃完，阿四對著莊蕾猛點頭。

莊蕾問阿四。「你也願意過來？」

阿四點頭。

事情落定後，莊蕾讓車夫送了兩家人回城裡。

人到位，就要開始正式培訓，莊蕾跟楊秀才定了內容，安排人員與班次。第一次培訓，她要親自參與。

教室裡掛了一塊新做好的黑板，下面是十五個少年。

莊蕾走進教室，身後是楊秀才。她站在講臺前，又找回了前世的感覺，她是一個醫生，一個學者，一個老師，慢慢回歸她本來的角色。

「現在開始我們的第一堂課。前兩個字，我來教。」莊蕾拿起石膏做成的粉筆，轉身在黑板上寫下一個「人」字。

「這個字唸人，就是一個人的人。我們都是人，你和我一樣是人。但是，我們都曾經沒有被當成人，被當成牲口一樣販賣。」

莊蕾看向下面的每一個少年，走下去，站在一個十二、三歲的少年身旁。「我的父母，為了五兩銀子，要把我賣給養瘦馬的人。你呢？」

少年站了起來，低著頭回答。「我爹娘養了四個兒子、三個女兒。我是老二，他們不喜歡，就把我賣給人牙子。」

「我很幸運，剛好我的公婆要替我家官人買個童養媳，所以花了十兩銀子作為聘禮，把我帶回家。回了家，他們告訴我，從此我就是他們的家人，讓我叫他們爹娘，叫我的官人哥哥，還有一個弟弟和一個姊姊。我在這個家裡，要紡紗織布，也要洗衣做飯，但是我很開心。你們知道為什麼嗎？」莊蕾問他們。

少年仰頭看著她，她走到黑板前，在人字下重重劃了兩下。

「因為他們把我當人。我是他們的親人，他們疼我愛我，希望我過得好。所以，我感覺自己站立了起來，可以挺直腰背，真正做一個人。」

「教你們的第二個字，是立，立起來的立。」莊蕾說道：「不管之前你們是怎麼樣的，現在我們站起來了，我們成了一個人。

「就像我，雖然是家裡出錢買來的童養媳，但我立了起來，成為家裡的一份子。你們雖然是藥廠買來的人，但我要說的是，在我們眼裡，你們是人，不是這個藥廠的奴僕，而是藥廠的學徒。接下來，我要告訴大家，身為一個學徒，你的未來是怎麼樣的。」

這些少年既然被家裡賣掉，家裡都是過不下去的。自從莊蕾在食堂發過一次脾氣之後，飯菜變好了，他們從沒吃過那樣好吃的飯菜，睡覺的地方有木板床，每天晚上還讓他們焚香驅除蚊蟲，感覺比家裡好上了千百倍。

眼前的莊娘子說，她也曾經被父母賣掉，也曾經有跟他們一樣的經歷。她希望他們做人，不是奴僕，是藥廠的學徒。

所有人專注地看著莊蕾，莊蕾敲了敲一個少年的桌子問：「你能告訴我，學徒是怎麼學的嗎？」

少年站起來，磕磕巴巴地說：「先拜師傅，至少在師傅家學三年。三年之後，幫忙師傅一年，師傅說出師，就能出去接活了，但是不能跟師傅搶生意。」

「你很清楚？」

少年撓了撓頭。「原本我爹想讓我當木匠，送我去師傅那裡。我幹了一年多，逃了回去，師傅追到家裡，說我沒出息，是糊不上牆的爛泥，所以我爹就把我賣了。」

莊蕾問他。「那你覺得自己是糊不上牆的爛泥嗎？」

「我不知道。」那少年挺老實，這麼一說，讓下面的人哄堂大笑。

莊蕾也笑。「那麼，用這裡的辦法來試試，看你能不能糊上牆，好不好？」

少年點點頭。「好。」

「咱們是藥廠，做的東西，都是用來替人治病的。所以，你們要記住，自己做的每一件事，都是關乎人命。這裡的學徒生涯也是三年，三年裡，你們需要學會兩千個字，會讀、會寫、會記帳，做一個識字明理的人。

「我旁邊的楊秀才會來教你們識字，也會找人教你們基本藥理，保證你們之中有大半的人能辨別出一千多種常用藥材，目前先由我來教。另外，還會幫你們各找一個師傅，教你們怎麼在藥廠幹活，把活幹好。所以你們每天會有四個時辰幹活，半個時辰讀書。

「每兩個月，我們會考核一次，考你們藥理和識字。另外，你們的師傅會幫你們評分，如果每天按時完成自己的活計，而且沒有違反藥廠的規矩，也可以得分；一旦失誤，看失誤大小扣分。三年後，如果分數夠了，就可以拿回自己的賣身契，以後變成工廠裡的長工。」

「賣身契？」

「對，好好學，好好幹，不僅能學會寫字，還能學會認草藥，拿回賣身契，最後有一份長久的營生。你們願不願意？」莊蕾看著學徒們。

「這比做學徒還好。」有個孩子叫道。「三年能出師，也不用自己找活計。若在工廠裡當長工，有月錢嗎？」

「當然有，但每個崗位不同，如果你已經是管事，那就拿管事的錢。如果你能爬到我的位置，也沒問題，就跟我拿一樣的月錢。」

「莊娘子，您在這裡的月錢是多少？」其他孩子問道。

「十兩銀子。」莊蕾回答。

那些孩子一聽，張大了嘴。一個月的月錢就是他們一個人，或者兩個人的賣身銀子。

莊蕾說：「你們大多是十二、三歲，花三年學東西，拿回自己的賣身契，再用兩年掙娶媳婦的錢。等你們的孩子出生以後，你們也是帶徒弟的人了，就能拿更多月錢。如果那個時候不想在這裡幹活了，想自己出去開藥堂……」

「怎麼會有這麼好的事？」一個孩子站起來問。

莊蕾問他。「為什麼不能有？」

前世，她看見很多病人被那些所謂的神仙假藥忽悠，曾經研究過，那些販賣假藥的人，很會鼓舞人心，讓人激動，並且從眾。這一點，為什麼不能用在真藥？她要創造一群真愛粉，樹立典範，讓下面的人跟隨。

莊蕾的開場讓少年們很興奮，接下去就是怎麼洗腦，不，應該是進一步鼓舞人心了。

這群孩子都是被賣掉的，被當成貨物挑挑揀揀，知道自己沒有耍脾氣的本錢，唯一能做的就是幫主人家幹活，才有口飯吃。

現在，他們不僅有飯吃，以後還能拿回自己的賣身契，成為這裡的長工，一個月有一兩銀子的月錢，未來可以娶上媳婦，實現老婆孩子熱炕頭的願望。甚至因為識字，還會有更多更多的希望。

少年們的心被吊了起來，開始振作，要為自己的明天奮鬥。

淮南王聽輪班回來的暗衛說了莊蕾最近的行事，包括和陳三少爺一起談合作時，信誓旦旦地說她就是要效忠他。

她知道自己身邊有暗衛，不知是不是這樣，才故意說的？這個小丫頭鬼得很啊！

「她替那些夥計找了先生，教他們識字？」淮南王驚訝地問。

「是，而且不允許黃家那位少爺開小灶。為了食堂的事，還發了脾氣，如今找了個廚子過去，每十天還要過目菜單。現在，那間食堂的飯，真的變好吃了。」

「哦？」

「那個廚子，聽說是從天香樓出來的，很有一手。」

那個暗衛把莊蕾說的話複述一遍，淮南王坐下，揮手讓他們下去，靠在椅子裡想了很久。

有趣，實在太有趣了。

軍中軍醫的到來，開始了莊蕾研製瘧疾藥的過程。

跟隨前世醫學泰斗的腳步，至少可以先確認材料。這個時節，正值黃花蒿盛開，但該如何萃取？

這就像一個男人知道怎麼生孩子，也知道怎麼養孩子，然而他現在還沒有女朋友。邏輯上，他的女朋友就像還沒有從丈母娘的肚子裡生出來一樣，讓莊蕾為難。

軍醫聽了，倒是樂天。「不是大事，咱們就這麼辦，一點一點試試。」

好吧，慢慢來，她不用去坐診，正好可以把工夫花在青蒿素的提煉上。

莊蕾從實驗室出來，走到教室一旁，楊秀才正在講臺上講課。

因為還是夏天，教室的窗戶開著，十幾個孩子端坐在那裡，認真地聽課。陳月娘坐在最後面，沈靜婉約，盯著手裡的書。

莊蕾一直想讓陳月娘多學點東西，但陳熹教得零散，她希望陳月娘以後能當她的秘書，所以需要讓陳月娘多學一點。

莊蕾回自己的辦公室，拿起紙筆，開始整理今天的實驗心得。

陳月娘上完課，走進來，看莊蕾桌上有那麼多的文書，她已經能簡單讀寫，便分門別類地整理。要是有認不得的東西，會問莊蕾。

有了陳月娘幫忙，莊蕾工作方便許多。

陳月娘忽然輕聲說：「阿爹和大哥故去一年了。」

是啊，轉眼一年了。

第七十七章 仁心

下午，莊蕾一個人站在藥廠後面小河邊的柳樹下，看著碧綠的蘆葦。

回想起見到陳然屍體的那一刻，她的心幾乎被擠壓得破碎。

這一年裡，她時常會夢見陳然，陳然臉上永遠掛著溫暖的笑，往她嘴裡塞一塊糖，用蘆葦葉幫她編一隻螞蚱。

「花兒！」黃成業招手喊她。「陳三少爺和陳二爺到了。」

莊蕾收起思緒，抬腳走過去。

去議事廳的路上，黃成業向莊蕾說起江南陳家的事。

「二爺是三少爺的二伯，三少爺是三房的嫡長子。陳二爺控制陳家大筆產業的支出。」

見莊蕾進來，陳三少爺立刻站起來，叫一聲。「莊娘子。」

互相介紹一番之後，大家落坐。陳二爺看著這個年紀不大的小姑娘，聽她被自己的姪兒吹得天上有地下無，不得不親自來一趟。

莊蕾說完，帶他們去參觀藥廠，這一次，她讓陳二爺和陳三少爺換了衣衫，包裹頭髮，進入車間。

車間的牆壁上掛著黑板，上面寫著這個工坊的規矩與獎罰。

陳二爺不解地問：「寫這些，他們能看懂？」

莊蕾招手讓一個孩子過來。「說一下咱們這個工坊的做事方式。」

「是！第一條……」

「他識字？」

「讀了沒多久，會寫姓名，認得一些字，但是他們都能完整背下這些規矩，而且每天都有工夫識字。」莊蕾說道。

陳三少爺道：「才兩、三個月，妳又折騰出這些了？」

「這不是折騰出來的，我跟你說過要這麼做，所以也算不得新鮮事了。倒是治療瘧邪的藥有戲了，大半個月後，應該就能製作出第一批。」

「瘧邪？」陳二爺有些震驚。

莊蕾見狀，很納悶地問陳三少爺。「之前我沒跟你說過，正在和淮南王軍中的軍醫研製這種藥？」

陳三少爺也不記得自己花了多少口水跟自家長輩說了多少話。家族大了，難免人多；人一多，想法就多。他一直強調醫院、藥堂和藥廠，沒多留意這些。

陳二爺問莊蕾。「所以瘧邪能用這種藥治？」

「這種藥剛剛提取出來，是不是有效，還要進行驗證。我們的青橘飲，你們用了，效果如何？」

「這藥還真是神了，已經連著治好十來個肺癆病人。只是確實有人用不得這個藥，真是可惜。」

「現在每天能做出來的數量，不過五百來瓶，而且不是神藥，一個肺癆病人，沒有吃個三十瓶也治不好。你也知道，現在壽安堂能治療肺癆的名聲已經傳出去，青橘飲有些供不應求了。」

「妳不是說，藥廠能生產很多嗎？」

「製藥工藝嚴格，不能有絲毫不合格的東西流出去，所以數量還少，這正是為什麼要讓那些夥計識字的原因，減少做壞的藥品，就是省了錢。對了，帶你們去看個東西。」

莊蕾帶著兩人去了另一排屋子，換鞋進去。

裡面的夥計正在做藥丸，一顆顆藥丸不過綠豆大小。

「這藥丸怎麼這麼小？」陳二爺問道。

「沒見過吧？」莊蕾問道。「這個就是我們的特色，水丸和蜜丸。」

前世看電視劇，那些虛弱的病人吃神藥的畫面，總是把一顆巧克力大小的藥丸塞進嘴巴裡。她看得都替病人著急，吃那種藥，沒病也會被噎死，更別說真有病了。

一般藥丸可以分成水丸和蜜丸。大蜜丸是掰開後，分成一小塊一小塊吃下去。而前世流行綠豆大小的小蜜丸和水丸等等，是她爺爺那一輩研製出來的，推進了成藥的發展。

莊蕾帶著他們出來後，到庫房裡領了兩瓶藥，遞給陳三少爺。

「這是按照你吃的方子略加改良後的成藥——腎寶丸。你今天喝過藥了嗎？沒有的話，等下去試試。」

陳三少爺搖搖頭。「還沒吃藥，等著妳幫我改方子呢。」

莊蕾搭了他的脈，道：「不用改方子。」

眾人回了議事廳，莊蕾讓人拿水過來。「一次吃十二顆。」

陳三少爺倒出十二粒藥丸放在手上，往嘴裡一塞，用水一灌嚥下。

「這就好了？」

「沒錯，就是你一服藥的量了。」

陳二爺拿了藥瓶去看。「可一人一方，每個人都幫他做這樣的藥嗎？」

「一人一方，是有這個講法，但很多病症是一樣的。比如肺癆，用青橘飲有效；比如風寒，如果對症的有三、五張方子，就做成三、五種成藥，挑一種開藥就好。如果是重症，便另當別論。我認為一大半的常見病都可以吃這樣的成藥，很多人就不必受湯藥之苦了。」

陳三少爺聽莊蕾這麼說，頗有感觸地連連點頭。

陳二爺看見來來回回的夥計，步履很快，臉上帶著笑，一副很有幹勁的樣子，便問莊蕾。「妳這裡的夥計都是怎麼管的？」

「帶你去看看夥計的獎懲制度。」莊蕾帶他們出了議事廳，讓人拿來藥廠的晉升規章。

陳二爺看過之後，抬頭問：「以家僕之身買進來，再教他們識字和技藝，然後歸還賣身契，轉成長工。」轉成長工之後，還能繼續晉升。

「他們看到的是希望。有了希望，才有幹勁。」

「妳不怕他們學好之後離開這裡？」

「這個防不了，如果我留不住人，那應該反省。但是我相信，真心把他們當人看的工坊很少。就算能挖走一個、兩個，他們有本事把人全挖走嗎？」莊蕾問道。這個時代，不是前世那樣惡性競爭的時代。

陳二爺看完藥廠，莊蕾和黃成業一起陪著他們回城，說是要去壽安堂看看。

現在壽安堂全天看診，這時還有很多病人進進出出，櫃檯上收方子、發藥很是忙碌。

莊蕾指著那些秤藥的夥計道：「要是大部分的方子能用成藥，櫃檯的活計是不是就簡單多了？」

陳二爺點頭。對商人來說，這就是商機。

聞先生走過來，叫了一聲。「花兒。」

「爺爺，陳三少爺和陳二爺來看看壽安堂。海宇呢？」莊蕾問道。

聞先生說：「正在裡面做個小手術。」

莊蕾這才想起，聞海宇向她報備過，今天有個男子會來進行環切治療，她還特地幫他上過課。

關於手術，陳二爺聽陳三少爺講過很多回了，像是淮南王世子的腸癰、蘇老夫人的背疽，甚至是王夫人的難言之隱，都是靠手術治好的。

這時，聞海宇從裡面出來，看見莊蕾，過來道：「師父。」

「還順利嗎？」

聞海宇點頭。

陳三少爺對莊蕾說：「等下一起去黃家見見黃老太太，將事情好好談一談？」

「好。」

「還要聞先生一起過去。」陳三少爺道：「這次，我們要把整件事定下來，可以嗎？」

「自然可以。」莊蕾應下。

莊蕾和陳家人過去時，黃老太太正在家中的戲臺前看戲，兩個戲子咿咿呀呀唱著小姐偶遇書生之後，犯起相思病的橋段。

戲子的眼神中帶著幽怨之意，唱得婉轉動聽，很是入耳，連莊蕾這個不喜歡看戲的，都不由多看了兩眼。

黃老太太聽完一段，叫了一聲。「賞！」便帶莊蕾等人進去。

此刻能談的，不過是多少錢，跟怎麼做的事了。

陳家出八萬兩銀子開辦濟民醫院，其中三萬兩用於購買壽安堂六成的分子，其他五萬兩用於開辦淮州的濟民醫院總院，壽安堂變成分院，有點像是前世的合資公司。

聞先生本是有些不情願，不過黃老太太勸過他，在商言商，三萬兩的白銀，再建兩個壽安堂也夠了。現在江南陳家看中的是壽安堂手術的本事，如果他拒絕，陳家只跟莊蕾合作，那壽安堂就什麼都不是了。

醫院這塊，陳家占六成；莊蕾不用出錢，占四成。

至於藥廠，陳家要求聞先生徹底退出，之前的分子由陳家折讓銀子買下，莊蕾和黃老太太的股份不用讓出來。之後，陳家再投入十萬兩，陳家占股六成，黃家和莊蕾各占兩成。

陳三少爺會在初期親自管事，他下面的大管事也會來幫忙，但是不做決策，決策的權力交給莊蕾。

這個條件，讓人不得不說，實在好得過分了。

傍晚莊蕾回家說起這件事，張氏聽了，沒有多少反應，心思全放在陳然父子的祭日上，打算回去辦個席面，謝謝陳家族人和鄉鄰的幫忙。

「阿娘，再買點東西給他們吧？男人送一罈酒，女人是一塊布料，孩子給半斤糖。」陳月娘提議。

莊蕾對陳月娘說：「要不，妳和娘跑一趟淮州，買些好一點的東西回來？如今咱們不缺錢，淮州的好東西也多一些。」

「我們倆？妳不去嗎？」陳月娘問莊蕾。

莊蕾倒不是真走不開，只是希望陳月娘能慢慢獨當一面。之前，若非她恢復記憶，能力挽狂瀾，此刻這個家已經煙消雲散。所以，每個人都得有自己活下去的本事。

「二郎，要不你陪著我們倆去？」張氏也是個沒主張的人。

莊蕾想對陳熹使眼色，要他別答應，陳熹已經開了口。

「最近羅先生的師兄過來，學問很好，我想跟著他多學學，實在走不開。阿娘帶著三郎去如何？」

莊蕾大樂，陳熹居然能完全領悟她的意思。

張氏需要有人替她拿主意，三郎跟她們娘兒倆一樣，都是拿不定主意的，便有些猶豫。

莊蕾問張氏。「娘，反正三郎會駕車，您再帶一、兩個街坊鄰居一起去，人多熱鬧些，也有人商量。」

張氏雖有些為難，想了想，還是答應下來。孩子們都忙，自己能解決的，就自己去吧。

幾日後，張氏帶著陳月娘和陳照去淮州。莊蕾沒去藥廠，去了壽安堂。

之前莊蕾是聞先生的徒弟，哪怕聞先生再看重她，聞先生祖孫到底是壽安堂的東家，她只是個夥計。

現在卻完全不同了，她是代表江南陳家的合夥人，也是真正掌控壽安堂的人。

莊蕾去了又來，對病人來說，沒有什麼感覺。畢竟莊娘子能回來，也是好事。

在這一場交易裡，不得不說，莊蕾是最大的贏家，醫院和藥廠都有她的股份。而對於聞先生來說，卻不知道是好是壞。

聞先生喝了一口茶，潤了潤嗓子，對莊蕾道：「當初黃老太太出了一千兩銀子開壽安堂，二十多年經營下來，也就是這個樣子。真要買下壽安堂，一、二萬兩銀子，也就夠了。「如今，聞家還占了四成，又得了三萬兩白銀。藥廠那裡，我更是不虧，什麼都沒幹，拿了二萬兩。家中只有海宇一個人適合從醫，其他人都不吃這行飯，與其這樣，不如真金白銀拿在手裡強。再說了，藥廠裡摻和的人太多，與其進去插一腳，還不如拿錢出來，讓海宇好好專攻醫術。」

聽起來聞先生沒有芥蒂，莊蕾鬆了一口氣。

「爺爺一下子成了有錢人，打算做什麼？」莊蕾笑著問道。所謂家財萬貫，已經是富豪的水準了。她現在雖也有錢，但多半是股份，聞先生手上的可是真金白銀。

「我跟朱大人商量過了，賣藥廠股份的二萬兩銀子，於我是白得的，便捐學田給縣學，以後學田的出產，就能供本地學子讀書。其餘的，給女兒五千兩，給兒子一萬兩，剩下的存進錢莊，等家裡真的要用錢再說。」

莊蕾沒想到聞先生竟是這般打算，居然拿出這麼多錢嘉惠學子。

「家裡人沒有意見？」

「老太婆去廟裡了，壽安堂的份，我又沒有捐出去，捐的不過是賣藥廠股份白得的那點銀子。他們再不高興，難道還能把我怎麼樣？他們也怕我以後留給他們的銀子太少，哪裡敢說話。」

「怎麼不資助人學醫啊？」

「這件事留給妳了，妳自有辦法。」

兩人說到這裡，聞海宇進來問：「師父，該準備手術了。」

莊蕾站起來，向聞先生彎腰告退。

聞先生的這份仁心仁術，就夠她學一輩子了。

第七十八章 表白

今日是一個膽結石患者，之前膽絞痛過幾次，發生膽管梗阻。

莊蕾換了衣衫進去，聞海宇已和兩位師兄準備就位。

莊蕾看聞海宇劃開病人的皮膚，發現這個病人的膽囊反覆發炎，裡面已經黏連，便問：「用什麼方法剝離？」

聞海宇回答。「逆行性切除。」

「很好，你可以繼續了。」

這個病患的情況有些複雜，聞海宇頭上漸漸冒出了汗。

「擦汗。」

眼看就要完全剝離，血液突然滲出，聞海宇叫道：「溫鹽水紗布！」

溫鹽水紗布壓住止血，拿掉之後，再次冒血。

莊蕾命令道：「用手按壓！」

聞海宇的手在抖，莊蕾果斷伸出手。一會兒後，血止住了，抬頭對聞海宇說：「別慌，尋找出血點。」

聞海宇點頭，找到出血點，切除膽囊後關腹。

手術完，莊蕾見聞海宇摘下口罩，臉色慘白，搖搖頭。「還是要多練練。」這個時代，對於手術的接受度還是不高，若非這個病人被膽絞痛弄怕了，是不會選擇這種手術的。

他們出去時，家屬抖著腿問莊蕾。「莊娘子，怎麼樣？」

「很順利。」莊蕾回答，轉頭看聞海宇。「咱們聊聊？」

聞海宇點頭，跟莊蕾一起去了書房。

進了書房，莊蕾讓聞海宇先坐下。

「海宇，做咱們這一行的，一定要鎮定，不能慌亂，更不能猶豫害怕。你的每一個決斷，都關係著手術的成敗。」

聞海宇低著頭，莊蕾知道他心裡也不好受，他對自己要求很高。

「沒關係，這一關，你慢慢過。」

聞海宇點頭。「我知道。」說完，站起來去關門。

對於關門，莊蕾心裡還有些陰影，只是面前的人是聞海宇，便淡笑著等他。

聞海宇回來坐下，看向莊蕾。「師父這個稱呼，真的讓我很難受。」

莊蕾低下頭，哪裡猜不到聞海宇對她的心思。「可這樣也沒什麼不好。」

「我太沒用。」聞海宇捂住臉，哭了起來。

「海宇，你已經很認真了，比大多數學醫的人都強。你沒必要跟我比，你也知道，我身上有你沒有的天分。」莊蕾安慰道，只能把話往醫術上來說。

「我當然知道。花兒，我怕我這輩子過得跟爺爺一樣，醫術上算是高明，日子卻是過得糊塗。今天這個地步，也是他當斷不斷，才造成的。

「雖然奶奶走了，可姑姑跟奶奶是一樣的脾氣，回來鬧騰兩天，爺爺便給她錢了。可她覺得爺爺給外人那麼多，卻只給她五千兩，繼續大吵大鬧，我爹娘也不高興。」

莊蕾抬頭問他。「那你呢？」

「我？我的醫術足夠養活自己，也能養活一家人。爺爺掙下的產業，夠我們吃幾代了，他們卻沒有想過要好好繼承爺爺的一身本事。為了那麼點銀子，吵得不可開交。」

「其實爺爺也可以不捐出去。」莊蕾說道。

「就算不捐，也擺不平的。他們跟爺爺不是一路人，張口就是樣樣為我好，但實際上呢？我想得明白啊！」

聞海宇想抓住莊蕾的手，莊蕾避開，讓他抓了空。

「我不想過他那樣的日子。花兒！」聞海宇看著莊蕾。

莊蕾對他笑了笑。「海宇，你我是師徒。」

「名分又怎樣？難道為了奶奶，我得把一輩子都搭進去嗎？花兒，我心裡滿是妳，我知道我配不上妳，但只要妳嫁給我，以後妳做什麼，我都會幫著妳。咱們都喜歡醫術，以後在一起，想法肯定是一樣的。以後咱們也能一起孝順爺爺，做他希望做的事情。」

莊蕾低下了頭，聞海宇說得沒錯，雖然他軟弱了些，但其他條件都很好。聞先生那樣的人，也值得她尊敬一輩子。

可是，她不喜歡聞海宇，沒有想和他在一起的感覺。

「海宇，我有男人。過兩天，就是他的忌日。」

「三年守節嗎？我等得起。」聞海宇說得堅定。

「海宇，我心裡沒有你，我從沒想過聞家大少奶奶的位置。按理說，這個位置對我以後行醫是最有助益的，你和爺爺一定會支持我。你奶奶的事，對我來說，真的不算什麼。可是，你是我的好夥伴，卻不是我會喜歡上的人。」

「那妳想要什麼樣的人？」

想起陳然，莊蕾有些落寞。「我希望他回來。」說完，便走出了書房。

片刻後，她出了壽安堂，仰頭看天空，伸手抹去眼角的淚。

老天讓她恢復前世的記憶，讓她能救治更多的人，為什麼不讓她救回大郎哥哥，救回公爹？難道她上輩子救的人還不夠多嗎，今生還要讓她失去至親？

莊蕾心頭茫茫然，走到家門口掏出鑰匙，才想起婆婆和月娘去了淮州，還會在淮州住一晚，今日就她和二郎在家，她得做飯。

她進了廚房，東西雖不少，瓜果蔬菜都有，但鋪子剩下的熟食都是讓兩位幫工拿回去，葷腥的話只有臘味和牛肉湯。

莊蕾看天色還早，難得有空，便提了裝著碗的籃子出門。這個時候，西街口上有個賣魚的大叔不知道在不在？平時他倒是早晚都會在，一旁的豆腐攤子則是一直開著的。

她走到西街口，去豆腐攤子買了一塊嫩豆腐，放在自己帶的碗裡。賣魚的大叔也在，但攤子上只剩下一小盆小貓魚，索性全倒給她了。

回家時，莊蕾看見幾個書生聚在一起，自家二郎剛好是最矮的那一個，但他不過十三歲而已，其他兩個看起來已經是青年模樣，應該是他的師兄們。

陳熹轉頭，與莊蕾四目相對，發現她提著籃子，趕忙跑過來。

「嫂子，妳在幹什麼？」

「我在想晚上能做點什麼菜，過來看看。」莊蕾笑著說。

「買到了嗎？」陳熹想起，今晚就他和嫂子在家，嫂子那麼忙，還惦記著幫他做飯，心頭一熱。

「小貓魚，還有豆腐。」莊蕾笑著揭開蓋在籃子上的布，露出裡面的小魚和豆腐。

「好。」陳熹笑著說。

「我先回家了，你也早點回來。」莊蕾對陳熹的兩位師兄點點頭。

「哎，我跟妳一起回去。」陳熹轉頭道：「兩位師兄，我先回去了。」

「陳二郎，咱們說好來了要請你吃酒，你一直說要回家吃飯，從來不肯跟我們出去吃一頓。今日好說歹說，又跟我們來這一套，這樣不好吧？」其中一人說道。

「之前我大病了一場，一直體弱，所以吃不得酒。平日也在家吃飯，很少出去。兩位師兄就不要再為難我了。」陳熹陪笑。

「你讓你嫂子評理，你這樣好嗎？」

莊蕾一直覺得，必要的應酬是應該的，說道：「跟同窗吃吃飯也沒什麼，不過喝酒就能免則免了。」

「你看看，你嫂子也這樣說。」

「但是今天不行，咱們改日好不好？」陳熹內心埋怨，自家嫂子怎麼也不幫他。

「為什麼？」

陳熹想說家中其他人都不在，他怎麼能讓嫂子一個人在家吃飯？還沒開口，想到他到底是小叔子，莊蕾是嫂子，這樣說不妥。

「我嘴裡上了火，牙齦紅腫疼痛，能吃什麼東西？」陳熹說道：「兩位師兄，下回再聚可好？」

聽他找了這麼個理由，那兩人道：「那說好了，什麼時候一起吃飯？」

「過兩日，我請！」

陳熹說完，作揖行禮，向兩人告辭。

陳熹替莊蕾提著籃子，兩人一起回家。

進了家門，陳熹將大門落了閂，莊蕾放下手裡的籃子去洗手。

時辰還早，日光充足，她招手對陳熹道：「過來。」

陳熹有些納悶。「怎麼了？」

「給我看看你的牙齦。」莊蕾說道。

陳熹綻開笑容。「我騙他們的，我的牙齦沒事。」

「騙他們幹麼？」莊蕾覺得奇怪。

「嫂子一個人在家吃飯多冷清，我陪嫂子一起吃飯。」陳熹說得理所當然，臉上掛著少年人的笑容。

「淘氣！」

莊蕾去了井邊，蹲下身殺魚。小貓魚吃起來還真是麻煩，得去頭去鱗去肚腸。

陳熹蹲在旁邊，看莊蕾處理小魚。

「聞爺爺決定把這次得來的錢，拿出二萬兩捐給縣學置辦學田，以後供學子們上學。」

「這麼多？」

「可不是，所以他們家不太平，他的女兒和兒子、媳婦，為了這件事吵得不可開交。」

「嫂子怎麼知道的？聞爺爺是不會跟妳說的吧？」陳熹問她。

莊蕾看他一眼。「聞海宇跟我說的。」

「他怎麼跟妳說這些啊？聞爺爺捐掉這麼多錢，他有什麼想法？」陳熹問。

莊蕾想了想，道：「他應該是支持聞爺爺的。只是家裡變成這般模樣，心裡很難受。」

「如今，聞爺爺反而是為錢財所累了。」陳熹感慨。

莊蕾拿起洗好的魚進廚房，瀝乾水分。

陳熹收拾院子，打水洗地，一直在琢磨，之前聞老太太以為嫂子想嫁給聞海宇，說了好些不三不四的話，聞海宇跟自家嫂子吐露家裡的事情做什麼？

莊蕾拿了淘米籮到井邊淘米，淘好米，陳熹跟進來，在灶膛邊燒火。

莊蕾倒了油，開始炸小貓魚。

陳熹把一塊木柴塞進灶膛，問莊蕾。「他還跟妳說了什麼？」

「他還說……」莊蕾停頓下來。聞海宇被她拒絕的事，不好告訴陳熹。

陳熹察覺莊蕾不想說，又催他去添火，根本是顧左右而言他。

莊蕾炸了小貓魚，做好豆腐羹。

陳熹把小板桌放在院子裡，進來端菜出去。

莊蕾盛飯，點了艾柱熏蚊子，兩人對坐。

傍晚涼風習習，陳熹幫莊蕾盛了一碗豆腐羹，自己也盛了一碗。

「嫂子，妳什麼時候去淮州？」
「過一陣子吧，跟陳家的大管事一起去。」莊蕾回答道。
「我在想，以後淮州肯定會是妳常住的地方，咱們一起過去看宅子。如果順利買了宅子，咱們這座宅院就能退還給聞家了。」
莊蕾停下筷子。「這個不著急。第一，就算選好了地方，蓋醫院沒有一年工夫，肯定辦不到。第二，你不是還要在遂縣考縣試嗎？等明年二月你考完，我們再搬剛好。你略微歇一歇，就能參加府試和院試了。」
「剛才的兩位師兄，上的都是淮州的書院，羅先生的師兄是那裡的先生。我聽下來，學問都不錯。聽說那裡有幾個先生很好，所以想要早些過去，縣試可以從淮州回來參加。」
聽他這麼一說，莊蕾也覺得有道理。「下次去淮州，我帶上你，一起去找新的院子。」
陳熹又說：「明年我也忙，院試五月結束，八月之後就要去金陵參加鄉試。若是今年搬家，院子的佈置，我還能看著改改。」
莊蕾點頭。「還是你想得周到。我肯定沒空，娘他們幾個都不懂，你最能派得上用場，就按照你說的辦。」
吃過晚飯，陳熹站起來收碗筷，莊蕾拿抹布出來擦了桌子，對陳熹說：「我來洗碗，你去燒水。」

陳熹打了兩桶水倒進鍋裡燒，莊蕾洗碗。

不一會兒，水就開了。

「嫂子，我幫妳打水進去，妳先沐浴。我去洗點葡萄，等下咱們在院子裡乘涼？」

「好啊！」

莊蕾應下，進自己的房拿換洗的衫子，去了耳房洗澡。

一會兒後，莊蕾出來，坐在椅子裡吃葡萄，看著漸漸暗下的天色。等陳熹也洗完了，便進去把他的衣衫和自己的衣衫放到木盆裡，再回院子。

兩人坐在院子裡，陳熹先開了口。

「嫂子，我剛才在想，聞大哥現在是不是心情很不好？家裡那些事，壓得他喘不過氣來，向妳訴苦？」

「嗯。你有什麼想法？」

「是不是能讓他去明州，到軍中歷練一段日子？」陳熹問她。

莊蕾一拍桌子。「我怎麼沒有想到？這小子的膽量還沒練出來，軍中的話，多是血肉模糊的外傷，可以讓他練練膽量，也能暫時離開那個糟心的家。」

陳熹笑得很是燦爛。「是啊，這是一舉兩得的事。」

「我明日就去跟爺爺商量商量。」莊蕾很是興奮，一口喝下冷茶。

陳熹替她再倒了一盞。

他不知道今日聞海宇跟她說了什麼，但那心思，他用腳趾頭猜都猜得出來，無非就是讓嫂子同情他。

可是，自家嫂子同情他了，難道把自己搭進去，替他去對付那種爹娘、那種祖母？想想就心疼。

第七十九章 入夢

第二日一早，莊蕾和陳熹一起吃早飯，陳熹又提醒她。「嫂子，妳今天可以去問問聞爺爺和聞大哥的意思。」

「你怎麼比我還替他們著急啊？」莊蕾笑著說道。

「我替他想想都難受。以前我在侯府的日子就是這樣的，煩得一刻都不想待下去。這叫感同身受。」

莊蕾忙點頭。「我知道了。不過今天就不要說了，改日吧。」

「為什麼？」陳熹追問。

「他會以為我是故意調開他的。這個年紀，家裡又遭遇變故，我何必雪上加霜？」

「他怎麼會這麼想？可是哪裡惹嫂子不快了？」陳熹乘機追問，確認自己心頭所想。

「沒什麼不快，他胡言亂語，被我訓了一通，現在立時叫他去軍中，自然不好，而且軍中哪是說去就去的。你也是個孩子，這種事情，不是你想辦就能辦。淮南王那裡，總是要請示一聲，還有，聞爺爺捨不捨得自己的孫子出去呢？剃頭擔子一頭熱，是不行的。」

莊蕾說著，敲了陳熹的額頭。「快些吃了，去羅先生那裡。」

陳熹應下，踏出家門時，嘴角帶著不能抑制的笑。

莊蕾不由納悶，這孩子高興個什麼勁啊？

傍晚，張氏他們回來了，卸下滿滿一車子的東西。就算沒有莊蕾陪著，女性買買買的天性，照樣可以買一堆好貨。

莊蕾和陳熹過來，幫著把東西搬下車，張氏說：「阿保嬸和林嫂子平日忙裡忙外，我也買了點東西給她們，還有……」

莊蕾看見一個大匣子，問道：「月娘，這是什麼？」

「要給藥廠裡的孩子們的，都是些小玩意兒。」

莊蕾打開匣子，裡面是一堆九連環、博浪鼓、哨子之類的玩具。

陳月娘還拿出幾件小衣衫，問莊蕾。「好看嗎？這件給江玉蘭家的妮妮，這件給阿四家的孩子，這件小的給阿牛。還有貴兒，他沒娘，我多買了兩件。」

莊蕾一件一件看過去，樣子新穎，孩子穿在身上定然可愛極了。

「好看，明兒剛好送過去給他們。」

幾天後，一家子在陳然父子忌日前兩日回了小溝村。

鄉間辦酒席，親戚跟鄰居會提前一天過來殺雞宰鴨做準備。

張氏和女眷們一起摺元寶，明日祭奠用。

同宗的嬸子摺著元寶，問道：「阿然的娘，妳對花兒是什麼打算？」

張氏一愣。「什麼打算？」

「當初花兒是咱們小溝村裡的一枝花，這一年下來，越發長得好看了，跟天仙下凡似的。還學了醫，在壽安堂當郎中，又會掙錢。咱們原先以為妳收養你們家三郎是為了以後叔就嫂，現在看下來，三郎胖胖憨憨，實在配不上天仙似的花兒。倒是你們家二郎，如今身體好了，長得清秀俊俏，妳看看兩人有說有笑的，多登對啊。」

這話撞進了張氏的心裡，她是想順其自然，自然不會反駁。

孰料，一旁老秀才的娘子立刻道：「這個，妳就別想了。二郎會讀書，以後要考秀才，中舉人，不是咱們田裡的漢子。做官的人講究，這種違反禮教的事，要影響前程的。」

「還有這講究？」

「可不是？」老秀才的娘子問張氏。「嫂子，我跟妳說，若是妳家二郎當真會讀書，家裡有個節婦，對他以後定然有好處。花兒有心守節的話，讓族裡替她請牌匾，到了年紀再請牌坊。她這般童養之婦，未圓房的卻願意替自家丈夫守節，朝廷會大加表揚的。」

「聽我家官人說，隔壁縣裡有個娘子，丈夫過世守了望門寡，當晚便絕粒，最後隨丈夫去了。他們家有了這烈女，那是大大出了名……」

張氏搖頭。「這斷斷不可以，要這種虛名做什麼？」

「這對妳家二郎好！要不是你們把花兒從莊家帶過來，花兒的命還在不在，都不好說呢。」另外一位嫂子也道：「大郎死的時候，花兒恨不能隨了大郎去，她要是有這個心，妳為什麼不成全她？要是妳不好開口，我替妳說去。」

「孩子還小，以後的路長著呢，妳們不許跟花兒胡說。」

張氏明白了，要是二郎想考科舉，斷不能跟花兒在一起。而且，花兒心裡一直念著大郎，要是有人去說，說不定這個孩子真會答應。她可不想讓花兒在這個年紀就妄下決定，一旦請了牌坊，便再無其他可能。

莊蕾在外頭準備明日筵席用的菜，沒聽見這番討論，張氏自然也不會跟她說。

難得回來一趟，張氏鋪了兩張床，晚上娘兒三個睡一起，陳熹去跟陳照睡。

莊蕾累了一天，倒頭就睡著了。

「花兒。」

莊蕾恍恍惚惚間，聽見一個溫柔的聲音，睜開眼，看見陳然站在她面前。

陳然個子不高，但身材還是很勻稱的，一張臉和陳熹有五、六分相似，十分周正。

「大郎哥哥！」苦苦支撐家裡一年的莊蕾見到可以依靠的人，落下眼淚。

陳然伸手抹去莊蕾的眼淚，看著她。「比我高了，也長開了，更漂亮了。」

「嗯。」

「花兒，我是來向妳辭別的。」

「辭別？哥哥要去哪兒？」莊蕾驚慌失措地拉住陳然。

「我要去投胎了。託妳的福，因為妳一直在積攢功德，他們說，讓我和阿爹去妳上輩子的世界。那裡很好，是不是？」

「是。」莊蕾聽見這話，破涕為笑，那是一個科技高度發達，生活十分富裕的世界。

「看見妳這麼能幹，二郎那麼好，我們都很放心。妳知道了我們的去處，也能放心了，對嗎？」

莊蕾點點頭。

陳然輕輕抱了抱莊蕾，便放開她。

「花兒，報仇的事量力而為，不要為我守節。妳是我的妹妹，哥哥都希望妹妹能一輩子開開心心的。」

守節？莊蕾有些疑惑，陳然的身影卻越來越淡，漸漸消散無蹤。

「大郎哥哥！」

「花兒，花兒！」

莊蕾睜開眼，看見張氏。「娘？」

「花兒，怎麼了？」張氏抱著她。「作噩夢了？」

莊蕾搖頭。「不是，是好夢。」

她把夢境告訴張氏，張氏也不知真假，但心裡卻生出些許安慰。

莊蕾有些納悶。「可是，哥哥為什麼要特地說，不要我為他守節？」

既然她恢復了前世記憶，哪怕一輩子不婚，也不會想到守節這件事的。

「哎呀，這夢是真的了。」張氏把白天她們說話的內容告訴莊蕾。

「真是哥哥聽見，特地來托夢的。」陳月娘雙手合十。「菩薩保佑。」

莊蕾也相信了。「哥哥和阿爹投胎去了，咱們離開這裡，也不必有什麼牽掛。」

原本擔心父子倆在地下錢不夠用的張氏，忽然發現，她摺了這麼多元寶，好像派不上用場了。

不管了，摺都摺了，還是燒吧。

祭拜過父子倆，一家子回城，張氏跟阿保嬸和林嫂子商量了，把鋪子轉讓給她們。

莊蕾也找了時機，跟聞先生聊了想讓聞海宇去軍中歷練的想法。

聞先生問聞海宇的意思，聞海宇沒有反對。

如此，莊蕾趁著去淮州跟陳家大管事看地皮的機會，去了淮南王府一趟。

淮南王整裝待發，馬上要去明州。聽說是聞家那個習醫的孩子，欣然答應，讓聞海宇跟去戰場。

這一點，是莊蕾沒想到的。明州往南，倭寇橫行，直接上戰場肯定很危險。

莊蕾回到遂縣，見了聞先生，轉告了淮南王的話，心頭滿是歉意。

聞海宇輕聲一笑。「男兒從軍報國，這也是應該的。」

莊蕾不放心，她原是想讓聞海宇待在軍營裡慢慢來的。真要上戰場，面對那樣的環境，他還是個少年，學的又都是治病的本事，如何應付？

前世莊蕾年紀輕，資歷卻深，又願意衝前面，但凡災害之後的醫療救援，她總是裡面的主力。更是明白，那種環境極為惡劣，一定要具備豐富的臨場經驗才行。

於是，她抓住聞海宇，替他惡補各種外傷知識。一塊黑板擦了寫，寫了擦，恨不得把她能想到的一切全灌進聞海宇的腦子裡。

接下來，她又指揮黃成業清點藥廠裡的青橘飲和其他成藥，再幫聞海宇準備一大箱的石膏跟繃帶，讓他出去有足夠的東西傍身。

天色已晚，莊蕾還沒回來，陳熹去壽安堂找人，熟門熟路地走進小會議室，聽莊蕾在幫聞海宇上課。

莊蕾瞥見陳熹站在門口，目光有些疑惑。

陳熹指指外面的天色。「楊秀才來了。」

莊蕾這才哎呀一聲，對還在抄寫的聞海宇說：「海宇，吃過晚飯，我再繼續講。你先跟我過去吃一點。」

「好。」聞海宇站起來，跟著莊蕾一起去陳家。

聞家人誤會莊蕾要嫁聞海宇是一回事，張氏對聞海宇的好感又是一回事，她喜歡這個勤奮老實的孩子。
「海宇，快去洗手，洗過手就來吃飯。」
貴兒的腿已經好了，噔噔噔跑過來，叫道：「花兒姨姨！」
莊蕾蹲下，捏了捏小傢伙的臉頰。「走，咱們去吃飯。」
一群人坐下，張氏把一盤螃蟹端上來。「先吃螃蟹，吃完再洗手。」
莊蕾幫聞海宇拿了一隻螃蟹，放在他的碗裡，自己開始剝起蟹來。深秋時節，螃蟹最是美味，人手一個。貴兒像隻張嘴的雛鳥，坐在旁邊，等大人餵他吃。
莊蕾對楊秀才說：「如今你對這些孩子也熟悉了，幫我整理一下各人的性格跟平時幹活的表現，還有建議他們之後去的崗位。」
「什麼時候要？」
「你大概需要幾天？」
「十來天吧。」
「行。」
「楊大哥，明年打算參加鄉試嗎？」陳熹問楊秀才。
楊秀才搖搖頭，看貴兒一眼。「多等上三年，也未嘗不可。」
陳月娘見狀，也開了口。「是擔心貴兒到時候沒有人帶嗎？」
莊蕾道：「大家也別你一句、我一句了，我來說吧。楊秀才，之前我在家裡聊過你的事，你有才學和能力，但孩子沒人帶，你不放心。若是讓你磨磨蹭蹭等到考試前再決定，大概也考不出什麼好成績來。

「我們一家子商量了，還是希望你去考試，我婆婆和月娘願意幫你帶貴兒，到時貴兒就暫住在我們家。二郎手裡有各個州府鄉試歷年前三名的文章，你可以借來看。」

楊秀才與陳家算是素昧平生，可他們一家子卻願意給他那麼多幫助，便站起來，向一家子作揖。

莊蕾笑著說：「你別謝我，我是看你在藥廠裡幹活認真仔細，才想幫你的忙。」

陳熹也笑。「我打算參加明年的鄉試，正好和你探討一二。」

張氏見聞海宇已經吃完一隻蟹，連忙再拿一隻給他。「來，再吃一隻。」

「娘，別給他吃了，我還要跟他回壽安堂，繼續幫他上課。」

莊蕾站起來，手上倒了米醋洗一遍，再用澡豆搓洗，便帶聞海宇去了壽安堂。

兩人繼續今日的課，莊蕾這是在強灌，幸好聞海宇好學，莊蕾耐心又好，才能飛快講解下去。

不知不覺間，天色已經晚了，鋪子裡值班的夥計左等右等，也不見聞海宇和莊蕾離開，屋裡依舊燈火通明，只得走進來。

「莊娘子，大少爺，已經快過二更了。」

莊蕾這才罷休。「你好好想想，不是我押著你沒日沒夜地學，實在是到了戰場，狀況太多。你能多準備一點，那些傷員就多一份生機。」

聞海宇連連點頭，莊蕾是為了他好，他還是分得清好壞的。

「我知道。一定好好學，不辜負妳的期望。」

莊蕾出了壽安堂，走到家門口，看到天上的明月才懊惱，這都什麼時候了？她沒帶鑰匙，想伸手敲門，門已經打開了。

陳熹讓莊蕾進來，又問：「方才妳晚飯吃得匆匆忙忙，阿娘怕妳餓，擀了麵條放在廚房案板上，妳要煮來吃嗎？」

身為醫生，不太喜歡消夜這個詞。不過，她是十五歲的年紀，正值長身體的時候，講課耗腦力，這會兒也餓了。

「那就煮吧！」

莊蕾帶著陳熹去廚房，陳熹生火，莊蕾切了一支茭白筍、一塊豆乾、一顆馬鈴薯。油鍋裡放了點豆瓣醬，炒起辣三丁來。

另外一口鍋裡下了麵條，等麵條撈起，又炸了蔥油。

蔥油拌麵，加上辣三丁的澆頭，兩人各端了一碗麵，在廚房裡吃起來，省得出去又吵到張氏和陳月娘。

吃完麵，莊蕾洗碗，陳熹去燒洗澡水。

「嫂子，淮州的房間佈置我已經畫好了，有空咱們一起看看？」

「要不，就現在吧。我要先解決海宇去軍中的事，白日也沒工夫看。」莊蕾說道：「剛剛吃完東西，立刻就睡也不好。」

陳熹添了一塊木柴進灶膛，道：「好，去我房裡。」

莊蕾跟著他進去，陳熹拿出一疊紙給她看。「這是正廳，格局和這裡差不多，大姊和阿娘可以一人一間。

「妳住東廂房，東廂房也是兩間房，一個廳，一間是妳的房間，一間是書房，我們三個可以合用。西廂房，我和三郎一人一間。前面還有一排倒座……」

莊蕾和陳熹並頭看圖，陳熹淺淺笑著。「嫂子，按照妳的想法，妳的房裡闢了一間淨房，裡面還有沐浴間。妳說想要淋浴，我在房頂上裝個葫蘆，到時妳提著木桶進去，將它掛在掛鉤上……」

莊蕾看著陳熹設計的淋浴裝置，對他的腦洞大加讚賞。這小子喜歡看工程方面的書，喜歡琢磨機械，若在前世，定然是個理工男，說不定也能選航太或探月之類的專業，好好學上一學，可惜了！

莊蕾突然想起一件事，問道：「三郎，你要是有空，也幫我想想濟民醫院的格局，不知這會不會耽誤你考秀才？」

「不會，生員的題目我早就翻看過了，肯定能過的。」陳熹回答。「妳跟人商議的時候帶著我，我幫妳記著妳想要的東西。」

「嗯！」

兩人說著，不知不覺間，曙光已透進了窗戶……

第八十章 院判

出發在即，莊蕾幫聞海宇準備很多傷藥，壽安堂也派了四個一直跟著聞海宇做手術的人，隨他去明州。

到了啟程的日子，莊蕾與聞先生一起送聞海宇到城外。

聞太太伸手摸著聞海宇的臉，叫著。「兒啊，可苦了你。娘就生了你們弟兄兩個，如今送你去從軍，娘心疼得幾天幾夜沒闔眼。」

「阿娘，您不要瞎想，我是去當軍醫，不是去打仗的，軍中也能鍛鍊我。過兩年，我就回來了。」

「你都這個年紀了，正是議親的時候，一走兩年……」

「大丈夫何患無妻？」聞先生沈著臉打斷她。「阿宇，一切小心。」

「爺爺，我知道。」聞海宇點頭。「能為抗擊倭寇盡我綿薄之力，也是我的榮耀。」

「好孩子。」聞先生笑著拍了拍他的肩膀。

聞海宇道：「爺爺也保重，莫要為家中的事情多煩憂。有些事，您看開些。」

這些話一出，拿著帕子抹眼淚的聞太太一愣，轉過頭哭出聲來。

聞海宇走過去，對著莊蕾彎腰。「師父，幫我多照顧爺爺。」

莊蕾雖然幫聞海宇講解那麼多，還是抽空整理了那些資料，做成急救手冊，遞給他。

「海宇，路上好好再複習複習。不管發生什麼事，你的安全是最要緊的。」

聞海宇應下，看著莊蕾的冊子。這些日子，她幾乎整天跟他在一起，還寫了這麼一本，這得花費多少心血？遂珍而重之地將這本冊子放進懷裡。

聞海宇的馬車漸行漸遠，莊蕾回頭，發現聞先生正眨著眼，目光捨不得離開馬車。前世她揹著背包遠赴非洲時，她爺爺也是這樣送到機場，不知揮手多久。

每一次的遠行，都是一次成長，她也是在各個環境中累積了大量實戰經驗，相信聞海宇也能夠通過這次歷練的。

許太醫是個沒有擔當的人，一直逃避莊蕾遇襲那天發生的事，藉口要回京城稟報青橘飲的進展，一走就是幾個月，淮州醫局也沒派人來做後續的差事。

莊蕾已經當作沒有這個人了，再說太醫院一潭子渾水，她也不願意攪進去。

孰料，許太醫消失幾個月後，又出現了。

莊蕾真想問問這位老兄，還來做什麼？

「莊娘子。」許太醫笑得一臉諂媚。

「許太醫，您這是打哪兒來，要去哪兒啊？」

「這不是來見莊娘子嗎？」許太醫站在馬車一旁，一個鬢髮皆白，頗有氣勢的老爺子也下了車。

莊蕾淡淡一笑，聽許太醫介紹。「這是太醫院的周院判。」

「周院判。」莊蕾行了禮。

「我聽繼年說，青橘飲的功效很好，所以想親自來看看。」

「莊娘子，您的手術要開始了，病人已經進了準備室。」裡面的夥計見莊蕾還在街上說話，出聲提醒。

「好，我馬上就來。」莊蕾回答。「周院判，實在抱歉，我還有個手術要做，等下再跟您細說。」

手術這兩個字，許太醫一路上提及很多次，今日聽見莊蕾要做，周院判便問：「莊娘子，我們能看看妳怎麼做手術的嗎？」

莊蕾想了一下，道：「周院判，還是您一個人進去吧，畢竟是開腹手術，人多容易感染。請您把手指甲全部剪乾淨，我的人會帶您進行全部的準備。」

「我聽你們安排。」周院判倒是十分配合。

莊蕾說完，進了準備室，換下衣服。江玉蘭過來替她穿上手術服，她將手進行浸泡、沖淋，往手術室走去。

等莊蕾進入手術室時，兩位師兄跟聞先生已經準備好，聞先生現在算是手術專用的麻醉師了。一旁還有兩個少年郎中、兩個軍醫，他們是來觀摩的。

江玉蘭打開手術工具包，莊蕾開始再次說明今天的手術要點。

周院判從外面進來。聞先生抬頭看他，因為遮著口鼻，一下子沒認出來。

莊蕾說了一聲。「周院判跟許太醫一起過來的，要看手術。」

聞先生點頭，不再有其他表情。

莊蕾指了指兩位軍醫旁邊的位置。「周院判，請您站在這裡，不要隨意走動。」對兩位師兄說：「我們開始了。」

莊蕾切開病患的腹部。病患是部分腸阻塞，若是按照前世的方法，應該是做大腸鏡之後，判斷位置，再進行手術。

現在沒有那種儀器，只能憑著觸診來判斷，能夠確定是腸阻塞已經不錯了。

病人有些胖，裡面脂肪有點厚啊。

周院判做了一世的郎中，還是個草藥郎中，何曾見過這樣的場面，恨不得吐出來。

兩位軍醫是見過大場面的，開膛破肚也算是司空見慣，小聲地討論。

「找到了！腸鉗準備，林師兄，你來！」

莊蕾抬頭，林師兄根據莊蕾要求，挾住了兩端的腸子。

莊蕾切除病灶，從裡面拿出一段腸子，略帶興奮地說：「運氣不錯，這是良性的。」

「莊娘子，妳一直說良性和惡性的，怎麼辨別？」一個軍醫問。

「等下我們一起探討。」

莊蕾用彎鉤的針縫合，這個手術要比闌尾手術大，需要進行小腸段的縫合，持續的時間也長。

一旁的江玉蘭已經看慣這種場面，鎮定自若地按照莊蕾的指示準備溫鹽水、紗布等物。兩位師兄也很有默契地配合莊蕾的動作。

「鍾師兄，你來進行後面的手術。」莊蕾退後一步。

莊蕾問一旁的小郎中。「還記得我說過的，之後要怎麼樣嗎？」

小郎中回答。「縫合換新的針線，接觸的手術器具不能用原來的了。如果是一個人做手術，雙手需要再次消毒，防止污染。」

莊蕾進行簡單的清洗之後，看鍾師兄進行縫合，讚美道：「漂亮。鍾師兄的縫合很標準，你們看清楚了嗎？」

周院判已是七十多歲的老人，長途跋涉後，又看了這麼一場手術，臉色慘白。出去的時候，腿都是抖的。

莊蕾極為納悶，身為一個醫者，這個時代或許沒有開腹的外科手術，但很多的病也有讓人覺得噁心的時候吧？他沒見過？

莊蕾徹底清洗之後走出去，家屬已經在那裡等了，林師兄向他們展示切出來的病變腸子，做了簡單的說明。

莊蕾對林師兄說：「病人麻醉退後來叫我，我們一起看過病人，再探討這個手術，回憶處理要點。」

「是！」

莊蕾換了衣服，來到會議室，接過江玉蘭幫她泡的茶，喝了一口，站在黑板前，畫出人體消化道，從口腔開始，到食道、胃、腸子等等。

人都齊了，莊蕾看周院判師徒站在門外，點頭示意。「許太醫，周院判，進來坐。」指了指最後面的位子，讓他們坐下。

接著，莊蕾指著昨天畫的圖說：「昨天，我們是怎麼判斷病情的？」

林師兄站起來回答。「根據腹痛的位置和病人的敘述，觸摸……」

「沒錯。至少我們的判斷有七成的準確，可以減少病人的創傷。」幾個人討論完，莊蕾問道：「還有什麼問題嗎？」

「沒有了。」

「那我們討論其他病例。」

鍾師兄道：「之前有個肺脹的病患，病蟲培養後，發現是癰蟲，已經吃過青橘飲殺死癰蟲了。類似的病患在癰蟲被殺死後，可以痊癒，這位卻一直胸悶氣短，該怎麼辦？」

莊蕾轉頭擦了黑板，再畫出左右兩葉肺，上面圈了幾個小圈圈。「我們治療好了肺癰，但這裡形成了小泡泡。這還不是嚴重的情況，如果這個小泡泡破裂，會形成氣胸。」

莊蕾說著，擦掉半邊肺，畫了一個很小的肺，框出輪廓。「吸進去的氣全跑到胸裡了，立刻病危。」

「這樣的話，我們該怎麼辦？有沒有手術的辦法？」

「有，但是非常痛苦，大致可以判斷肺大泡會發生在什麼位置，但我們無法知道在左右的哪一邊。如果打開看的話，傷口是這樣的。」

莊蕾畫了一個人的身體側面，又拉了一根弧線。「數寸長的傷口，左右兩側一起來，還可能損傷肋骨。而且，即便治療了，五年之後復發的機會，可能也有三成以上。所以，按照病患的情況，我們只能對他說清楚，不建議用手術治療。下次我幫他看一下，看看能不能換藥，但也只能帶病延年而已。」

這是科技上的巨大差別，前世這種病症，微創手術直接切除，根本沒有那麼大的損傷。而現在對於這樣的病症，只能選擇減少病人的痛苦。

「可惜了，三十幾歲的人，孩子剛剛長大。」林師兄感慨。

莊蕾點了點頭。「我們盡自己所能吧。」

討論完病例，莊蕾看向許太醫和臉色還沒有完全恢復的周院判。

「兩位說是來找我的，不知所為何事？」

許太醫搓手，看了周院判一眼。「我親自跑了京城一趟，把青橘飲的報告呈交太醫院。

周院判看見青橘飲有此等神效，定要親自見識才能放心，所以我陪著周院判過來。」

「若青橘飲真有此等效果，老夫定然會親自將青橘飲推入惠民局方劑之內。」周院判非常鄭重地說。

「周院判，先不忙著推薦。」莊蕾看向許太醫。「我跟你說過，任何一種藥物上市之前，一定要有客觀的評審方法。我讓你好好地整理報告，讓你的人進入壽安堂。你自己清楚，最後出了什麼岔子。」

許太醫低下頭。「此事，是我用人不查。」

「不是你用人不查，而是你根本不用心。」

莊蕾擦了黑板，拿起粉筆，在上面寫了藥物的評定框架，從新藥理論研究開始講起，將藥物藥效的評價方式講了個大概。

「許太醫，你告訴我，周院判看到的報告是什麼樣的？」從剛才周院判的反應來看，他根本沒有仔細讀過藥效報告。

果然，周院判看著黑板上那些字，愣住了，瞥向許太醫。其實他更多時候是聽許太醫說，而不是看到真材實料。

莊蕾看看時辰。「要不一起去藥廠看看？周院判，您可吃得消？」

「老夫還行，可以過去。」

周院判實在太過於震撼，方才看的一幕幕還停在腦子裡。

莊蕾和聞先生一起上了馬車，周院判的馬車在後。

到了藥廠，莊蕾下車，陳月娘準備搭黃成業的車一起進城，沒想到會遇見莊蕾。

「花兒，妳怎麼來了？」

「京城有朋友來，想要看看藥廠。妳先回去吧。」

莊蕾去資料室，拿了厚厚的三本冊子，放在師徒倆面前。

「許太醫，我之前讓你抄錄，你並沒有當一回事。」

莊蕾將青橘飲的理論基礎及發現那本遞給周院判。「這是第一本。」

周院判一頁一頁的翻，越看越是驚訝。這樣詳實的記錄，這樣抽絲剝繭的分析，跟他以前所想的完全不一樣。

他再打開動物實驗紀錄這一本。「所以妳是一步一步記錄清楚的？」

「那是自然，每一步都記錄在案。」

周院判粗粗翻完三本資料，問道：「莊娘子可否將這三本借給老朽看看？」

「您在這裡看沒問題，但不建議您拿回去，這是我們要保存的。之前我讓許太醫安排人謄抄，結果最後鬧出那等事來。」莊蕾說道。這份資料太珍貴，可以當場閱讀，卻不能讓周院判帶走。

「走吧，帶您去看看咱們藥廠。」莊蕾說道。

周院判走了一圈，深感驚奇。身為太醫，他做過御藥監造，那僅對御用製品仔細，卻不是像這裡一樣，為什麼要這麼做？應該怎麼做？每一條說明得如此清楚。

他從不知道病可以這麼治，不知道紀錄可以這麼記，不知道藥必須這樣生產。

以前周院判一直以國醫聖手自居，此刻自覺慚愧，對於靠著親長過了一輩子的徒弟，實在很失望。人家給了這麼好的機會，他不知道珍惜，還惹事。又很慶幸自己能來跑一趟。

一個已逾古稀之年的老者，一個曾經心懷天下病患的醫者，在過去的歲月中，隨著職位不斷上升，越發追逐名利。回首一生，功成名就，卻也已經背離初心。

周院判站起來。「莊娘子大才，令人欽佩。」走到聞先生面前，深深一揖。「聞先生，老夫為當年之事，向你賠罪。」

「已是幾十年前的事，周院判不必介懷。」聞先生站起來還禮。

周院判笑著問莊蕾。「莊娘子，不知妳是否願意收徒？」

莊蕾以為他要引薦自家晚輩，說道：「好呀，但人要過來。」

周院判彎腰。「如此，師父在上……」

「這怎麼使得？」莊蕾連忙托住周院判。要是在前世，如此權威怎麼可能說這樣的話。

「周爺爺，您要折煞我了。」

「那我當助手？」

莊蕾心想，周院判已經鬚髮皆白，也不可能走手術的路，便問：「如今聞爺爺待在壽安堂，藥廠沒有大家坐鎮，周爺爺要不要幫我把藥廠的新藥研發帶起來？」

「新藥研發？」周院判有些不理解。

莊蕾細細解釋，周院判便明白了其中的奧妙。「老夫餘生就在這裡度過了！」

有周院判這個助力，對於自己理念的推廣有多大的效果？

「明年年初我就過來，如今我恨不能早日離開太醫院。」周院判也異常興奮。如果沒有真材實料，不可能爬到太醫院院判的位置。不過，年紀越大，回首來時路，卻發現自己已經迷失了本心。當年，他明明只是想做一個良醫的。

今天的經歷，讓他回到了年輕時醉心於醫術的年紀，感覺自己猶如枯木開始逢春。

「聞爺爺，我們是不是該去滿月樓替周爺爺接風？」

「自然是要的。」聞先生笑著說道。

第八十一章 教訓

滿月樓是遂縣最大的酒樓，也是黃家的產業，但比不得京城的酒樓。說是樓上雅座，也不過是拿了屏風，把桌子隔開。

幸好本地菜餚做得很有特色，這個時候又是初冬時節，螃蟹正是時令。兩位老爺子保養得好，牙口都不錯，卻是不願吃那等費事的東西，便叫了蟹粉獅子頭、清蒸白魚、蜆子燒蘿蔔等菜。

許太醫沒想到，自家師父會跟一個小姑娘一見如故，引為知己。加上聞先生，一談起藥，那是沒了個盡頭。

周院判說起年輕時替人看病的故事，莊蕾忽然聽見屏風後有聲音傳來。

「陳二郎，你真的看不出羅先生是什麼意思？你不要錯過了阿蘭。」

「我年紀小，還不必提這件事。」陳熹說道。

莊蕾聽出陳熹的聲音，但阿蘭是誰？

有個聲音哈哈一笑。「二郎年少才高，屆時少年高中，榜下捉婿，成為宰輔東床，以後就平步青雲了。」

「師兄說笑了。能被嫁與寒門子弟的，多半是不得寵的庶女，用來籠絡新科進士。若是嫡女，哪個眼光不高？要是夫家門第略微差些，都會覺得臉上無光。肯下嫁寒門的，定然有蹊蹺，大多性格蠢鈍驕縱，父母怕她難以勝任世家婦，才嫁給小門小戶；兒媳門第高，公婆自然得讓著。但凡容貌過得去，又進退有度的高門嫡女，哪裡輪得到寒門之子？」陳熹小小年紀，卻是這般老成地分析。

「陳二郎竟能想得這般長遠，我等果然都是頑石。你既是這般想法，我更要勸你，莫錯過阿蘭了。羅先生學識好，又是大儒弟子，師兄弟也算是遍及各大書院，官場上也能搭得了一二。你若是有意，阿蘭年紀小，等你兩年也成。」

莊蕾一聽，原來是羅先生的閨女，好像見過，是個清清秀秀、乾乾淨淨的小姑娘，她倒是滿喜歡的。如果陳熹喜歡，讓張氏上門跟羅先生和師母商量，先訂下來，等過了孝期再議親，也是可以。

另一邊，莊蕾再敬周院判一杯。「周爺爺，就為了您敢去癘遷所，我敬您。」癘遷所就是麻瘋病院，麻瘋病是麻瘋桿菌引起的傳染病，但在幾千年後，這個毛病依然存在於世間。

周院判一飲而盡。「老朽曾立志要治好這種病，只是再回首，五十年已過，這個志願成了笑話。聽見妳能治療癰疽，老朽就想，興許麻瘋也有被治癒的一天。」

「麻瘋也是麻瘋蟲引起的，這種蟲與肺癆的癆蟲很相像，只是青橘飲對它確實沒有效果。但是，我們目前已經讓人取了不同地方的土樣，希望能夠尋找出另一種類似青橘飲的藥物，可以治療麻瘋。」

她也在？陳熹聽見莊蕾的聲音，有些疑惑。

「陳二郎，娶妻當娶賢，別錯過了啊。」

陳熹不知兩位師兄為何這般勸他，只說：「兩位哥哥，就不要為我操心了。」

兩人只當他年紀小，不懂事，其中一個鄭重道：「你家中境況不好，還有個那樣的嫂子和大姊。」

陳熹不明白了。「什麼叫那樣的嫂子和大姊？」

「你還小，不懂裡面的道理。你家嫂子為何能讓黃家、陳家和淮南王對她如此？女人年輕貌美就是本事。那一日，我見到你嫂子，果真絕色，不過她對你們也是真好，難為她一個寡婦了。

「總之，你要感激你嫂子，所以才要娶一個溫柔懂事的。否則，到時候不該說的、該說的亂說一通，豈不是讓你母親和嫂子傷心？」

陳熹聽到這話，怒氣上湧。「梁兄，我敬你年長，但你話中有話，看似是在勸導我，實則是在誣衊人。」

「陳二郎，你這個年紀，不明白男人看女人，是什麼心思。你嫂子這樣的女人，能得到這麼多的助力，你不懂沒關係，大家都懂的。」

周院判到底年紀大了，加上一路奔波，莊蕾便對聞先生道：「爺爺，您先送許太醫和周院判回客棧？」

「行。」聞先生應下，他也聽見隔壁的說話聲了。

莊蕾送他們出去，再噔噔噔上了樓梯，走到陳熹那邊。

藍色布簾後面，陳熹惱怒的聲音傳出來。「告辭！」

他掀開簾子，卻見莊蕾站在外面，驚訝地叫了一聲。「嫂子！」

裡面的人還想勸陳熹，追了出來，聽見陳熹這一聲嫂子，又看見莊蕾站在那裡，血氣一下子湧上臉，也不知自己說的話是不是被她聽見了，扯開嘴角，對莊蕾尷尬地笑了笑。

莊蕾問陳熹。「飯錢付了嗎？」

陳熹點點頭。「付了。」

「咱們走吧。我剛才待在隔壁，聽見你在這裡，所以等你一起回去。」

這句話一出，兩個學子知道她全聽見了，神情更加變幻莫測，更想挽回自己的顏面。

梁公子索性站出來，對陳熹說：「你不信我的話？你可以私下問問你嫂子的處境。」

莊蕾看向陳熹。「什麼處境？」

陳熹搖頭，見其他客人探出頭觀望，笑了笑。「嫂子，走吧。」

他若是一個人，跟他們打上一架也無所謂，但現在莊蕾在身邊，他不能讓莊蕾當眾被人看笑話。

「二郎，等一下，我想知道我自己的處境是怎麼樣的？」莊蕾站在前面，挑眉問道，淡然語氣中帶著輕蔑。

梁公子憋了很久，深呼吸一下。「不過是以色事人罷了。」

「竟然是這種處境？」莊蕾笑著搖頭。「當年我爹就是以貌取人，才將我賣了。沒想到多讀了幾年書的學子，與我那不學無術的爹，居然沒有任何不同。」

莊蕾說出這話時，在一旁隔間吃飯的人走了出來，黃成業也在其中。

「花兒，哪個王八羔子在欺負妳？跟哥哥說一聲，哥哥打得他滿地找牙。」

梁公子哼笑一聲，看向陳熹。「你看，這位黃少爺不是出來幫她了？美貌的女人，總是不缺男人幫忙的。」

「花兒在我眼裡，跟我奶奶是一樣的，你小子的意思是，我奶奶以色事人？」黃成業耍起無賴，是真無賴。

「黃少爺，你這是胡攪蠻纏。」

「你和黃大少爺有何不同？難道你不是滿口胡唚？」莊蕾問梁公子。「我的容貌不過是一百個女人裡能排前十，但醫術萬中無一，我為什麼不靠醫術吃飯？你以為誰都跟你一樣，對自己認識不清，明明說書最在行，偏要勉強自己當個讀書人。」

「哈哈哈！花兒，說得好，這東西讀什麼書？還不如去茶樓說書。」黃成業大笑。

被人說不配讀書，梁公子的臉脹得通紅。「妳問問妳小叔，我怎麼就不是讀書人了？」

「梁兄在書院裡堪稱書畫雙絕，是個才子。」陳熹不偏不倚地回答。

「書畫雙絕？我素日閒暇之餘，會畫幾張畫，自認畫技算不得高明，最多也就比我的容貌好上些許。今日斗膽，來討教一番？」莊蕾不給梁公子拒絕的機會，跟黃成業說：「大少爺，請你去買紙筆來。」

梁公子本就得意於自己的畫技，見莊蕾還想班門弄斧，扯出笑容。「與妳鬥畫，即便贏了，也是我勝之不武。妳只要為剛才的話道歉，看在陳二郎的分上，我不與妳計較便是。」

「顛倒是非是不是？明明是你誣衊花兒，還要她向你道歉？你的臉可真大。」黃成業翻白眼。

「輸贏還沒分，你怎麼知道你會勝之不武？」

梁公子被一個小娘兒們如此嘲諷，心裡本就憋著一口氣。既然莊蕾非要比，便笑起來。「也行。」

片刻後，剛才吃飯的桌子已經擦乾淨，放上筆墨紙硯，門簾也被挑了起來。

莊蕾伸手。「梁公子先請。」

梁公子略一沈吟，畫了猛虎下山。圖裡的老虎，氣勢最重要。他最喜臨摹這張圖，也是他的得意之作。

陳熹想著莊蕾畫給他的身體圖，雖然知道她厲害，但猛虎下山不是只要畫得像，而是要氣韻。之前只看過她在兔子燈上畫其他的圖，畫工還不錯。

莊蕾面無表情地看了那張猛虎下山一眼，放在一旁。

「梁公子，我也畫猛虎下山？」

「請便。」

莊蕾提起筆，幾下便勾勒出來。陡峭的山嶺之間，一隻老虎爪落前石，眼中露出山林之王的風采，當真有猛虎下山野狼驚的氣勢。構圖略有差別，氣勢上，卻是莊蕾這一張完勝。

莊蕾落款之後收筆，側過頭看梁公子。

燈火之下，梁公子慘白了一張臉。

「我的畫技都沒拿出來謀生，哪裡輪得上容貌？」莊蕾笑著說。

「莊花兒，妳怎麼還有這一手？」黃成業看著那張圖，嘖嘖讚嘆。

「閒暇打發時間的。」

兩人正在說話，聽見耳邊傳來驚呼。「梁兄，你怎麼了？」

梁公子緩緩倒下，莊蕾連忙扣住他的手腕把脈。見他口唇不發紺，口角不歪斜，拿出隨身的針灸包，金針入穴撚動，梁公子才悠悠醒轉。

莊蕾抬頭問陳熹。「之前梁公子可有這樣的症狀？」

「有發過病。」另一個學子回答。

莊蕾拔出金針，讓人扶著梁公子坐下。

「發病的頻率和最近一次的發病時間？」莊蕾問道。

梁公子很尷尬，陳熹說：「你想不想治病？」

「我這個是從小就有的病症，不知道吃了多少藥，也不見好，就是體虛。」

莊蕾才不管他的屁話，對黃成業說：「大少爺，你讓人下去搬一塊門板上來。」

黃成業素來對莊蕾言聽計從，一旁看客又是藥廠的生意夥伴，見過莊蕾幾次，只知她醫術厲害，沒想到還會畫畫，畫完又接著醫人，不由稱奇。

門板拿上來，莊蕾支起門板，斜靠在牆壁上，讓梁公子過來。「你斜靠在門板上，身子不要動。」

梁公子一愣，陳熹推了推他。「快去啊，我嫂子要幫你看病。」

梁公子心頭紛亂地靠在門板上，莊蕾在他的幾個穴位下針，強刺激。「如果你在一炷香裡，發生難受想吐、臉色蒼白等症狀，那我就能確認了。暈厥這種病可大可小，但我需要知道病因。」

「那我生了什麼病？」

莊蕾揮退一旁的人。「散了！散了！」

莊蕾的醫術盛名在外，但大多數人是聽說，沒有親眼見，現在聽聞一炷香就能見真章，便圍著不走，而且還有越聚越多之勢。

果然，短短工夫之後，梁公子頭上開始冒汗，臉色蒼白。

莊蕾叫來陳熹。「扶他坐下。」

莊蕾開藥方，等梁公子緩過來，把藥方遞給他。「明天去壽安堂抓藥，付診金。另外，下午申時來找我，我幫你針灸。」

「能治好嗎？」梁公子問道，已是心服口服。

莊蕾淡笑。「能夠有很大的緩解，但即使長時間不發作，在特定情況下，還是可能復發的。今天沒空了，明天針灸時，我幫你好好說一說。二郎，我們走了。」又囑咐黃成業。「明日早點去藥廠，太醫院的周院判還會過去。」

「知道了。」

莊蕾拿起自己畫的畫，隨手撕碎。

黃成業叫道：「妳撕了幹什麼？給我掛書房不好？」

莊蕾笑著回頭。「猛虎下山，風水上主凶煞，不適合掛書房。你若要，改日我幫你畫兩張老貓看家圖，和和美美，那才合適。」

黃成業喊道：「這可是妳說的。」

「莊娘子，我也要求一張墨寶。」一旁的生意夥伴也叫。

莊蕾失笑。「我還要做好郎中的活兒，這不是我的主業，實在抱歉。」

莊蕾和陳熹一起出了酒樓，上了馬車。

「二郎，你的兩位同窗一直想要促成你和阿蘭？」

別人這麼說便罷了，但此刻聽莊蕾問，陳熹莫名地惱了。

「嫂子胡說什麼？如今我一心以學業為重，心無旁騖。」

酒樓離陳家不過兩條街，馬車停下，陳熹又羞又惱地下了車。

陳月娘過來開門。「你們怎麼一起回來了？」

陳熹一個勁兒地往裡面走，不搭理莊蕾，莊蕾跟在後面直笑。

陳月娘覺得莫名其妙。「這小子怎麼了？」

莊蕾說：「有小姑娘看中我們家二郎了。」

陳月娘聽了，又見莊蕾很是興奮的樣子，便問：「是嗎？哪個姑娘，好看不？」

「我跟妳說啊……」莊蕾剛要開口，卻見陳熹轉過頭叫了一聲。「嫂子！」

莊蕾看他那表情，連忙捂住嘴，對陳月娘眨眨眼，便進了屋。

陳月娘跟著她進去，坐到她旁邊問：「到底怎麼回事？妳跟我說呀。」

莊蕾與陳月娘兩個，腦袋碰在一起，小聲說起今天在酒樓發生的事。

陳月娘聽了半天，問莊蕾。「那二郎是怎麼想的？」

「二郎只說自己年紀小，一直在推，什麼也沒說。」莊蕾卻覺得這是個好機會。「興許少年郎不好意思開口，我去問問他。」

「如果他不喜歡，妳也別逼著他。我倒是覺得，咱們二郎心裡有成算。」陳月娘說道：

「再說了，二郎說得也沒錯，他還小，等幾年也不要緊。」

「要是有合適的，卻因為少年的彆扭脾氣錯過了，也是可惜，等下我好好問問他。」莊蕾說道。

陳月娘戳了戳她的腦袋。「妳別固執，妳覺得書香門第的小姑娘不錯，只是妳覺得。」

「知道了，強扭的瓜不甜。」莊蕾擦洗好，泡了一杯茶，捧著茶杯，跑去陳熹的屋子前敲門。

陳月娘望著莊蕾的背影，心裡有點愁。花兒這個性子，說她不懂，她比誰都懂，看起來對二郎關心有餘，其他的好似就沒什麼了。

第八十二章 水晶

陳熹拉開門，見莊蕾站在門口，拉長著臉讓她進去，自己坐在書桌一旁，不想搭理她。

「怎麼，生氣了？」莊蕾問。

「嫂子，妳能不能不要胡說？」陳熹很生氣。「喜歡什麼，不喜歡什麼，我還是分得清楚的。」

「知道了。」

「我一直以為自己跟嫂子之間無話不談。」陳熹越過莊蕾，把門關上，再接過她手裡的杯子，替她放在書桌一旁。

方才在漱洗的時候，他就想著，要趁著這個機會，讓莊蕾好好跟他說一說心裡的秘密。

莊蕾跟過去坐下，一手托著腮，一邊問：「我們難道不是？」

「我想知道嫂子的來歷。」陳熹抬頭看著她。「這麼久了，嫂子還不願跟我說清楚嗎？嫂子可是借屍還魂？」

莊蕾給了陳熹一個栗爆。「借你個頭，我沒有成屍，借什麼借？要是借屍還魂，沒有我對這個家的情意，你那時候就跟個紙糊的燈籠似的，難道我還要管你死活？」

陳熹捂住腦袋。「那妳怎麼會醫術了得，還有這麼高超的畫技？」

「我作了一場夢，憶起自己的前世，前世我就是個醫者。」莊蕾把夢裡的情形告訴他。「這些事，你知道就好，莫要告訴別人。萬一我被當成妖魔鬼怪抓起來燒死，可怎麼辦？」

「嫂子說什麼呢？我曉得。妳說，我的前世是什麼樣的？」陳熹問道。

莊蕾揪住他的耳朵左看右看。「大概是隻小豬。」

陳熹再次惱了起來。「嫂子！」

「真的！老一輩人說，耳朵一旁有倉眼，前世就是人投胎。」莊蕾說得有板有眼。

陳熹被她唬得一愣一愣。「妳有沒有？」

「我有啊。」莊蕾伸手撩開自己的頭髮，指了指自己的右耳。「這裡。」

陳熹過來看她的耳朵，還真的有，頓時呼出一口熱氣。

莊蕾莫名生出一股異樣感，仰頭避開，卻見他皺著眉頭。「難道我沒有嗎？」

「騙你的，這只是傳說而已。這個是先天性耳前瘺管，是一種畸形。」莊蕾笑著說。

「妳又騙我。」

「跟你說正事。既然你對那個姑娘沒感覺，而她對你卻有若有似無的想法，或者別人謠傳也多，你就跟她保持距離。這個年紀的小姑娘最是心思敏感，你也不要太過於強硬，替人家留點面子。」

「我自然知道。羅先生是個好先生，不比京城那些先生差，對我們很是用心。我也曉得師母對我有心思，才讓兩位師兄來探聽。我打算跟羅先生說，我要去淮州幫妳設計醫院了，還是離遠一些的好。」

莊蕾捏了捏他的臉。「二郎真要成小夥子了。」

陳熹別開臉，不滿地瞪她一眼。

莊蕾拿起杯子。「我出去了。」

「嫂子！」陳熹又叫住她。

莊蕾停下來看他，聽他說道：「教我畫畫。」

「好！」

明州傳來消息，說青橘飲在戰場上的效果驚人。

軍中來了採買單子，要求有多少供多少，還送來淮南王和聞海宇的親筆。

從聞海宇離開後，莊蕾已經盡可能設法擴大產能，但受這個年代的科技水準所限，產量也就那麼一點。

軍中每天派人在這裡等著灌裝，灌裝出來，拉了就走，連莊蕾也沒辦法留太多，壽安堂自用都很吃緊，更不用說仁濟堂來調貨了。

這麼一來，陳三少爺不得不親自來遂縣，在壽安堂找不到莊蕾，便直驅藥廠，坐在黃成業的辦公室裡，等莊蕾過來。

黃成業說：「這丫頭已經瘋了，沒日沒夜地撲在這裡，勸她歇歇都不肯。」

莊蕾從實驗室過來，聽說陳三少爺來了，心裡知道他是來幹什麼的，匆匆忙忙進辦公室，看兩人對坐著喝茶。

在陳三少爺的印象中，莊蕾的穿戴雖不是很講究，平日一身素衣，卻難掩風采。這會兒看起來……嗯，有些灰頭土臉了。

「莊娘子，妳這幾個月在折騰什麼，怎麼搞成這副德行？」

莊蕾最近壓力大得頭髮都快被她撓禿了，自然知道自己是什麼德行。讓人去把她的茶杯拿過來，倒了熱水，捧在手裡。

陳三少爺又問：「妳說有青橘飲，但一個月只給那麼幾瓶，治一、兩個人就沒了，能頂什麼用？」

黃成業開口幫腔。「那不是都被軍中調走了嗎？這兩個月，藥廠也賺了不少。」

「我也想，但是沒有辦法。」莊蕾捏著眉心。前世一盞十五瓦的紫外線燈就能誘導青黴菌變異，幾十倍甚至幾百倍提高產量。現在？連電都沒有，哪來的紫外線燈？

「妳要多少人，要多少東西，我都可以買來，妳只要想辦法多產出青橘飲。」陳三少爺跟莊蕾說道：「現在姑蘇就有一堆人託我，想辦法幫他們弄幾瓶青橘飲。」

淮南王也說過這種話，軍中上千人可以任由她調遣。

然而，她要陽光中的紫外線，誰能幫忙？

莊蕾靠在椅背裡。她看完了聞海宇的信，信裡情真意切，說他看見殺倭寇的戰士傷口潰爛，急需治療，卻沒有青橘飲救命，他心中有愧，她怎麼能不逼著自己？還有，鏈黴素也有了初步的試驗，一樣需要紫外線誘導變異。若能解決紫外線的問題，一切困難便迎刃而解了。

這個時候，莊蕾突然看見地上有一道七色光，順著七色光往上看，是陳三少爺腰帶上鑲嵌的一塊透明寶石，在陽光下折射出絢麗的光芒。

紫外線是怎麼被發現的？莊蕾閉上眼睛，開始搜索腦海中的知識。

看著莊蕾閉上眼睛不說話，陳三少爺也覺得有些愧疚，畢竟，沒人比莊蕾這個丫頭更賣力了。他才走了幾天，便聽說她已經跟太醫院的周院判說好，他從太醫院退下來後，就來淮州跟著她一起做新藥研究。

若是仁濟堂敢去求周院判，請他退下來之後來仁濟堂，恐怕人家早給他們一個鼻孔，冷哼一下，笑話他們不自量力了。

莊蕾睜開眼睛，看著陳三少爺的腰帶。「你把腰帶解下來給我。」

陳三少爺皺眉。「丫頭，妳幹麼？」

「我想看看你腰帶上的這塊寶石。」莊蕾指了指那花裡胡哨的腰帶。

陳三少爺解下腰帶遞給她，莊蕾蹲在門口，在陽光下調整角度，問他。「這應該不是琉璃，是水晶吧？不過，也太純淨了些。」

「就是要這般純淨的水晶，才能在陽光下有這樣璀璨的光芒。」

莊蕾站起來，把腰帶遞給他。「三少爺，你是不是能幫我弄個東西過來？」

「妳要什麼？」

莊蕾拿了一張紙，畫了一塊三稜鏡給他。「我要你用水晶幫我做這麼一個東西，最好能有這麼大，小一點也沒關係，水晶越透越好。」

「你要做什麼？」

「對青黴菌進行誘變，提高青橘飲的有效產量。」莊蕾解釋道。

「所以要用水晶？」

「對，我要分解陽光。剛才你看到了吧？白光經過這塊水晶，分解成紅橙黃綠藍靛紫七種顏色的光……」莊蕾笑著說道。分解陽光，分離出紫外線，在暗室內操作，就能讓紫外線照射青黴菌，從而誘導變異。

陳三少爺並不懂莊蕾在說什麼，不過既然承諾小丫頭要幫她弄這個玩意兒過來，當真言出必行，沒多久，就弄來大大小小四塊三稜鏡。

莊蕾已經改造好暗房，陽光透過三稜鏡，變成七色光落在地上，但她沒有辦法完全確認紫外光會落在那個片區，便將幾個青黴培養盤排列在可能的位置，放下棉簾，讓暗房裡只有透過三稜鏡的光。

不同的時間，不同的位置和方向，培養了一批又一批，讓莊蕾失望的是，完全沒有變化。但令人驚喜的是，部分青黴被紫外光殺死了，這就證明有效？

這不過是第一步，試驗雖有趣，卻煎熬人的耐心。

年關將近，張氏越來越少看見自家的媳婦兒，莊蕾通常匆匆忙忙吃上兩口東西，就跑了出去，很晚才回來。

這日，莊蕾被張氏叫住了。

「花兒。」

「娘。」莊蕾回頭。

張氏將她一把扯過來。「妳最近是不是太忙、太累了？」

「還好嗎？」張氏伸手摸向她的臉。「妳不看看自己最近瘦了多少？」

莊蕾笑著說：「還好啊。」

「莊娘子！莊娘子！」外面有人在叫。

莊蕾跑出去問：「什麼事？」

「您快去看！這一批……這一批……」夥計彎腰喘著氣。

「怎麼了？」

「您去看！」

莊蕾上了馬車，讓夥計上來，到了藥廠，穿好防護衣進去，看到用於鑑別是否有效的細菌盤中，有一個有效圈特別大。

夥計指著那個細菌盤說：「莊娘子，是不是？」

「是。」莊蕾問道：「哪一個菌株？」

「丙四二七！」

「繼續再試，再確認。」莊蕾走出培養房。

黃成業走過來問她。「花兒，怎麼樣？」

「成了，成了！」莊蕾跳起來大叫。「更多的人可以得救了！」

黃成業看著跟孩子一樣跳躍著的莊蕾，小姑娘的笑容燦爛得讓人眩目，也跟著笑了。

「跟阿四說去，讓他今天加菜，咱們全廠一起慶賀一下。」

在過年之前確認這個菌株的有效性超過之前的任何一個菌株，讓莊蕾一直緊張的心鬆了下來。

因為青橘飲供不應求，所以過年不可能休息，如今藥廠裡的夥計大半都是買來的少年，對他們來說，壓根兒沒想過休息的事，而且藥廠裡有吃有喝，還有盼頭，只有多工作一天，就有一天的積分，便早日有拿回賣身契的可能。

這麼一想，大家就沒有怨言了。

其他人，過年上工的幾天發放三倍的錢，自然也有大把的人留下來。對於楊秀才跟阿四來說，更是無所謂，反正待在這裡就跟家裡一樣。

不過，大家總要一起吃個飯的。

莊蕾把阿四找過來，道：「阿四，咱們的年夜飯，就讓你帶著人做了。」

「莊娘子，想做什麼樣的？」雖然還不那麼索利，但阿四已經開始張嘴說話了。

「拿出你的看家本事來，咱們好好吃一頓。」

在食堂裡做的都是家常菜，這活幹得很開心，但是對於阿四來說，難免技癢，聽見可以拿出看家本事，興奮地問：「給……給多少錢？」

「一個人一兩銀子，加上壽安堂的人，一共三百兩銀子，可好？」莊蕾問道。這個時代銀子值錢，這一筆可是不少了。

阿四手舞足蹈地說：「包……包在我身上！」

藥廠的年夜飯訂在臘月二十七的下午。從臘月二十八後，幹活的夥計不放假，管事級別的都放了，陳家的大管事今天吃過飯，明天就要快馬加鞭趕回姑蘇。

莊蕾和黃成業分工，兩人有空就來看一個上午或者一個下午，防止這個時候出去的藥有什麼問題。

全工廠加上整個壽安堂的人齊聚在藥廠食堂，每桌桌上各擺著一個八寶冷拼，裡面用了糖衣花生和琥珀桃仁打底，牛肉、豬肝、羊肉、肚片、白切雞、醬鴨圍成一圈，上頭堆了高高的油爆蝦，最上面是一朵可以吃的花。

阿四到底是天香樓大廚的替身，比起一碟一碟的冷碟，這種大冷拼要用的食材多，難度也更高。

聞先生、黃老太太、陳家的大管事都到了。莊蕾和黃成業站在門口迎客，莊蕾弄了一張簽到桌，進來的人簽到之後，都拿到一只錦繡小荷包，還有一塊牌子。

莊蕾對著來人說：「辛苦了！」

有人打開便驚喜，荷包裡是一顆金豆子，有人拿到的是銀花生，或者銀豆子，這是按照各人的情況評定的。藥廠的那些半大孩子收到這個，都很高興，他們的前十名會有銀花生，讓其他孩子暗自下了決心，一定要迎頭趕上。

阿四帶人做飯做得熱火朝天，雖然話講得還不是很清楚，不過藥廠裡人員簡單，尤其貴兒那個孩子聰明機靈，又是個小話癆，他家孩子特別喜歡跟貴兒一起玩，所以現在說話很索利了。

兒子不用走他的老路，阿四高興極了，恨不能把自己所學全展現出來，從一道道端上的菜餚可見他的功底和熱情。原本在藥廠做工的人，每日吃飯已經成了他們的期待，更是盼了這頓酒席許久，每上一道菜，碟子就空一個。

等阿四跟廚房裡的人忙完出來，大家好好敬了他一杯酒。

阿四一直以來都因為不會說話而自卑，這會兒跑到莊蕾桌前，往地上一跪。

「莊娘子，謝謝您的大恩！」話一出，他的眼眶已經紅了。

莊蕾來不及扶他。「你做什麼啊？」

阿四站起來，從壺裡倒了一杯酒，對著莊蕾說：「我敬您一杯！」

莊蕾忙推拒。「我這個年紀，真喝不了酒。」

「莊娘子！」阿四端著酒杯，堅持跟她一起喝。

莊蕾看著這個漢子，幫自己倒上一盅米酒，一飲而盡。

有了阿四開頭，受過莊蕾恩情的人不少，江玉蘭也抹著眼淚來敬酒。「若非娘子，我也成不了一個人。」

這也得喝啊！這麼一來，這個來敬，那個也來，哪怕聞先生他們幾個幫莊蕾擋了些，莊蕾也是喝得有些多，卻不自知。

吃完年夜飯，莊蕾靠在陳月娘肩頭，在車上閉目養神。

到了家門口，陳熹和張氏出來，見莊蕾臉色酡紅，問道：「這是喝多了？」

「沒有，沒有。」莊蕾擺了擺手，看上去十分清醒地跨進大門，但進院子時被臺階絆了一下，如果不是陳熹在身邊扶著，這一跤可能就摔得不輕了。

陳熹拉住她，莊蕾還在說：「二郎，你回屋吧，我真的沒事。」

陳熹搖搖頭，和張氏一起拖著她，送進房裡。

莊蕾一見床，就趴了下去。她真喝不得酒，胸口悶悶的。

張氏說：「幫她泡杯茶來！」

「喝酒之後不能喝濃茶……我睡一覺就好。」

「腦子還是清醒的。」陳熹哭笑不得。

陳月娘打了水過來，對陳熹說：「二郎，我來照顧花兒，你先出去吧。」

陳熹想轉頭，莊蕾卻在那裡嘟囔。「二郎，你的設計圖畫好沒有，給我看看？」

陳熹失笑。「畫好了，明天給妳看。」

莊蕾從床上坐起來。「明天？明天早上鏈黴素的藥效要出來了，可是不一定能成功。還有，春天要收大量的黃花蒿……」絮絮叨叨唸出十來件要做的事。

陳月娘絞了手巾替她擦臉。「別想這些，先好好睡一覺，明天起來再做，好不好？」

「不好。我跟楊秀才說了，以後藥廠招人一定要盯緊，不行的一定要及時趕出去，不能讓一顆老鼠屎壞了一鍋粥……」

陳熹無奈，索性在莊蕾的書桌前坐下，把她說的事情一件一件記下來，叮囑陳月娘。

「大姊，以後妳每天回來，跟嫂子一起商量商量當天她有什麼想法，替她把事情記下來。嫂子事情多，但哪一件都不想放下，雖然她思路清楚，但難免有顧不過來的時候，妳就在她身邊幫她的忙。」

他說著，還用朱筆把幾件重要的事情勾起來。

陳月娘應下，繼續照顧喝醉的莊蕾了。

第八十三章　年關

第二日，莊蕾酒醒，坐起來看見桌上的字條，捏了捏眉心。

她居然說了那麼多件事，這個年還過不過了？

張氏的聲音響起。「楊秀才，幹麼那麼客氣啊？」

楊秀才說：「應該的。若非嬸子跟莊娘子照顧，我們父子都不知道日子怎麼過下去。」

「月娘，去看看花兒起來沒有？二郎，你也快出來，楊秀才來了。」張氏在外頭叫著。

莊蕾趕緊穿了衣衫，梳妝漱洗，幸虧她也不用化妝，不過就是臉上擦個潤膚油。

等她走出去，楊秀才坐在客堂間裡，陳熹陪著說話，貴兒依偎在陳月娘懷中，陳月娘剝小核桃給他吃。

貴兒看見莊蕾出來，撲過來叫道：「花兒姨姨。」

莊蕾牽著他的手坐下，楊秀才問：「莊娘子還沒用過早飯吧？要是沒用過，就先吃飯。」

莊蕾笑著拿起桌上的糕餅吃。「起來晚了，等下早飯跟中飯一起吃。你也吃。」

張氏指著楊秀才買來的東西。「妳說，楊秀才破費做什麼？」

莊蕾看著那些大包小包。「楊秀才，你拿回去吧。過年前，總要去其他人家送禮的。我們這裡，你當自家人，千萬別客氣，沒必要買這些來。」

「是啊，你明年還要去鄉試，之後進京趕考，這些錢花得就不划算了。」陳月娘也勸。

楊秀才站起來。「我臉皮薄，昨日沒能向莊娘子正兒八經地行禮，但心意是一樣的。你們就不要推辭了。」

莊蕾笑了笑，對張氏說：「娘，姑蘇陳家送來好些東西，您挑幾樣給楊秀才帶回去。」

「這可不成，我們父子倆怎能上門又吃又拿的。」

「這是我們的一片心意，你拿回去吃個新鮮，貴兒也喜歡不是？」莊蕾笑道。

貴兒連連點頭。「嗯，花兒姨姨說得對。」

陳月娘牽起貴兒的手。「跟姨姨進去，姨姨有好東西給你。」

楊秀才看著貴兒要跟陳月娘往屋裡走，忙叫道：「貴兒，方才我怎麼跟你說的？」

「貴兒那麼懂事，有必要這樣嗎？」陳月娘橫他一眼，轉身對貴兒說：「跟姨姨走。」

莊蕾看陳月娘對著楊秀才那帶著嗔怪的小眼神，還有牽著貴兒離開的背影，似乎感覺到了什麼。

「楊秀才，雖然你明年要準備鄉試，不過開春那段日子，工廠肯定要招很多新人，新人該怎麼帶，你得管好了。還有，你有沒有同窗可以推薦的？」

「我那裡沒有這樣的同窗，倒是二郎那裡似乎有個人選。」

莊蕾看向陳熹。「誰？」

「就是妳救治過的梁師兄。他家中也不寬裕，這一場下場也沒把握，所以想再等三年。梁師兄也是本地人，剛才楊秀才跟我說起這件事，我就想到他了。」

「他呀？」莊蕾沈吟一下。「我不喜歡這個人，他太過於主觀，憑著自己的妄自揣測，便侮辱我。」

「嫂子，他去了藥廠，見識嫂子的為人處世，自然會清楚自己錯得多離譜。」

「二郎，你太天真了，他會有這樣的想法，是在家中天長日久養成的，不會輕易改觀。更何況，我又不是大津通兌的寶鈔，哪裡用得著人人都喜歡？道不同，不相為謀，這個職位需要替下面那些半大少年塑成影響他們一生的觀念，我不希望由一個跟我想法出入太大的人來擔任這個位置。」

「爹爹！爹爹！」貴兒從裡面跑出來，粉妝玉琢的娃兒身上多了件碧瑩瑩的衫子，如年畫上的娃娃一樣可愛。

「您看，姨姨做給我的新衣裳。」貴兒向自家爹爹炫耀。「還有新的棉襖。」說著，掀開衣服的下襬，給楊秀才看。

陳月娘的針線活極好，如今莊蕾繁忙，外衫讓裁縫鋪子包了，裡衣則出自陳月娘的手。

「這如何使得？」楊秀才站起來，對著陳月娘說。

陳月娘輕輕一笑。「這麼小的娃娃，兩件衫子能費多少事？新年了，讓孩子高興高興。貴兒，對吧？」

貴兒連連點頭，張氏已經幫楊秀才理好東西過來。

「姑蘇那裡送了糕餅，很是好吃，還有淮南王妃賜下的京城小食。另外，也有好些病患送來的東西。你們只有父子倆，我各放了一些進去。」

「嬸子，太多了。」楊秀才不好意思。這樣拿回去的，豈不是比拿過來的還多？

「大年三十，你們父子倆有去處嗎？要是沒有，就來吃飯，人多熱鬧些。」張氏把貴兒抱起來，貴兒摟著張氏的脖子撒嬌。

「是啊，你要是有空，正好替我把縣試的文章看一遍？」

莊蕾知道，陳熹不是真想讓楊秀才幫他看文章，不過是讓父子倆有理由來吃飯。

楊秀才看了陳月娘一眼，點點頭。「那就煩勞嬸子了。貴兒，說謝謝婆婆。」

「謝謝婆婆！」貴兒叫道。

楊秀才去陳家的時候大包小包，回來的時候依然是大包小包。對寬裕的人家來說，年關就是歡歡喜喜過個年。對於住在大雜院裡的人來說，就沒那麼幸運了，吃不飽飯，也沒什麼錢財置辦年貨。

自從去了藥廠，楊秀才平時很少回來，屋子一直關著，這兩日才回來。今兒一早，楊秀才便去置辦了年禮，送去陳家。

原本連鍋子都快揭不開的楊秀才突然有了那麼多錢，可以買那麼多東西，鄰居看在眼裡，哪有不眼熱的？

這不，那矮墩墩的胖大嬸，搖著屁股過來，叫了一聲。「楊秀才。」

「嬸子。」楊秀才點了點頭，帶著貴兒進屋。

胖大嬸跟著進來，看見楊秀才放下東西，紙包的紙比別家的還精緻，還印了字。雖然她不認識字，但看上去就是很貴很貴的東西。

「喲，秀才，這些是什麼啊？」胖大嬸摸著桌上的紙包。

貴兒爬上去護著。「這是婆婆給貴兒吃的好東西！」

胖大嬸眼睛放光，不肯挪開腳步。

楊秀才想拆開紙包，分一些胖大嬸，好打發她離開。

貴兒卻撲過去，用小身體壓住紙包，叫道：「這是婆婆給我的！」

楊秀才想喝斥他兩句，莫名想起莊蕾說的話。

我又不是大津的寶鈔，緣何要人人喜歡？

胖大嬸還在等，楊秀才對貴兒說：「行了，我們準備準備，去外婆家。」

貴兒仰頭。「我能不去嗎？」

「對啊，貴兒不想去就不要去了，我幫你帶孩子？」胖大嬸張口說道。

楊秀才笑了笑。「不敢煩勞嬸子。」貴兒的腿，就是她帶的時候摔的。原本摔了也沒什麼，畢竟是小孩子。但她沒及時帶孩子看郎中，生怕他不給錢，差點害了貴兒一輩子。

「我不要，我要去姨姨家。」貴兒大聲叫著。

楊秀才給了他一個栗爆。「好好說話。跟我一起去外婆家。」又對胖女人道：「嬸子，我們要出門了，妳請便。」

胖大嬸發現討不到任何便宜了，這才扭著腰，往外走去。

等胖大嬸出去後，楊秀才從張氏給的東西裡挑了兩盒糕餅糖果，換下方才買的肋條肉。糕餅可吃可不吃，但過年總要有肉吃，這塊肉就留在家裡，半個月也能少些花銷。

貴兒警覺地問：「爹爹要拿走嗎？」那兩盒點心看上去很好吃的樣子。

「爹爹手頭不寬裕，拿兩盒送給你外婆。」楊秀才摸了摸貴兒的頭。

貴兒有些失望。「哦。」

楊秀才這才拾掇起禮品，他買了一罈老酒給岳父，挑了一塊布料給岳母，另外拿了一包桂圓乾，再配上兩盒糕餅。

去年他實在沒錢，只送了一罈酒，岳父連眼皮子都沒抬。今年中秋，他剛剛去藥廠沒多久，手頭也緊，自然也沒送什麼好東西，不過表個心意，到底臉上無光，放下東西就走了。

不管怎麼樣，他故去的娘子總是他們生的，逢年過節上門孝敬，也是應該。但人總是要點面子的，今年的禮物，好歹也算是可以了。

楊秀才拿了背簍，把禮物放進背簍裡，拿了兩張早上烙的餅，用荷葉一包，水囊裡灌了水，牽著貴兒的手，帶著他往外走去。

此時，各家各戶也忙著送禮，楊秀才一會兒抱抱孩子、一會兒讓他下來走一段，走累了便在路旁的大青石上坐一會兒，把水囊遞給貴兒。

「貴兒，喝口水。」

「爹爹，還要多久才到？」貴兒仰頭問道。

楊秀才摸摸他的頭。「快了，再一會兒就到了。」其實還要走大半個時辰的路。

歇了一會兒，楊秀才繼續牽著貴兒往前走，一輛牛車在他們身旁停下來。

「楊秀才！」

楊秀才聽見叫聲，轉頭見是岳家的同村親戚。「阿發大哥。貴兒，快叫阿發舅舅。」

「阿發舅舅！」

「是去丈母娘家吧？上來，我捎你們一段。」阿發叫了一聲。

「謝謝大哥。」楊秀才帶著孩子和禮物上了阿發的車子，牛車雖然不快，但爺兒倆總算不用靠雙腿走了。

「楊秀才，你還要考舉人嗎？」阿發跟楊秀才聊起家常。

「要，明年秋天考。」

「你讀書讀那麼久，也沒個進項。孩子總要養，靠讀書是吃不飽飯的，得找個營生。」

楊秀才很早就中了院試，成婚之後，娘子沒多久就歿了，他帶著一個奶娃娃，靠著到處求人捨的一口奶，把小貓似的貴兒養活了。

一個大男人帶著孩子，怎麼可能出去找營生？後來貴兒大些，他就出去幫人做做文書，或替不識字的商人跑趟揚州或蘇杭辦事，結果就發生貴兒摔斷了腿，還沒及時看郎中的事。

現在莊蕾給了他藥廠的活計，他幫那些少年上課，既體面，又能照顧到孩子，一顆心才落定。他想著，這次下場要是能考中，就繼續；要是不行，就留在藥廠。

如今莊娘子也給他很多差事，包括如何挑選人，如何評定人。他在藥廠就是個管事，以後一個月能有幾兩月錢，日子也不會過得太差。

阿發繼續說：「有了差事，有了進項，你再娶個媳婦吧。一個家沒有女人幫襯著可不成，漿洗縫補總要有人做的。」

楊秀才聽了，心頭浮現陳月娘帶著溫柔笑意的臉。只是陳家如今似烈火烹油，莊娘子的醫術堪稱絕世奇才，陳二郎的學問也不是他能匹及的。陳家雖住在那麼個小院子裡，卻只是沒有顯山露水罷了，家底是很豐厚的。

他想著，心頭有些淡淡的失落。

到了岳家附近，父子倆下車，貴兒甜甜的叫了聲。「阿發舅舅，謝謝。」

「不謝不謝，吃過飯，有空就來玩玩。」阿發很喜歡貴兒。

楊秀才揹著禮物，牽著貴兒往岳家走。

楊秀才不常來，不過同村的人多少認識他，知道他是嚴家二女婿，是個秀才。

雖然楊秀才是讀書人，卻沒有讀書人的清高，但臉皮薄了些，只向人點點頭。貴兒倒是大方，舅舅、舅媽的一路叫進去。

到了岳家門口，貴兒被楊秀才抱在身上，楊秀才見自家丈母娘從廚房裡端出兩只大碗，上頭堆了肉，開口叫了一聲。

「岳母。」

原本嚴婆子臉上帶著笑，看見楊秀才父子站在門口，表情變得有些尷尬。「秀才，你怎麼來了？」

「快過年了，帶著貴兒來向您和岳父大人拜年。」楊秀才走進來，還對貴兒說：「貴兒一直念著外婆，見了外婆，還不快叫人。」

「外婆。」貴兒叫了一聲。

嚴家的大女婿走出來，叫道：「二妹夫，你怎麼這會兒才來？」過來拉著他。「走，快去坐下，都說你要靜心讀書沒空，難道吃個年夜飯的工夫都沒有？」

嚴家的大女兒也來了，扯了自家夫婿一把。

楊秀才心裡明白，這個大姊夫直率，沒什麼心思，岳家吃年夜飯，可從來沒有叫過他。

楊秀才的老丈人嚴老頭從裡面走出來，顴骨高起，是個看起來有五十多歲的鄉下漢子。

「秀才，你安的是什麼心，我可是知道的。」

楊秀才愕然，他安了什麼心？

「自從二丫頭過世之後，你哪怕連條褲子都穿不起，逢年過節也不斷了我們這門親戚。我知道你打的是什麼心思，楊家那邊靠不上，就算計著嚴家還有幾畝地，你還要作中舉考狀元的大頭夢，總是要盤纏的。斷了我家這門親，就不能上門來借銀子。

「可你總得替我們想想，我們一家也要嚼用，給了你，我們拿什麼活命？今兒咱們家吃年夜飯，卻不想叫你，你知道是什麼意思了嗎？要是知道了，就走吧。」

嚴老頭說完這些話，拿起旱煙袋抽了起來。

嚴婆子勸道：「老頭子，有話等吃過飯再說。秀才，你先進來吃飯。」

「不許進來。給了他好臉色，他下次還會來！」嚴老頭叫道。

楊秀才被這些話說得紅了眼睛，眼淚含在眼眶裡，收不進去，又不想落下來。他也知道去趕考要多少花銷，他也知道賺錢養活一家人不容易。

可是，他從來沒想過要拖累岳家，沒想過要他們以舉家之力來供他上京趕考。他來這裡，只是為故去的娘子盡一份孝心。

嚴婆子嘆了口氣，拉起貴兒的手。「貴兒，跟外婆來。」

貴兒看了站在那裡一動不動的爹爹一眼，被嚴婆子拉進廚房。

楊秀才轉過身，用袖口擦了淚，快步跟著貴兒走了。

第八十四章　岳家

嚴婆子盛了一大一小兩碗飯，從一旁的肉碗裡挾了一塊肉跟一筷子菜放上去。

「秀才，我知道你也艱難，二丫頭沒福氣，走得早。以後你不用買東西來了，吃一口飯，就走吧。」

楊秀才推了飯碗。「不用了，我帶著貴兒回去。您多保重，以後，咱們就當沒有這門親戚了。」

嚴婆子拖住了他。「秀才，別置氣，路上這麼遠，吃口飯再走，孩子熬不住啊。」

楊秀才搖搖頭。「我知道您不是這個意思，但我今天若吃您這口飯，那不是成了要飯的嗎？我們有吃的，您放心，不會餓著。」

他說完，挺直了腰板，對貴兒說：「貴兒，咱們走。」

此時正是吃飯的時辰，加上走了那麼遠的路，又聞見廚房裡的香味，貴兒的肚子已經咕嚕咕嚕叫了起來。

「爹爹，我餓。」

嚴婆子叫道：「秀才，你跟孩子吃兩口再走。」女兒歿了，老頭子還不許她去看外孫。孩子來了，連口飯都不給，自家老頭子做得也太絕了。

楊秀才受了氣，貴兒知道他難受，被楊秀才抱起來時，安慰道：「爹爹，不哭。」

「傻孩子，爹爹不傷心，回家吧。」受氣也好，受辱也罷，對於楊秀才來說，也不過就是一時之氣，以後倒是不用逢年過節去受冷臉，未嘗不是塞翁失馬。想明白，也就好了。

走了幾步，楊秀才蹲下卸了背簍，想拿出沒吃完的烙餅給貴兒，看見姑蘇芝香齋的絳紅色紙包。

現在不用送人了，拆了給孩子吃吧。

楊秀才取出盒子，讓貴兒拿著，再揹上背簍，替他拆開紙包。紙包裡還有一只精美的木盒，這到底是賣點心，還是賣盒子？

打開木盒，裡面是三種不同樣式的點心，一共六個。

楊秀才看著精緻卻極不實惠的點心，有些哭笑不得。

貴兒驚呼。「好漂亮啊。」拿起一塊荷花酥，遞給楊秀才。

楊秀才接過，貴兒又拿起一枚菊花酥，塞進嘴裡。

「好吃！」

楊秀才也塞進嘴裡，酥鬆口感混合著濃濃的奶香，甜而不膩，也恨不能驚呼好吃。

「二姑父，你們吃的是什麼呀？」後頭傳來孩子的聲音。

貴兒轉身，見是幾個表哥表姊。孩子們已經吃飽飯，一起出來玩。

他素來大方，把盒子伸過去。「大表姊，是點心。妳要嗎？」

小姑娘不過六、七歲，伸手拿了一個。另外兩個孩子從沒見過這般好看的東西，索性把貴兒手裡的盒子搶過去。

這下，貴兒的嘴巴要扁起來了，楊秀才一把抱起他。「裡面還有，等等路上吃。走吧。」至少有塊糕餅墊肚子，還是快些回去。

嚴家的大兒子和兒媳聽到動靜走出來，看見自家女兒正在吃點心，自家小子手裡還有個盒子，跟寶貝似的，藏著不肯給外甥吃。

外甥追著自家兒子跑。「給我吃一個！」

「不要，你已經吃過了！」

孩子們的吵鬧，讓嚴家大兒子從兒子手裡拿過那個盒子，裡面還有一塊荷花酥，散發著淡淡的奶香。

「把地上那張紙撿過來！」

孩子把紙撿來，嚴家大兒子一看，上面印著芝香齋三個字。

嚴老頭出來問：「吵什麼呢？」

「爹，這是二妹夫的點心。」嚴家大兒子說道。

「點心又怎樣？你們拿他的點心幹什麼？他的東西是好拿的？」嚴老頭說他。「就是眼皮子淺。」

嚴家大兒子說：「是姑蘇芝香齋的。」

「芝香齋？再好也別吃他的東西。難道還是金子做的不成？」

「之前我跟著東家跑姑蘇，東家為了能上一家富戶的門，特地去芝香齋買了一盒點心，就是紙上這一家。他肉痛地跟我們說，這世上沒有什麼錢是用不掉的，只要敢買，連一盒點心都要三兩銀子。」嚴家大兒子跟著小商戶做做生意，算是見過世面的。

芝香齋只是陳家的小產業，但很有名氣，做的點心還是貢品，逢年過節送些給生意夥伴，聊表心意。

嚴家大女婿說：「這還真是拿著金塊直接吃啊！有那麼好吃嗎？」

「好吃！」一旁的小姑娘說道。

若是不知道這玩意兒值錢也就罷了，吃進肚子就吃進肚子，突然知道這點心值好幾兩銀子，又是楊秀才拿來的，想來是要送禮。

嚴家大兒子叫道：「快去打聽打聽秀才現在在幹什麼？認識了什麼人？這東西，總不會是他自己買來送人，想來也是別人給他的。誰會把這種值錢的點心像隨手賞人似的給個窮秀才呢？定是非富即貴。」

「大舅哥，你是說，二妹夫出息了？」嚴家大女婿瞪大了眼睛。「那把他叫回來問問，不就好了？」

「不許去，這個時候叫他回來，讓我的臉往哪裡擱？」

嚴老頭大吼一聲，沒人敢說話了。

年三十，一大早莊蕾就在廚房忙活，鰻魚鯗用黃酒蒸了，撕碎做冷拼；鵪鶉蛋、鵝掌、鵝翅、豬舌滷了一鍋。再切一盤醉雞，涼拌海蜇頭跟小木耳。

到了中午，楊秀才還沒過來，張氏叫陳照去請他們，怕楊秀才臉皮薄，不肯來了。

陳熹在門口貼春聯，看見貴兒過來，跳下來招呼他。

貴兒叫道：「三叔叔！」

陳熹牽著他。「走，咱們進去問問花兒姨姨，什麼時候可以吃飯？」

母女三人在廚房忙得熱火朝天，莊蕾看見貴兒進來，招手道：「貴兒來，姨姨做了蝦球，你先吃一個。」

她說著，挾了一顆蝦球塞進貴兒嘴裡，又直起身，挾了一顆餵陳熹，突然發現，陳熹個頭猛竄，已經高出她許多了。

楊秀才看見貴兒鼓著腮幫子出來，要張口，口水差點流出來，被他逗笑了。

「你吃完再說。」

陳月娘把冷碟端上來，陳熹問：「大姊，差不多了嗎？」

「差不多了，再炒兩道菜就好。」陳月娘摘下圍裙。

「二郎，三郎，過來端菜。」莊蕾在裡面叫道。

陳熹和陳照一起進去，把菜端出來。

滿滿一桌子菜，一家人圍在一起，炭火小爐燒了兩個鍋子，一邊是乾鍋羊肉，另外一邊是三鮮湯。

楊秀才和陳月娘坐在貴兒兩邊，陳月娘幫貴兒圍上小圍兜，又戴上袖套。

楊秀才看陳月娘十分自然地照顧貴兒，心中泛著暖意。

陳月娘從莊蕾手裡接過酒壺，要幫貴兒倒，楊秀才忙說：「貴兒還小。」

「這是花兒做的南瓜薏米汁，我們一起當飲品來喝的。」她笑著幫貴兒倒了小半碗，再遞給楊秀才。「咱們家裡不喝酒，秀才不要介意。」

「我平日也不喝酒。」被陳月娘這麼一看，楊秀才略帶羞澀地笑了。

莊蕾把炸雞胸肉放到貴兒面前。「貴兒，吃點肉。」

陳月娘替貴兒挾了一塊塞進他嘴巴裡。貴兒最小，陳家沒有孩子，個個都忙著餵他，不到一會兒，小傢伙就被大人們餵飽了。

「我吃不下了，肚皮要破了！」

「那你自己去院子裡玩，不許出門啊。」楊秀才囑咐。

貴兒點頭，出去玩了。

吃過午飯，莊蕾吵著要打葉子牌。

陳熹對楊秀才說：「我嫂子牌品不好，咱們都得讓著她。」

「二郎，你敢敗壞我名聲！」莊蕾橫了陳熹一眼，把吃剩的菜端進廚房，擦了桌子，燒了炭火。炭火上架了小爐子，準備泡茶。

楊秀才原本說要走，被陳熹強拉著湊數。陳月娘帶著貴兒玩，張氏坐在一旁，在太陽底下納鞋底。

莊蕾和他們三個打葉子牌，為了扳回顏面，竭力控制自己的脾氣，不賴皮。

可陳熹算牌的功力太強，贏了好幾次，哪怕莊蕾瞪他，他就是逗她，一副妳奈我何的模樣。眼看莊蕾要生氣了，陳熹的運氣忽然一瀉千里，沒能再贏，莊蕾卻連連贏了好幾把。

太陽底下，陳月娘拿出一枚白玉平安如意扣，取了紅色的絲線，穿來穿去編繩結，編好了便讓貴兒伸出手，將帶著平安如意扣的長命縷戴在貴兒的手腕上。

張氏看自家女兒很有耐心地帶著孩子，心裡不免為她難過，要是當初能不怕丟了臉面，不怕被人說一句嫌貧愛富，不把陳月娘嫁給李春生，如今女兒應該也很幸福的。

貴兒見張氏看著他發愣，走過去問：「婆婆，好看嗎？」

「好看。」張氏回神，抱住孩子親了一口。

下午寧靜而恬淡地過了，當作籌碼的黃豆全到了莊蕾身邊，陳月娘掀簾子進來問：「準備吃晚飯了嗎？」

「吃不下，中午吃那麼多。」陳熹叫道。

張氏說：「把丸子炸一炸，包幾個湯圓應景吧。早點吃了，就能讓貴兒去討糖果了。」

莊蕾接過圍裙套上，對陳熹說：「明兒再來。」

陳熹對著楊秀才和陳照擠眉弄眼，楊秀才被他逗得發笑。

莊蕾瞪他一眼。「笑什麼笑？」進去做飯了。

去年那些孩子跟陳家還不熟，今年卻是熟悉了，過來說句吉祥話，張氏就給一把瓜子，跟一個三角包的糖果。

楊秀才在陳家吃過年夜飯，告辭時，張氏拿了個小紅包塞在貴兒手裡。

他連忙推辭，張氏笑著說：「給孩子的壓歲錢哪有退回的？沒多少，圖個吉祥如意。」

天色漸漸暗了下來，各家各戶開始放爆竹、放煙花，楊秀才捂住貴兒的耳朵，讓他看絢爛的煙花。

父母過世，妻子再去世，他是為了孩子，才能在漫漫長夜閉上眼睛。

今年，他剛想出去幹活，好養活自己和孩子，沒想到貴兒卻摔斷了腿。那一刻，他真是茫然無措，生出了絕望之感。

若非莊娘子施以援手，若非……

來年，一切都會更好的。

楊秀才想到這裡，心頭發燙，眼睛也有些熱意。

楊秀才帶貴兒回到家裡，打開紅包一看，裡面確實沒多少，心便落了下來。陳家的情分太厚重，他實在還不起。

燒了水，點了燈，楊秀才幫貴兒擦洗。

貴兒伸出手，白嫩的手腕上有一條紅色絲線編的長命縷，上面還有一枚白色的如意扣。

「這是姨姨給我的，說可以保佑我長命百歲。」

楊秀才看著長命縷，鬼使神差地問：「貴兒喜歡姨姨？」

貴兒忙著點頭。「姨姨喜歡貴兒。」

「花兒姨姨不也喜歡你？」楊秀才笑了一下。

「不一樣，花兒姨姨第二好，姨姨就像念恩的阿娘對念恩那樣，但比念恩的阿娘更好。姨姨最好最好了！」

念恩是阿四家的兒子，求楊秀才取名，說要把對莊蕾的感激放在孩子的名字裡。楊秀才聽了，便替孩子取了這個名字。

楊秀才幫貴兒擦好身子，塞進被子裡。他擦洗完，也鑽進去。

貴兒問他。「爹爹會替貴兒娶後娘嗎？」

楊秀才不知道怎麼回答。他想娶那個沈靜溫柔的女子，但家徒四壁，怎麼好意思讓人家過來吃苦？

「爹爹還沒想過。」楊秀才回答貴兒。

「那姨姨能不能當我後娘？」貴兒亮晶晶的眼睛看著楊秀才。

楊秀才問他。「你想要姨姨做你娘親？」

「嗯。」貴兒回答得很認真。

楊秀才摸了摸他的腦袋。「知道了，睡吧。」

到底是孩子，玩了一天也累了，一會兒便進入了夢鄉。

楊秀才掀開被子，幫孩子塞好被角，裹了件袍子，挑亮燈火，拿出文章繼續琢磨。

若是想娶人家，至少得中舉。就算不能大富大貴，也要讓她衣食無憂吧？

——未完，待續，請看文創風1162《娘子有醫手》4（完）

2023年3月出版

天降好孕

文創風 1145～1147

前世她有兒不能認，只能以乳母身分看顧孩子長大。
為了守護世上唯一與她血脈相連的人，她願意傾盡一切。
卻眼睜睜看著孩子死在自己眼前……
這一世，她要逆天改命，帶著孩子遠離紛爭。
只是她改名換姓，有了新身分，怎麼卻還是和這個男人扯上關係呀——

碧落黃泉，纏綿繾綣／松籬

死過一回的碧燕，覺得自己實在是不怎麼走運——
孤苦無依、賣身為奴的她，陰錯陽差上了主子的床，珠胎暗結。
生下孩子後，碧燕只能以乳母的身分陪在親生兒子身邊，
更慘的是，想這樣靜靜看望著孩子長大成人，都不得如願。
重來一世，卻回到荒唐的那一夜之後，碧燕真的是無語問蒼天。
既然這是上天賜給他們母子的緣分，再艱苦她也會珍惜。
好在，找回自己真實身分的碧燕有了家人，不再是隻身一人，
這次，她決定逃得遠遠的，不讓那個男人左右她和孩子的人生。
卻沒想到，事情完全與她記憶中的發展背道而馳，
那個男人堂而皇之的出現在她面前，兩人「巧遇」的次數，
多到碧燕想大喊：孽緣，這絕對是孽緣——

2023年3月出版

大齡女出頭天

文創風 1143～1144

委身做妾又被人打發拋棄的大齡女，
與年近而立的黃金單身漢比鄰而居，
曠男怨女喜相逢，命定姻緣隨即來！

女人有底氣，從容納福運／櫻桃熟了

當王府外頭正歡天喜地、張燈結綵地迎接新主母入住之際，
作為寵妾的李清珮從沒想過自己會有被打發出府的一天。
雖説她才區區二十歲，但在世俗眼中已是大齡女一枚了，
換作他人早就哭得死去活來，她卻灑脱地敞開肚皮大吃大喝；
天知道，在王府後院以色事人，飯不能多吃，覺不能起晚，
好不容易返還了自由身，當然要活得瀟灑愜意，讓別人都豔羨！
只不過這人生一放縱，她就因為吃多了管不住自己的嘴而出糗，
好在隔壁鄰家有一位好心的帥大叔，屢次替她治療積食不説，
還信手取來知名大儒的推舉函，鼓勵她參與女子科舉拚前程。
這股熟男魅力實在很對她的胃口，她就打著敦親睦鄰的名堂多親近，
有道是女追男隔層紗，沒料到對方會一頭栽進情坑急於求娶她，
難道兩人在一起，不能只談情説愛就好，談婚論嫁則大可不必嗎？

2023年2月出版

一句獨秀

文創風 1137～1138

沒讓她穿成女主就算了，穿成一個人人喊打的女配，
老天為什麼要這樣捉弄她呀？
幸好現代的知識讓她穿來自帶技能，掌勺、擺攤都難不倒她，
希望她這個女配突然變得這麼能幹，不要被懷疑才好……

步步反轉，幸福璀璨／南小笙

如果喬月可以選擇，她絕不會想穿越成一本書的女配！
說起這個女配，因為出生時臉上有一塊胎記，被認定不祥而被拋棄，
剛巧蘇家人經過，把她救回去當作親生女兒養大，
誰知女配不知感恩，犯下一連串不可原諒的事，最後下場淒慘……
身為讀者的她當時看到這裡還覺得大快人心，現在簡直欲哭無淚，
她不能背負這些爛名聲，她要翻轉人生，改寫結局！
首先，蘇家人最重視的就是老三，也就是男主蘇彥之的身體，
蘇彥之滿腹才華，是做官的好苗子，卻因為身體不好沒少受折騰，
原書中女配屢次私吞他的救命藥錢，還為了貪圖榮華對他下藥，
如今若能醫好蘇彥之的病，是否就能翻轉整個蘇家對她的偏見？
可她記得，這個男主雖然個性溫和儒雅，對女配卻一直沒有好臉色，
看來她得想個法子，讓蘇彥之願意對她敞開心胸才成……

為流浪貓狗加油 和貓寶貝 狗寶貝 廝守終生(一定要終生喔！)的幸福機會

對人來說，貓寶貝狗寶貝只是生活的一部分，但妳（你）對牠們來說，卻是生活的全部，領養前請一定要考慮清楚——

▲ 我家也有姊妹拍檔——妮妮和娜娜

性　　別：女生
品　　種：米克斯
年　　紀：約1歲半
個　　性：妮妮活潑好動、娜娜文靜害羞
健康狀況：已結紮，已施打三合一疫苗，體內外驅蟲，貓瘟皆陰性
目前住所：新北市中和區

本期資料來源：李小姐

第343期推薦寵物情人

『妮妮和娜娜』的故事：

先前協助一位住院愛媽餵食浪浪，並順便把幾隻貓咪抓起來結紮，準備要原放的過程中，發現有兩隻貓對人類比較親近，就在中途愛媽的協助下，決定留在中途親訓找家，並取名為妮妮和娜娜。

姊姊妮妮，很活潑愛玩，最近很愛邊喝水邊玩水，打算夏天時買一個充氣游泳池給牠盡情玩水；妹妹娜娜，有條特別的麒麟尾，個性呆萌，相對容易緊張、膽小。姊妹倆的個性不太一樣，不過感情非常好。

妮妮和娜娜在中途已待了一段時間，平時乖巧好照顧，生活作息很規律，玩耍、吃飯和休息，簡單並樂在其中。但因曾受貓媽媽「愛的教育」影響，儘管有心親近人類，要能摸能抱還需要一點時間，目前正在上相關課程並持續進步中。

兩姊妹想要共同有個溫暖的新家，不過不勉強，若是希望單獨認養，都可以聊聊！請先向李小姐預約看貓，Line ID：dianelee0817，相信您第一眼看見妮妮和娜娜，絕對會愛上這兩個寶貝！

認養資格：

1. 認養人須年滿23歲，有穩定的經濟基礎，並先提供住家照片，後續以視訊或家訪的方式評估。
2. 不關籠、不放養，不可餵食人類的食物。
3. 須同意簽認養寵物切結書。
4. 須同意送養人日後之追蹤探訪，希望彼此能加Line，不定時主動提供貓咪近況照片或影片，對待妮妮和娜娜不離不棄。

來信請說明：

a. 個人基本資料：姓名、性別、年齡、家庭狀況、職業與經濟來源等。
b. 想認養妮妮和娜娜的理由。
c. 過去養寵物的經驗，及簡介一下您的飼養環境。
d. 若未來有結婚、懷孕、出國或搬家等計劃，將如何安置妮妮和娜娜？

文創風 1161

娘子有醫手 3

國家圖書館出版品預行編目資料

娘子有醫手 / 六月梧桐著. --
初版. -- 臺北市 : 狗屋出版社有限公司, 2023.05
冊 ; 公分. --（文創風 ; 1159-1162）
ISBN 978-986-509-422-5（第3冊 : 平裝）. --

857.7　　112004929

著作者	六月梧桐
編輯	安愉
校對	陳依伶
發行所	狗屋出版社有限公司
地址	台北市104中山區龍江路71巷15號1樓
電話	02-2776-5889～0
發行字號	局版台業字845號
法律顧問	蕭雄淋律師
總經銷	知遠文化事業有限公司
電話	02-2664-8800
初版	2023年5月
國際書碼	ISBN-13　978-986-509-422-5

本著作物由北京晉江原創網絡科技有限公司授權出版

定價280元

狗屋劃撥帳號：19001626

網址：love.doghouse.com.tw　E-mail：love@doghouse.com.tw